PIRATI DELLO SPAZIO!
LIBRO II

NESSUN MORTO DECOLLA

MARK VOSS

BAL
KON
media

NESSUN MORTO DECOLLA

Pubblicato da Balkon Media
ISBN brossura: 978-1-916970-55-7
Disponibile anche in ebook

Illustrazione e progettazione della copertina: Balkon Media

www.vossiverse.com

ALTRI LIBRI DI MARK VOSS

La Serie Pirati dello Spazio!

Space Pirates

Dead Men Launch No Ships

Salvage Rights

Echoes of the Plague Moon

The Quiet Rebellion

The Bounty Paradox

The Black Drift

Till the Engines Fall Silent

The Median Gambit

UNO

La Meridian era una nave costruita per tre scopi: sfuggire ai creditori, perdere liquido refrigerante e far suonare il concetto di "manutenzione ordinaria" come una minaccia. Nel punto più remoto della Halcyon Fringe, fluttuava con la pigra sicurezza di un vascello che era sopravvissuto a più guasti catastrofici di quanti la maggior parte delle navi registrasse nell'intera vita operativa. Il suo scafo portava le cicatrici di tre abbordaggi forzati e di almeno un tribunale fallimentare. La cambusa principale — se così si poteva definire — odorava di caffè bruciato, metallo freddo e qualcosa che, in circostanze migliori, si sarebbe potuto descrivere come vittoria.

Lyra si era incastrata nel portello d'accesso principale, senza stivali, con i piedi nudi puntati contro le paratie opposte. Aveva una tazza vuota appollaiata sul ginocchio e una piena in mano, la bevanda all'interno così nera da annullare la luce. I suoi capelli erano così corti che quasi non contavano, e l'unica parte della sua uniforme che si potesse definire "d'ordinanza" era la macchia d'olio che si espandeva con una pazienza quasi geologica sulla sua coscia sinistra.

Sorseggiò il caffè e squadrò la linea degli indicatori di pressione di tribordo, spiando il fremito rivelatore di una perdita di vuoto. Non che diffidasse della diagnostica della nave, semplicemente preferiva veder arrivare il disastro.

Dall'altra parte della cambusa, Mercy si era impadronita del tavolo malconcio, che stava perdendo la sua guerra sia contro la gravità sia contro le numerose riparazioni improvvisate. Ordinava i chip di credito in colonne precise, facendoli schioccare con la meticolosa aggressività di un croupier da casinò. I suoi capelli al momento erano fucsia con violente striature verdi, e gli stivali malconci appoggiati sulla sedia accanto sembrava avessero attraversato una guerra minore — se la suddetta guerra avesse avuto un codice di abbigliamento per la massima insubordinazione. Contava ad alta voce, con un tono denso di quella sorta di malizia che deriva solo dall'essere entrati in possesso di un po' di soldi di recente.

«Uno per me,» disse Mercy, facendo scivolare un chip in una minuscola pila, «uno per le riparazioni e uno per la prossima idea terribile del capitano.» Ripeté il ciclo con crescente soddisfazione. «Uno per me. Uno per Lyra. Uno per una scelta criminalmente avventata.»

Dietro la console principale, Rask Helvan contribuiva all'atmosfera della stanza con un ronzio stonato. Non era chiaro se stesse effettivamente lavorando o solo aspettando che si presentasse la crisi successiva. Rask indossava la sua vecchia giacca da pilota come una seconda pelle e, anche con i piedi sulla console e le mani dietro la testa, dava l'impressione di qualcuno in procinto di raggirare un ispettore della dogana o di rubare una camera di compensazione. I capelli erano appena al di qua del presentabile e il sopracciglio sinistro aveva un'inclinazione permanente verso l'alto, come se sospettasse che il resto della sua faccia fosse partecipe di uno scherzo e si rifiutasse di spiegarglielo.

Picchiettò sulla console con un solo dito, borbottando numeri sottovoce. «Buone notizie, equipaggio: siamo solvibili. Tecnicamente. Per poco. Ma decisamente solvibili.»

Lyra bevve un altro sorso. «Definisci solvibili.»

Rask sogghignò, i denti bianchi che lampeggiavano contro tre giorni di barba incolta. «Se ignoriamo le riparazioni essenziali, il carburante, l'attracco, i mandati di cattura pendenti e l'intero concetto di tasse, siamo praticamente degli aristocratici.»

Mercy fischiò, poi raccolse i chip dal tavolo in una sacca bitorzoluta. «Hai sentito, Lyra? Siamo aristocratici. Meglio che inizi a esercitarti con il sorrisetto sprezzante.»

«Ero già un passo avanti a te,» disse Lyra, impassibile. Si raddrizzò e puntò un dito verso un indicatore lontano. «A proposito, la bobina di babordo sta girando al dodici per cento oltre le specifiche. O la diagnostica ha le allucinazioni o stiamo per fare un buco nel collettore. Di nuovo.»

Doc si materializzò con la muta disapprovazione di un uomo che aveva visto troppe mattine come quella. Il suo camice bianco era riconoscibile come tale solo per la sua ostinata incapacità di prendere fuoco durante i normali incendi ai motori, e le sue mani portavano il vago sentore chimico di antisettici. Posò un kit medico malconcio sul bancone della cambusa e osservò la scena con uno sguardo che avrebbe potuto far cagliare il latte.

«Dovremmo allertare le autorità?» chiese Doc, già rovistando nel kit per vedere cosa fosse sparito dal giorno prima.

«Non scherzare,» disse Rask. «Potremmo davvero dover vedere un funzionario della dogana in questa corsa.»

Lyra sollevò la tazza in un brindisi. «Che tutte le tue bugie siano piccole e plausibili.»

Doc le lanciò uno sguardo di rispetto professionale, poi tornò a contare le bende. «Chi ha lasciato una pinza femorale nel frigo?» disse, senza rivolgersi a nessuno in particolare.

La testa di Mercy scattò in su. «Ecco dov'era finita! Tecnicamente, la tenevo al freddo per la scienza.»

«Sono certo che il controllo delle infezioni funzioni così,» replicò Doc, e ripose la pinza nel kit senza staccarle gli occhi di dosso.

L'interfono gracchiò, tornando in vita con un basso sospiro meccanico. Poi: «Il Capitano Rask Helvan ha completato con successo un lavoro e non è esploso. Gli storici vorranno la data esatta. Si suggerisce una targa commemorativa.» La voce era femminile, con l'intonazione secca e cantilenante di un'IA per bambini cresciuta tra troppe storie di guerra e zii ubriachi che usavano un linguaggio scurrile.

Mercy allungò il collo verso l'altoparlante più vicino. «Glim, era un complimento?»

La risposta dell'IA giunse con un debole ronzio elettronico. «Non per te.»

Mercy finse di avere il cuore spezzato, premendosi una mano sul petto. «Mi sento così trascurata, Glim. Potrei sabotare l'alimentazione dell'aria.»

«Fallo pure. Mi sto annoiando,» disse Glim, poi interruppe la comunicazione con uno schiocco.

Lyra alzò lo sguardo al soffitto. «Possiamo avere una nuova intelligenza di bordo?»

Rask scosse la testa. «Troppo tardi. L'ultima ci sta ancora mandando minacce legali.» Girò la sedia per fronteggiare il suo equipaggio, incrociando le mani dietro la testa. «Propongo una breve celebrazione, e poi anticipiamo il nostro prossimo disastro.»

Mercy aveva già aperto un pacchetto di qualcosa di arancione e cancerogeno. Lo offrì in giro. «Celebrare cosa, di preciso?»

Il sorriso di Rask si acuì. «Abbiamo finito un lavoro, siamo stati pagati e le autorità non ci hanno sequestrato la nave. Cosa vuoi di più?»

Mercy ci pensò un attimo, poi si strinse nelle spalle. «Sesso, alcol e violenza. I classici.»

«Scegline due,» disse Lyra.

Mercy le lanciò un'occhiata maliziosa. «Non c'è abbastanza tempo per tutti e tre?»

Doc, che stava riorganizzando il kit medico per ordine di triage, lo posò con un po' più di forza del necessario. «Se avete intenzione di fare sesso o di usare la violenza, avvertitemi prima. Posso ricucire solo fino a un certo punto.»

La plancia della Meridian era uno studio sull'incuria controllata. C'erano tre sedili: uno per il pilota, uno per l'ingegnere e uno per una persona a cui non importava di vivere oltre il successivo salto nell'iperspazio. Rask, che ricopriva tutti e tre i ruoli in modo intercambiabile, al momento aveva gli stivali sulla console e una tazza della bevanda di Lyra in equilibrio precario sul ginocchio. Stava per tentare l'impossibile — berla senza usare le mani — quando la voce di Glim squarciò il ronzio dei sistemi nel modo in cui solo una catastrofe imminente sapeva fare.

«Trasmissione in arrivo,» disse Glim. «Origine: banda prebellica. Difficoltà di traduzione: novantasette per cento. Tono: minaccioso.»

Mercy fu la prima a reagire. Si era spaparanzata sul sedile del copilota, gli stivali che grattavano via scaglie di sigillante secco dal bracciolo, e si rizzò come un cane che avesse fiutato esplosivi freschi. «Prebellica? Non è la banda che riservavano al comando imperiale?»

«Presumibilmente,» replicò Glim, già indispettita. «Ma non è nei miei registri. Questo mi mette a disagio.»

Doc entrò fluttuando, tazza in una mano e medscanner nell'altra, e prese posizione dietro la spalla di Rask. «Probabilmente è una trappola,» disse, come se stesse leggendo il meteo del giorno dopo.

Rask, da parte sua, sembrava deliziato. «O un giorno di paga che stava aspettando qualcuno esattamente così stupido.» Si chinò in avanti, gli occhi che si stringevano mentre la console si riempiva di una striscia strisciante di dati corrotti — pixel che si contraevano come una lucertola in punto di morte.

La voce di Lyra, un misto di caffeina e sfida, giunse dal portello mentre entrava e controllava gli indicatori. «Quel formato non dovrebbe esistere.»

«La maggior parte della nostra nave non dovrebbe esistere,» sottolineò Doc. «Eppure, eccoci qui.»

Glim intervenne di nuovo: «Devo ignorare il messaggio o l'umore prevalente è "correre dritti verso una possibile sventura"?»

Mercy si mise a sedere, già sogghignando. «Glim, sapevo che stavi iniziando a capirci.»

Rask tamburellò con le dita sulla console. «Vediamo cosa hanno da dire i morti.»

Lo schermo principale tremolò. Emerse uno schema: tre lenti e deliberati impulsi di statica, seguiti da un silenzio digitale echeggiante. Lyra fissò la forma d'onda, corrugando la fronte. «È una richiesta di soccorso. O una convocazione. Il formato è simile, ma c'è uno strato sottostante. Criptato, forse. Glim?»

«Ci sto lavorando,» replicò Glim, e la console si illuminò di sovrapposizioni spettrali: stringhe di cifrari imperiali e antichi sigilli militari che luccicavano ai margini della comprensione.

Doc sorseggiò la sua bevanda e fece una smorfia. «Perché qualcuno dovrebbe trasmettere da un protocollo morto? Nessuno dovrebbe essere in ascolto.»

Lo sguardo di Rask si acuì. «A meno che non vogliano essere trovati da qualcuno che saprebbe come fare.»

Mercy annuì con la testa. «Chiunque sia, conosce noi, o gente come noi.»

Lyra roteò gli occhi. «Se è una taglia, sarà scaduta da dieci anni. Potremmo finire per dover pagare noi per esserci presentati.»

Glim interruppe: «Ho verificato la fonte. La traccio sulla mappa di navigazione.»

Un vettore si disegnò sulla carta stellare, terminando in un sottile ammasso di polvere e roccia etichettato "Regione di Filt – Dismessa".

«Nient'altro che relitti e sfortuna là fuori,» disse Lyra.

Mercy si chinò, troppo vicina allo schermo. «Quindi... condizioni di lavoro standard.»

Doc borbottò: «Solo se ci pagano in anticipo.»

Glim eseguì una diagnostica e la proiettò sull'oblò principale: un singolo punto, debole, oscillante. «L'integrità del segnale si sta deteriorando. La fonte è in orbita di decadimento. Raccomando un'indagine immediata, per un valore di "raccomando" che significa anche "supplico".»

Rask guardò dallo schermo al suo equipaggio, poi di nuovo allo schermo. «Voto per andare. Nel peggiore dei casi, avremo una storia da raccontare la prossima volta che qualcuno cercherà di farci bere fino a non reggerci in piedi.»

Mercy alzò un pugno. «Moriamo da leggenda.»

Lyra si strinse nelle spalle. «Traccerò una rotta d'avvicinamento, ma se questo si trasforma in un altro lavoro non pagato, ti riterrò personalmente responsabile.»

«Questo è lo spirito,» disse Rask, alzandosi per sgranchirsi. Sorrideva come un uomo a cui erano appena state consegnate le chiavi di una stanza proibita e che intendeva toccare tutto ciò che c'era dentro.

Doc roteò gli occhi, ma non discusse. «Preparo il necessario per i traumi.»

La nave virò mentre Lyra inseriva una correzione di rotta. La Meridian rispose con il suo consueto catalogo di lamentele: un fremito lungo i montanti, un gemito dalla paratia e l'odore di un supporto vitale sovraccarico. Il settore di polvere crebbe nell'oblò, il campo stellare si diradò mentre acceleravano verso l'anomalia.

Sullo schermo principale, il segnale si ripeté: tre deboli battiti, così regolari da sembrare il polso di un cuore morto da tempo.

Mercy lo guardò, rapita. «Qualcun altro ha la sensazione che siamo stati invitati al nostro funerale?»

Rask sorrise ancora di più, gli occhi che riflettevano il bianco-blu della trasmissione spettrale. «Forse. Ma a queste cose si mangia sempre bene.»

Lyra scosse la testa, la bocca che si contraeva in quello che avrebbe potuto essere un sorriso. «Sei incapace di essere prudente.»

«Preferisco il termine "allergico",» replicò Rask. «Ma a volte ho buone intenzioni.»

Il sospiro digitale di Glim fece tremolare le luci sopra le loro teste. «Traccio la rotta verso la nostra inevitabile fine. Arrivo tra quattro ore e trentasei minuti.»

Doc controllò il medscanner, già rassegnato. «Scommesse su cosa ci aspetta?»

Mercy non esitò. «Un signore della guerra arrabbiato. O una di quelle inquietanti sette di cyborg che credono nell'illuminazione attraverso il dolore. Oh, o una capsula di salvataggio piena d'oro.»

«Scommetto su un relitto. Forse un cadavere. Forse diversi,» azzardò Lyra.

«Vi sbagliate tutti,» disse Glim. «Ma non sono autorizzata a dire come.»

La console gracchiò mentre il messaggio veniva riprodotto un'ultima volta. Tre battiti, un respiro, e poi una singola parola bruciò attraverso la statica:

VIGILANCE

La Meridian mantenne la rotta, tutti gli occhi puntati sul fantasma nella macchina. Nessuno sbatté le palpebre.

Nessuno voleva essere il primo ad ammettere di avere paura.

DUE

La transizione della Meridian dalla velocità sub-luce comportava sempre una lieve scossa esistenziale, come svegliarsi e rendersi conto che l'universo era ancora fondamentalmente a pezzi ma che, almeno, si era sopravvissuti alla notte. Il visore principale sfarfallò per poi stabilizzarsi, dipingendo la Fascia di Halcyon con una distesa di luce ancestrale e roccia bruciata.

Lyra spostò lo sguardo dai sensori ai feed esterni, per nulla impressionata dalle dimensioni del campo di detriti. Non era tanto un pericolo per la navigazione, quanto un caso di studio sull'incuria orbitale. «Verrebbe da pensare che se l'Impero aveva le risorse per costruire una nave del genere,» disse, «avrebbe anche potuto fare pulizia.»

«O almeno lasciare un cartello dal tono severo,» replicò Doc, sbirciando da sopra la sua spalla. «Attenzione: Contiene sogni infranti e bulloni allentati.»

Mercy si fece avanti, con gli occhi fissi sulla crescente macchia scura ai margini della cintura di polvere. «Eccola, allora. La Vigilance. Da vicino sembra più grande.»

La sovrimpressione dei sensori non rendeva giustizia

alla nave da guerra. A quella distanza, il vascello si estendeva per metà del visore, anche se gran parte del suo scafo era andata persa in battaglia, a causa del tempo, o di entrambi. Le placche esterne erano deformate, bruciacchiate e costellate di impatti che avevano chiaramente ignorato ogni nota convenzione di guerra civilizzata. I motori freddi si spalancavano sul vuoto, anneriti e incrostati di isolante estruso. Qualunque cosa avesse alimentato la Vigilance, era fuggita o era morta in modo spettacolare.

Ma era lo scafo il vero monumento: mezzo chilometro di corazza composita, fasciata da venature di raffreddamento e condotti ridondanti che un tempo, presumibilmente, avevano mantenuto in vita e produttive migliaia di anime. Ora, le insegne lungo la linea mediana erano butterate e abrase – «COMANDO ESECUTIVO IMPERIALE» – le parole erose fino a diventare un ghigno a malapena leggibile.

Un debole impulso bluastro baluginò lungo l'asse centrale della nave. Non era abbastanza forte da illuminare, ma circa ogni minuto la linea si accendeva, increspandosi lungo lo scafo come un nervo che ricordava di dover essere vivo. L'effetto ricordava meno una linea di vita e più uno spasmo da cadavere.

«Quella non è una nave,» disse Lyra, regolando lo spettro. «È un mausoleo.»

Mercy emise un fischio sommesso. «Vale comunque come recupero.»

Doc incrociò le braccia, arricciando un labbro. «A meno che i fantasmi non chiedano l'affitto.»

A proposito, la voce di Glim si diffuse dagli altoparlanti: «VIGILANCE – NAVE DA GUERRA CLASSE COMMANDO, DISMESSA 22 ANNI FA.» Lasciò che il silenzio si protraesse, poi aggiunse: «Sopravvissuta a sei conflitti maggiori, senza contare le conseguenze legali.

Nessun membro dell'equipaggio risulta in vita nei registri recenti.»

Rask entrò fluttuando, sveglio quel tanto che bastava per sembrare in piedi da ore. Osservò la scena con quel divertimento a palpebre socchiuse riservato ai disastri professionali. «Qualcuno ci teneva davvero a mandare un messaggio,» disse. «Qualche indizio sul perché sia ancora attiva?»

Lyra scorse la diagnostica. «Metà della rete elettrica è andata. L'altra metà sta...» strizzò gli occhi «...oscillando tra un blackout e una specie di riavvio bloccato.»

Mercy picchiettò sul display. «Magari è infestata. Non sarebbe il lavoro più strano che abbiamo fatto.»

«Non entrerebbe nemmeno nella top five,» disse Doc.

Rask sogghignò, mostrando i denti. «Avanti, ammettetelo. Siete tutti un po' curiosi.»

«No,» disse Lyra. Poi, dopo una pausa: «Sì, ma solo per cortesia professionale.»

La nave tremò quando Lyra portò la Meridian in un lento e cauto sorvolo. I sensori dello scafo rilevarono pezzi di metallo bruciato e, una volta, il nucleo denso di quella che poteva essere stata una capsula di salvataggio, ora fusa in un unico pezzo di spazzatura celeste.

Rask socchiuse gli occhi verso il feed. «Glim, vedi qualche difesa attiva?»

Una pausa, poi: «Se ne sono rimaste, sono puntate le une contro le altre.»

Lui fece spallucce. «Meno lavoro per noi, allora.»

Lyra seguì l'impulso blu che tremolava lungo la linea centrale della nave da guerra. «Sta eseguendo un loop. Non riesco a individuarlo, ma qualcosa nel nucleo sta ancora assorbendo energia.»

Doc borbottò: «Per alimentare cosa, di preciso? Le luci?»

Mercy, con gli occhi che brillavano, disse: «Magari ha una di quelle cripte apocalittiche. Potremmo andare in pensione con il valore di rivendita.»

Lyra disse, impassibile: «Oppure sta sfiatando liquido di raffreddamento del reattore e moriremo tutti di cancro cosmico.»

Il sorriso di Mercy si allargò. «Ecco perché ci portiamo dietro Doc.»

Doc sospirò e scosse la testa. «Sono un medico, non un contatore Geiger.»

Virarono per un passaggio più ravvicinato. I proiettori anteriori della Meridian tagliarono i fianchi della Vigilance, illuminando nuove cicatrici: anelli d'attracco squarciati, cablaggi estrusi avvolti attorno allo scafo come le viscere stesse della nave. C'erano punti in cui il fuoco aveva saldato le porte dei corridoi, bloccando metà delle paratie in una morsa permanente.

E poi c'era la bandiera.

Si aggrappava all'antenna dorsale, rigida come un'asse, il suo sigillo Imperiale ancora visibile attraverso la brina. La bandiera era spezzata a mezz'aria, bloccata nel suo tentativo fallito di fuga. Lyra la fissò per un momento, provando la più strana fitta di compassione.

Glim, sempre pronta a rovinare l'atmosfera, intervenne: «Ho trovato il registro di controllo. Sta trasmettendo su un canale aperto, ma solo alle comunicazioni locali. C'è una richiesta di handshake che si ripete.»

Mercy rispose immediatamente: «Che faccio, saluto?»

Doc sbuffò. «Finirai per sposare il pilota automatico.»

Mercy sogghignò. «Non sarebbe la prima volta.»

Rask li ignorò, gli occhi fissi sul display principale. «Mettici in comunicazione, Glim. Vediamo se quella cosa vuole negoziare.»

Gli altoparlanti gracchiarono con un'esplosione di

statica, poi una voce – sottile, meccanica e perfettamente modulata – echeggiò sulla plancia.

«Helvan. Meridian. State violando il protocollo di recupero Imperiale. Attendere il recupero.»

Lyra inarcò un sopracciglio. «Questo non è un avvertimento. È un'azione di abbordaggio.»

Rask non parve turbato. «Allora meno male che non valiamo la pena di essere abbordati.»

«O è un male, se vuol dire che si stanno annoiando,» disse Mercy.

Glim, con evidente gusto: «La buona notizia è che non ho trovato segni di vita. La cattiva notizia è che non ho trovato nemmeno segni di morte. Fate voi.»

Lyra sentì un'ondata di inquietudine, non che l'avrebbe ammesso. Avviò una scansione passiva, osservando i pattern energetici apparire e scomparire dalla coerenza come una febbre ostinata.

Rask si appoggiò allo schienale e appoggiò i piedi sul bordo della console, in tutto e per tutto un uomo a suo agio in un disastro. «Mettici in orbita di stazionamento. Vediamo com'è la situazione sui ponti prima di iniziare a ficcare il naso.»

Mercy prese i comandi. «Rimaniamo fuori dal raggio traente?»

Rask fece spallucce. «Se ne ha ancora uno, voglio vedere cosa succede.»

Doc alzò gli occhi al cielo. «L'ultima volta che hai voluto vedere cosa succedeva, abbiamo passato due settimane a mangiare solo barbabietole idroponiche.»

«Serve a forgiare il carattere,» disse Rask, impenitente. «E poi, Glim si stava annoiando.»

Le luci di Glim lampeggiarono di un blu glaciale. «Ora sono semplicemente perturbata a livello esistenziale.»

Mentre la Meridian procedeva, Lyra osservò la Vigilance ruotare lentamente sotto di loro. Uno degli anelli di attracco pendeva aperto, con i denti scoperti verso il vuoto. L'impulso lungo la spina dorsale della nave accelerò, solo per un istante, come se l'intero vascello stesse cercando di ricordare cosa significasse essere vivo.

Lyra borbottò: «Mai visto niente del genere.»

Mercy, quasi con riverenza: «È bellissima. In un modo omicida.»

Doc si limitò a scuotere la testa. «Voi avete bisogno di hobby.»

Per un lungo minuto, rimasero seduti in silenzio, la nave da guerra che ruotava sotto di loro, le stelle lontane indifferenti.

Rask, a bassa voce: «D'accordo, equipaggio. Chi vuole andare a salutare?»

Nessuno rispose, ma nessuno protestò.

La Meridian virò per un altro passaggio, le luci che spazzavano la Vigilance, come se sperasse che la vecchia corazzata sbattesse le palpebre per prima.

Non lo fece.

C'era un tipo speciale di terrore riservato all'abbordaggio dei relitti: troppo vecchi per essere pericolosi, troppo nuovi per essere veramente morti. L'airlock della Meridian aveva un suo rituale: controllare le guarnizioni, contare le teste, ricordarsi di portare qualcuno di sacrificabile. In questo caso, "sacrificabile" significava Rask, Lyra, Mercy e Doc.

Glim intervenne nei loro caschi, con voce metallica e autoritaria: «Traiettoria dello shuttle stabile. Adesso avete statisticamente più probabilità di morire in un tragico incidente che di violenza casuale. Congratulazioni.»

«Obiettivo sbloccato,» borbottò Rask, flettendo i guanti. Controllò due volte l'imbracatura di sicurezza, per lo più per scena.

Lyra era già connessa alla matrice di controllo dell'air-lock. «Sequenza remota impostata. Abbiamo esattamente quattro minuti prima che questo corridoio torni al vuoto spinto, quindi recitate preghiere brevi.»

Mercy sembrava entusiasta. «Soffocare conta come una crisi o solo come un momento clou della carriera?»

Doc, in coda al gruppo, emise un sospiro che si appannò dentro il suo casco. «Una volta, vorrei tanto medicare qualcuno che si è fatto male con qualcosa di normale. Un frullatore, per dire.»

Il corridoio esterno che collegava la Meridian alla Vigilance era un tratto di condotto saldato a vuoto, ufficialmente omologato per il trasporto industriale ma da tempo riadattato per attività meno legali. Ogni quindici metri, una luce di emergenza malconcia tremolava a intermittenza, proiettando le figure assicurate alle cime in ombre stroboscopiche. L'estremità opposta era una bocca – l'airlock dorsale primario della Vigilance, sigillato dalla paranoia Imperiale e poi lasciato a marcire dall'incuria.

Glim monitorava il loro avvicinamento, facendo la cronaca mentre attraversavano. «Le radiazioni a metà del corridoio sono elevate. Suggerisco di trattenere il respiro fino a mio nuovo ordine.»

Mercy si portò in testa, sfrecciando da un appiglio all'altro, con gli stivali che a malapena sfioravano la rete metallica. «Scommetto cinquanta crediti che arrivo alla camera di compensazione prima di Lyra.»

«Soldi facili», ribatté Lyra. «Non ci tengo ad arrivare per prima.»

Doc, con voce piatta: «Se arrivate tutt'e due insieme, potete almeno morire in modo dignitoso?»

Completarono la traversata a tempo di record, non perché lo volessero, ma perché il vuoto alle loro spalle sembrava meno confortante del relitto infestato che li attendeva.

Lyra raggiunse il pannello della camera di compensazione, ne pulì la superficie dalla brina e si mise al lavoro. Estrasse un tozzo multiutensile dalla cintura e forzò un portello di manutenzione con violenza chirurgica. I meccanismi interni erano vecchi, etichettati a mano con una grafia che suggeriva paranoia o problemi di vista.

«Standard di sicurezza imperiali», brontolò. «Sempre terribili.»

Ponticellò una coppia di contatti, diede un colpo al reset e la camera di compensazione sussultò. Mercy si sporse sopra la sua spalla, offrendo un consiglio utile: «Prova a colpirlo più forte.»

Lyra la fulminò con lo sguardo, poi lo fece.

Il portello rispose con un sibilo, più stizzito che meccanico, e si aprì lentamente. La prima zaffata d'aria non fu tanto un odore quanto una consistenza: oleosa e metallica. Fece prudere il naso di Rask dentro l'elmo.

«Permesso di entrare», intonò Glim, poi, «Nota bene: il primo a varcare la soglia si assume ogni responsabilità legale per le maledizioni successive.»

Mercy irruppe dentro, con gli stivali in avanti.

All'interno, la *Vigilance* era una cattedrale per gli irrimediabilmente delusi. Il corridoio curvava dolcemente allontanandosi dalla camera di compensazione, rivestito di polimero nero e bordato da un reticolo ghiacciato dove l'atmosfera si era congelata sull'acciaio freddo. Ogni tre passi, la gravità cambiava: un momento una leggera attrazione, quello dopo un balzo che mandava gli stivali a grattare il soffitto.

L'alito di Lyra appannò l'interno della sua visiera

mentre camminava. «La gravità è a un terzo. O i sistemi di riserva stanno cedendo o questa nave andava avanti a ottimismo.»

Doc li seguiva, con la borsa medica agganciata al fianco. «Ho visto di peggio», disse, poi si corresse: «No, un momento, non è vero.»

Mercy passò un dito lungo la parete, poi lo guardò. «L'acciaio tiene. Niente corrosione.»

«Lo dici come se fosse una buona notizia», disse Doc.

Si addentrarono, ogni passo accolto da un debolissimo eco di sé stessi, come se la nave volesse ricordare com'era essere piena. L'unica luce proveniva da strisce d'emergenza irregolari, i cui intervalli erano abbastanza sbagliati da mettere i nervi a dura prova.

Rask chiudeva la fila, sbirciando in ogni stanza laterale. La maggior parte erano sigillate, alcune aperte a rivelare banchi di equipaggiamenti, tutti inerti. Era un museo del fallimento.

La voce di Glim tornò, più bassa e sommessa: «Rilevo attività elettrica sporadica. Non è sufficiente ad alimentare il supporto vitale, ma ci sta decisamente... provando.»

«Provando a fare cosa?», chiese Rask.

«Impossibile dirlo. Ma se inizia a parlarti direttamente, fammelo sapere.»

Svoltarono una curva e si trovarono sulla soglia dell'anticamera di comando. In tempi migliori, avrebbe vibrato di rapporti di stato e disciplina. Ora, l'unico movimento era la lenta deriva di particelle attraverso un fascio di luce d'emergenza.

Le console erano morte, tutte tranne una: un oloproiettore scheletrico appollaiato su un banco di comando incrinato. L'immagine tremolava, ripetendo in loop una singola riga di testo:

INIZIAZIONE LOCKSTEP: ATTENDERE

Lyra si fermò di botto. «Questo non è un segnale di soccorso. È una sequenza di avvio.»

Mercy si avvicinò per guardare meglio. «Qualcuno sa cos'è un lockstep?»

Doc guardò Rask. «Sembra una cosa militare.»

Le labbra di Rask si assottigliarono. «Significa che qualcuno, o qualcosa, sta cercando di risvegliarsi.»

Rimasero in un silenzio denso di rimpianto. Solo Mercy lo ruppe, allungando una mano per colpire il display.

Mentre il suo guanto attraversava l'ologramma, l'illuminazione d'emergenza calò, per poi tornare più intensa. Da un punto più profondo della nave, un clangore riverberò: una singola nota che sembrava provenire da ogni parte contemporaneamente.

Tutti e quattro si immobilizzarono.

La voce di Glim squarciò la tensione, insolitamente urgente: «I sensori hanno appena rilevato calore residuo dal Ponte Crio 3.»

La mano di Mercy corse all'arma da fianco. «Definisci residuo.»

«Mi piacerebbe», rispose Glim, «ma si sta muovendo.»

Rask fece cenno alla squadra di disporsi a ventaglio, un gesto reso difficile dal fatto che nessuno voleva davvero uscire dalla sua ombra. Avanzarono nel corridoio successivo, armi in pugno, le luci che spazzavano l'ambiente con un arco deliberato.

L'aria divenne più fredda e la brina si fece più spessa. Davanti a loro, il portello della sala criogenica era leggermente socchiuso, la sua superficie butterata da cicatrici da impatto. Mercy si mise in testa, spinse il portello con lo stivale e lo lasciò aprire.

La sala era una caverna, rivestita dal pavimento al soffitto di sarcofagi con la parte frontale in vetro. La maggior parte erano vuoti, incrinati o in frantumi. Alcuni erano ancora appannati, con ombre che si muovevano all'interno.

Una di quelle ombre si mosse in un modo che non apparteneva a nessun ciclo del sonno. Spinse contro il vetro, lenta e decisa, poi si ritrasse come per riflettere. La brina si staccò dall'interno mentre una mano, umana, ma grigia e contusa, strisciava sulla superficie.

«Occhi aperti», sussurrò Lyra.

Un sibilo di sistemi pneumatici, poi il portello della capsula diciassette si aprì con un fremito.

La figura all'interno cadde in avanti, colpendo duramente il ponte. Il vapore della brina si sollevò dall'armatura martoriata, le cui insegne erano state da tempo bruciate fino a renderle irriconoscibili. L'elmo si staccò con una torsione e rotolò via con un rumore metallico.

Mercy imprecò a bassa voce. Doc emise un suono a metà tra il disgusto e l'interesse clinico. Lyra alzò la pistola.

La donna sul ponte sbatté le palpebre nella luce delle torce: più piccola, più esile, ma inconfondibile. La stessa mascella affilata. La stessa cicatrice sotto l'occhio sinistro. La stessa espressione che diceva di averli già giudicati tutti e di averli trovati carenti.

Era Rask in tutto ciò che contava – gli stessi lineamenti, lo stesso portamento, gli stessi occhi – solo al femminile, come se l'Impero lo avesse costruito di nuovo e corretto il progetto.

Rask la fissò, senza parole.

Le labbra della donna si dischiusero, la voce roca ma terribilmente familiare.

«Capitano... sei tornato.»

La bocca di Rask si seccò. Il tono era più alto, ma la cadenza, l'inflessione, era la sua. Ogni sillaba precisa. Controllata. Condiscendente.

Mercy sussurrò: «È un clone. Vero? Ti prego, dimmi che è un clone.»

Doc non abbassò l'arma. «O una crisi d'identità in corso.

La donna puntellò una mano sul ponte e si tirò su. I suoi movimenti erano lenti, attenti, come una macchina che reimparava i propri limiti. Era più bassa di Rask di mezza testa, ma lo sguardo con cui lo squadrò lo schiacciò allo stesso modo.

«Io sono... incompleta», disse. «Mi hai lasciata qui.»

Rask finalmente ritrovò la voce. «Non ti ho mai vista in vita mia.»

Lei sorrise senza allegria. «Lo dici come se avesse importanza.»

Dietro di lei, file di capsule criogeniche passarono dal rosso all'ambra. L'aria si riempì di un lento battito cardiaco meccanico: ventole che giravano, circuiti idraulici che si attivavano.

La presa di Lyra si strinse. «Le capsule si stanno attivando. Dobbiamo muoverci.»

La voce di Glim gracchiò attraverso le comunicazioni, precisa come sempre. «Capitano, le letture termiche sono in aumento in tutta la sala. Le altre capsule sono in sequenza di risveglio parziale. Raccomando ritirata strategica.»

Gli occhi di Mercy perlustrarono la stanza. «Definisci strategica.»

«Andarsene», disse Glim. «Immediatamente.»

Rask fece mezzo passo verso il clone. «Chi sei?»

I suoi occhi incontrarono quelli di lui, dello stesso grigio-verde dei suoi. «Designazione Rho. Unità di Comando Lockstep Due-Sette-Uno. Fail-safe di continuità.»

Una pausa, poi più piano: «Te. Ma migliore.»

Lyra sbuffò. «Passo.»

Rho barcollò, una mano premuta sull'addome. Dalla sua armatura si alzava del vapore. «Instabilità di sistema. Necessaria... ricalibrazione.» La sua voce tremò, passando da una precisione militare a una pura tensione umana. «Se mi spengo, gli altri si svegliano. Catena... fail-safe.»

Doc si accovacciò accanto a lei, lo scanner che lampeggiava. «Non sta mentendo. È collegata in rete a tutto il sistema.»

Lyra si accigliò. «Spiega con frasi di senso compiuto.»

«Se lei muore», disse Doc, «quegli altri si svegliano.»

Mercy borbottò: «Certo che è una trappola. Perché non avrebbe dovuto esserlo?»

«Capitano?», di nuovo Glim. «Picco di energia nei sistemi criogenici. Nove capsule stanno entrando nel ciclo primario. Avete circa novanta secondi prima che l'intera stanza inizi a farsi delle opinioni.»

Lyra puntò l'arma verso la capsula più vicina. «Posso risolvere io.»

«Negativo», disse Rask. «Se spariamo a uno, svegliamo il resto.»

«E allora?», sbottò Mercy.

Rask esitò — l'istante si allungò, ogni decisione improvvisamente sbagliata. Poi espirò, secco e rassegnato. «La portiamo con noi.»

Lyra sbatté le palpebre. «Noi cosa?»

«È lei la chiave di tutto questo», disse Rask. «È l'unica cosa sveglia in questo cimitero. Se la lasciamo, quelle cose si svegliano. Se la portiamo con noi, forse no.»

Doc si stava già muovendo, ipospray in mano. «Sedativo medico. Non durerà cinque minuti cosciente.»

Rho alzò lo sguardo, mezza intontita. «Permesso... di accompagnarvi, Capitano.»

La gola di Rask si strinse. «Sì», disse a bassa voce. «Accordo.»

Doc le fece un'iniezione con l'ipospray e lei cominciò a vacillare, gli occhi che si rovesciavano all'indietro.

Mercy si mise il fucile in spalla e caricò il clone inerte sulla propria con un grugnito. «Se mi spara nel sonno, verrò a perseguitarti.»

«Mettiti in coda», borbottò Rask.

Si mossero veloci, gli stivali che risuonavano sulla pavimentazione scivolosa di brina. Dietro di loro, le luci ambrate delle capsule tremolavano: la sala criogenica cominciava a respirare.

La voce di Glim si fece più tagliente. «Raccomando rapidità. La rete elettrica del relitto si è appena svegliata.»

«Aggiungilo alla lista», disse Lyra, coprendo la retroguardia. «Doc, come sta la Bella Addormentata?»

«Stabile, più o meno», disse Doc. «Vitali buoni. Sanità mentale discutibile.»

«Si integra alla perfezione», borbottò Mercy.

Quando raggiunsero la fine del corridoio prima che svoltasse verso la camera di compensazione, Rask rischiò un ultimo sguardo indietro alle capsule: file del suo stesso volto, che sognava sotto il vetro. Ognuno poteva svegliarsi. Ognuno poteva seguirli.

Premette il comando del portello. «Andiamocene al diavolo fuori dai miei incubi.»

Il portello si sigillò alle loro spalle.

Pochi istanti dopo, la *Meridian* si staccò dalla *Vigilance*, i motori che divampavano di un blu freddo contro il buio. Il relitto andò alla deriva, di nuovo silenzioso, per ora.

All'interno, l'indicatore luminoso della capsula diciassette passò da verde di nuovo ad ambra, poi a rosso.

E da qualche parte, nelle profondità della nave, qualcos'altro si svegliò e si mise in ascolto.

TRE

Se ci fosse stato un premio per l'Infermeria Più Sovraffollata, la Meridian l'avrebbe reclamato e gli avrebbe dato fuoco per incassare l'assicurazione. Rask aveva insistito perché la stanza fosse "multiuso". Lyra lo aveva tradotto con "a malapena adatta allo scopo". Doc lo definiva semplicemente un crimine di guerra contro l'assistenza sanitaria.

In quel momento, ogni centimetro era utilizzato. La nuova arrivata — il duplicato, la cosa nella tuta criogenica imperiale — occupava l'unico tavolo funzionante. Doc era chino su di lei, con uno scanner in una mano e l'altra che prendeva appunti compulsivi su un tablet scheggiato. Il vapore criogenico si sollevava dall'armatura del clone e si condensava sulle luci del soffitto, formando goccioline appiccicose che picchiettavano sul kit medico malconcio sottostante.

Lyra, a braccia conserte, si ficcò nell'unico spazio libero vicino alla parete di fondo. Non si era tolta gli stivali all'ingresso, partendo dal principio che nessuno moriva dissanguato più in fretta se era in calzini. Osservava Doc lavorare, con gli occhi socchiusi, monitorando in silenzio la velocità con cui passò da "restio" a "morbosamente affascinato".

Rask andava avanti e indietro lungo un solco consunto tra il carrello d'emergenza e l'armadietto delle scorte, gli stivali che battevano sul ponte con un'impazienza che rasentava la performance artistica. Lanciava un'occhiata al clone ogni tre passi, come se si aspettasse che si mettesse a sedere e dichiarasse che era tutto uno scherzo molto elaborato.

Mercy, per una volta, bazzicava nel corridoio, l'accesso negatole finché Doc non avesse finito la sua "autopsia preliminare su soggetto vivente", cosa che, a detta di Mercy, era discriminatoria nei confronti dei neoscongelati.

Il soggetto stesso giaceva inerte, gli arti divaricati ad angolazioni che suggerivano rigidità e collasso insieme. Da lontano, sarebbe potuta sembrare addormentata. Da vicino, sembrava il preludio di un incendio di origine elettrica.

Doc borbottò tra sé e sé mentre le scansionava il cranio. «Umana standard. Fin troppo. Ma la densità ossea è... okay, non è un errore di virgola, questa è solo creatività. Impianti nello sterno, rivestimenti in nanofibra sulle articolazioni principali.» Spostò lo scanner sul braccio di lei, dove striature grigie correvano sotto la pelle. «Potenziamento muscolare, per uso civile ma...» Scosse la testa. «Non civile. Questo è su misura. Qualcuno aveva un budget e un conto in sospeso.»

La voce di Lyra fendette l'aria. «Com'è il DNA?»

Doc sbatté le palpebre, come sorpreso che se ne fosse accorta. «Strano.»

«Definisci strano.»

Doc girò il tablet e lo inclinò in modo che persino Rask, il quale credeva nella biologia solo per ciò che riguardava l'assimilazione dell'alcol, potesse vedere. «Vedi come questa sequenza qui si sta stabilizzando... normale, standard, prevedibile.» Diede un colpetto allo schermo, passando a un nuovo schema. «Ma questa... sta cambiando da sola.»

Lyra inarcò un sopracciglio. «Non dovrebbe succedere.»

«Infatti,» disse Doc, quasi con gioia. «Si sta ricombinando in tempo reale. Chiunque l'abbia creata non credeva nella coerenza genetica.»

Rask si bloccò di colpo, braccia conserte, l'espressione a metà tra la preoccupazione e l'orrore malcelato. «Quindi, è un clone?»

Doc esalò un sospiro. «Non solo un clone, Capitano. È un capolavoro di etica perversa.»

L'interfono dell'infermeria emise un segnale acustico, poi la voce di Glim si diffuse, fastidiosamente allegra per un'IA di bordo. «Volete i dettagli o il riassunto da film dell'orrore?»

«Entrambi,» disse Rask, con voce piatta.

Glim non perse un colpo. «Analisi genetica completata. Il soggetto corrisponde al Capitano Helvan per il novantatré percento. Margine di errore: trascurabile. Conclusione: probabile derivato o clone diretto. Congratulazioni, Capitano. Sei diventato padre.»

Nella stanza calò un silenzio denso. Le labbra di Lyra si contrassero agli angoli; la mascella di Rask si mosse, ma non riuscì a pronunciare una parola.

«Ripetilo,» riuscì a dire alla fine.

Glim obbedì, ripetendo il rapporto a mo' di disco rotto. «Il profilo genetico è una corrispondenza quasi perfetta. È una copia con lievi miglioramenti nei domini muscolo-scheletrico, cardiovascolare e neurale. In particolare, al soggetto mancano i tuoi alleli più... eccentrici. Spiacente, Capitano. Hanno eliminato le parti che ti rendono divertente alle feste.»

Lyra emise un fischio sommesso. «Oh, questa sì che sarà divertente.»

Doc alzò lo sguardo solo quando il suo scanner iniziò a emettere un allarme epilettico. «Sta raggiungendo la temperatura più in fretta del previsto. Questo è... impossibile. Dovrebbe restare incosciente ancora per ore.»

Rask girò intorno al tavolo, scrutando il volto — un volto che, se si fossero grattati via i lividi e il congelamento, sarebbe sembrato il suo, solo meno stanco e meno propenso a fregarti gli stivali.

Tentò un sorriso. «Sono l'unico a cui viene voglia di darle fuoco, o è una cosa solo mia?»

Prima che qualcuno potesse rispondere, Mercy entrò di prepotenza, con una guaina di contenimento che le pendeva dalla mano. Guardò Doc, poi il tavolo, poi Rask e di nuovo indietro, quindi sogghignò. «Hai lasciato l'arma d'ordinanza della paziente nell'infermeria. Prego.» Sollevò la guaina, che luccicava di campi di contenimento. «Ha provato a spararmi, comunque.»

Doc le strappò di mano la guaina, scrutò l'arma e sbuffò. «Non è nemmeno carica.»

Mercy sorrise. «Allora è un'ottimista.»

Lyra sciolse le braccia e si chinò per guardare più da vicino. «Hai ottenuto qualche lettura dal suo cervello?» chiese a Doc.

Lui esitò. «Dipende. Vuoi la versione plausibile o quella inquietante?»

Rask disse: «Dacci quella inquietante. È stato il tema finora.»

Doc inclinò lo scanner sopra il cranio del clone, poi proiettò i risultati sullo schermo principale dell'infermeria. «Vedete i picchi? Sono normali per la fase REM o per cicli di veglia ad alta adrenalina. Ma lo schema non è casuale... guardate qui.» Zoomò, rivelando una sovrapposizione di impulsi frastagliati, quasi geometrici. «C'è una ripetizione. Un loop. Non sta sognando... sta elaborando.»

Lyra si accigliò. «Elaborando cosa?»

«Dati criptati,» intervenne Glim. «Lo schema corrisponde al protocollo di trasmissione tattica imperiale. È un relay di memoria, non uno stato onirico.»

Rask guardò il volto sul tavolo, poi la scansione, poi Doc. «Mi stai dicendo che l'Impero ha costruito un mio clone e, invece di dargli il senso dell'umorismo, gli ha riempito la testa di codici di guerra?»

Doc annuì, solenne. «Si potrebbe dire che è delusione armata.»

Il clone ebbe un fremito. Non fu molto — solo uno spasmo di un dito, ma bastò a far fare un passo indietro a tutti nella stanza. Mercy lasciò cadere una mano sulla fondina.

«I parametri vitali stanno di nuovo aumentando,» riferì Doc, con un tono ormai puramente professionale. «Si sveglierà, e non sarà una bella scena, ma non possiamo tenerla sedata per sempre. Di questo passo si riprogrammerà da sola fino a diventare un vegetale, o peggio... un paradosso ricorsivo. Ho visto un'igiene neurale migliore negli scimmioni ubriachi.»

Lyra si staccò dal muro. «E se attivassimo direttamente la memoria? Saltiamo il sogno e forziamo un riavvio pulito?»

Doc parve scettico. «Ti offri volontaria per connetterti a un clone imperiale sconosciuto? Perché io no. L'ultima volta che ho fatto un relay neurale mi ha quasi fritto le mani, e quella era solo la cavia.»

Glim intervenne, quasi con gioia: «Posso fare da proxy. Ho protocolli di isolamento.»

Doc lanciò un'occhiata al soffitto. «Protocolli di isolamento? La scorsa settimana hai provato a riparare il distributore di caffè. Adesso è peggio.»

«Sono migliorata,» disse Glim, compiaciuta. «Inoltre, è ricerca. Non possessione. Probabilmente.»

Seguì una pausa mentre tutti ricalcolavano la propria voglia di vivere.

Rask fu il primo a cedere. «Facciamolo. Nel peggiore dei casi, va in arresto cardiaco e tu ritrovi la tua pace e tranquillità.»

Doc sollevò la sua fiaschetta in un finto brindisi. «Al progresso, allora. Che non valga mai la pena.»

Lyra osservava gli schermi con la stessa curiosità distaccata che riservava ai guasti insoliti del motore. «Se le è rimasto qualcosa in testa, verrà fuori. Speriamo solo che non sia contagioso.»

Glim cinguettò: «Inizio relay neurale tra cinque... quattro...»

Rask roteò le spalle, come per prepararsi a un impatto.

«Tre... due...»

Gli occhi di Rho ebbero un tremito. Lo scanner andò in sovraccarico.

«Attivare,» disse Glim, e il mondo, o almeno l'infermeria, trattenne il fiato collettivamente.

Per un istante non accadde nulla, poi nell'infermeria la temperatura scese di diversi gradi, le luci tremolarono in sincronia con la donna sul tavolo. La presenza di Glim, normalmente un rumore di fondo, si gonfiò in un ronzio risonante, come se l'intero sistema nervoso della nave fosse stato deviato attraverso il carrello diagnostico e dentro il cranio di Rho. I monitor pulsarono di un blu violento; ogni superficie riflettente nella stanza iniziò a distorcersi, come una lente febbricitante.

Le palpebre di Rho ebbero uno spasmo. Lo schermo a parete sopra il tavolo sfrigolò, poi si risolse in un'esplosione di rumore visivo: un fotogramma glitchato, congelato, di un bianco puro, clinico e sovraesposto. La proiezione si allargò, dipingendo l'infermeria con una luce fredda e ultravioletta. L'equipaggio sbatté le palpebre e per un momento fu difficile dire dove finisse la realtà e iniziasse la memoria.

Apparve una figura: Rho, ma non la Rho che conoscevano. Stava in piedi, da sola, di fronte a uno specchio, in una camera di luce, con pareti piastrellate di bianco, ogni superficie igienizzata fino all'ostilità. Era spogliata dell'uniforme, con i capelli rasati a zero, il corpo segnato da file ordinate di cicatrici chirurgiche. Le insegne imperiali erano appese dietro di lei come una minaccia. Sbatté le palpebre, lentamente e con incertezza, un neonato che già si pentiva dell'universo.

La voce di Glim si diffuse dal soffitto, stranamente sommessa. «Flusso neurale sincronizzato. Inizio riproduzione.»

L'immagine tremolò. Dei tecnici — senza sesso, senza espressione — circondavano la ragazza, i volti sfocati in una generica burocrazia. Mormoravano tra loro, le loro voci che echeggiavano nell'infermeria con il timbro di un brutto sogno:

«Matrice Helvan. Instabilità emotiva ridotta a soglie accettabili.»

«Impronta di comando installata.»

«Cancellare il file sorgente originale.»

La scena si interruppe e si ricompose. Ora Rho galleggiava in una vasca di liquido lattiginoso, tubi inseriti nei suoi arti. I tecnici sbirciavano dentro, prendendo appunti, senza mai incrociare il suo sguardo. Sul vetro, qualcuno aveva scarabocchiato il suo nome — Rho — con un pennarello nero. Sotto: "Lotto 3.2 — Divisione Continuità".

Lyra, sempre la prima a commentare, tenne la bocca chiusa. La sua espressione, retroilluminata dalla luce blu, avrebbe potuto essere compassione o nausea.

Un altro salto. La proiezione mostrò Rho vestita di blu

imperiale, in perfetto attenti, affiancata da dozzine di suoi duplicati. Ogni volto identico, ogni postura provata con precisione atomica. In primo piano, una figura oscura in un cappotto da ufficiale — più alta, più anziana, ma inconfondibile — percorreva la fila. Si fermava davanti a ogni clone, ispezionandoli con annoiato disprezzo.

Le nocche di Rask sbiancarono sul bordo del carrello diagnostico. Non batté ciglio.

Nel ricordo, l'ufficiale si fermò di fronte a Rho. «Designazione?»

La voce di Rho era chiara, robotica. «Rho. Risorsa di Continuità, codice Helvan.»

L'ufficiale la soppesò, poi sorrise. Non era un'espressione piacevole. «Bene. Rapporto al Comando.»

Si voltò e l'angolazione catturò il suo volto per una frazione di secondo: il Capitano Rask Helvan, solo più pulito, più giovane, non ancora toccato da anni di fallimenti. Un fantasma in alta uniforme.

Il vero Rask imprecò a bassa voce. Nessuno lo rimproverò.

La scena sobbalzò di nuovo. Rho ora si trovava davanti a un'ampia finestra, con le stelle al di là deformate nella geometria malata della Deriva. File di soldati sfilavano in parata. Al suo fianco, l'ombra dell'ufficiale, sempre un passo avanti a lei.

«La continuità è scopo», disse la voce fuori campo, disturbata da interferenze statiche. «La continuità è controllo».

Lo schermo a parete ebbe un'intermittenza. Poi l'immagine mnemonica di Rho si voltò, guardando dritto attraverso la proiezione e dentro l'infermeria, verso il vero Rask. Sorrise, appena un poco. Era un'espressione umana, e proprio per questo ancora più inquietante.

Il corpo di Rho si inarcò sul lettino. Gli allarmi dei monitor urlarono. La proiezione si frantumò in mille schegge, ognuna delle quali mostrava un momento diverso: lo schiocco della frusta di un istruttore, una fredda stretta di mano con un ammiraglio, l'interno di una capsula criogenica visto da dentro, la lenta e deliberata cancellazione di un file digitale etichettato "Helvan, Rask – originale".

La convulsione si intensificò. Rho emise un suono sottile, lacerante, metà umano, metà errore di un modem. Le sue pulsazioni schizzarono fuori scala, e ogni superficie elettronica nella stanza reagì di conseguenza.

Doc scattò in avanti, le mani che si muovevano con gesti rapidi e sicuri. «Basta così. Prima che fonda un circuito, lei o noi». Premette con forza un interruttore sul carrello diagnostico, interrompendo il loop. Le proiezioni collassarono e la realtà tornò a galla con la violenza di un'emicrania.

Lyra scosse la testa, incredula. «Chiunque L'abbia costruita voleva che sopravvivesse a qualsiasi cosa».

Mercy sogghignò. «Dovremmo presentarLe la colazione di questa nave. Quello sì che Le spezzerà lo spirito».

Doc si asciugò le mani sull'asciugamano più vicino, poi si sedette pesantemente sull'armadietto delle scorte. «C'è dell'altro», disse, a voce più bassa. «Il DNA non è solo quello di Rask. C'è un secondo profilo, annidato più in profondità. Non l'ho ancora identificato, ma c'è».

Lyra aggrottò la fronte. «Riesci a rintracciarlo?»

«Ci sto lavorando. Ma se dovessi tirare a indovinare? È il donatore originale. Chiunque abbia commissionato il clone voleva tenerlo al guinzaglio. Probabilmente spiega il failsafe nella sua corteccia».

Mercy intervenne, «Che tipo di failsafe?»

Doc indicò la scansione. «Vedi qui? Questo ammasso. Sembra un tumore, ma non lo è... è un biocircuito. Se Lei devia dal protocollo, le manderà in pappa il cervello».

Rask fissò la clone priva di sensi. «Quindi, riassumendo: l'Impero ha creato un mio clone, l'ha riempito di istruzioni omicide e l'ha programmato per esplodere e risvegliare il prossimo robot assassino nel caso diventasse sentimentale?»

«In sostanza», disse Doc, senza umorismo.

Lyra scosse la testa. «Non sei mai andato oltre il grado di tenente. Perché avrebbero scelto te?»

Rask ci pensò, poi sogghignò. «Forse volevano solo vedere se funzionava. O forse», si avvicinò al volto della clone, «sono più pericoloso di quanto sembro».

Mercy sbuffò. «Impossibile».

Le luci di Glim tremolarono. «Trasmissione in arrivo. La inoltro o la ignoro?»

«Inoltrala», disse Rask, «ma tieni la linea protetta».

Lo schermo tremolò, poi si riempì di uno schema dai toni rossastri della Vigilance. Una voce — piatta, metallica e per nulla amichevole — tagliò l'aria della stanza.

«AUTORITÀ DI COMANDO IMPERIALE. QUI CENSOR. PROTOCOLLO LOCKSTEP ATTIVO. SOGGETTO RHO: RITORNARE SOTTO CONTROLLO O ESSERE TERMINATA».

Lo schermo si spense. «Credo che si riferiscano a lei», disse Glim.

La voce di Lyra era secca come sabbia antica in gola. «Quindi è lei la chiave, e noi l'abbiamo appena rubata».

Rask camminava avanti e indietro in un cerchio stretto, ogni nervo teso. «Dobbiamo svegliarla. Doc, quanto ci vuole?»

«Trenta minuti, se la vuoi viva. Meno, se ti piacciono i casini».

«Svegliala prima», disse Rask. «Il mondo non aspetta mai che il casino si sistemi da solo».

Doc sospirò, preparò un altro ipospray e lo impostò al minimo. «Funerale tuo», borbottò.

Mentre iniettava il farmaco alla clone, Mercy si avvicinò fluttuando, con gli occhi luccicanti. «Se cerca di ucciderci e la facciamo fuori, posso tenermi i suoi stivali?»

«Assolutamente», disse Rask, senza però mai staccare gli occhi dal volto sul lettino.

Il monitor ricominciò a mostrare picchi, l'attività neurale che fioriva in frattali selvaggi e criptici.

E per un istante teso ed elettrico, tutti nella stanza si chiesero se avessero appena firmato per l'ultimo lavoro di recupero della loro vita.

Rho tornò in vita come un errore di sistema: nessuna transizione graduale, solo un sobbalzo da uno stato di morte a uno di coscienza. Il suo corpo fu scosso da uno spasmo, i pugni si serrarono, gli occhi si spalancarono con la furia bianca e cruda di un faro di ricerca. Si mise a sedere. Il monitor lanciò un urlo d'allarme. Per un secondo terribile, nessuno si mosse.

Le luci dell'infermeria tremolarono, lampeggiando a ritmo con le sue pulsazioni. La voce di Glim, questa volta priva di ogni inflessione, si fece strada tra le interferenze: «Si sta sincronizzando con i sistemi della nave... male. Tento di creare un firewall».

Le prime parole di Rho emersero come una crepa nel mondo: «Capitano Helvan. Rapporto sulla situazione».

Rask ebbe un sussulto. Doc imprecò, poi fece due cauti passi indietro. La mano di Lyra andò alla sua pistola, ma non la estrasse. Persino Mercy, che avrebbe scommesso di essere la meno incline a sorprendersi, si ritrovò a fissare Rho con un sentimento vicino al rispetto.

La clone — no, l'ufficiale, anche da priva di sensi emanava autorità — scrutò la stanza. Le sue pupille saettavano da un volto all'altro, sezionando ognuno fino all'osso.

Vide Rask per ultimo.

«Tu non sei lui», disse, le parole dense di incredulità e di qualcosa di più gelido.

Rask riuscì a sorridere, anche se la bocca sembrava appartenere a qualcun altro. «Non ho mai detto di esserlo. Quello vero è impegnato a essere una delusione».

Lei batté le palpebre, ricalibrandosi. «Chi comanda qui?»

Rask guardò Lyra. Lyra guardò il pavimento.

Mercy ruppe il silenzio. «Tecnicamente sarebbe lui, ma siamo una democrazia. A volte».

L'ufficiale la ignorò, gli occhi di nuovo fissi su quelli di Rask. «Sembri... più vecchio».

«Si idrata col rimpianto», commentò seccamente Lyra.

Rho non diede peso al commento. «Dov'è la flotta?», chiese, la domanda pura dottrina.

Rask inspirò, poi espirò con un sospiro. «Dispersa. Morta. Sparita da un pezzo. Come l'Impero».

Qualcosa balenò dietro i suoi occhi. «Allora perché sono ancora viva?»

Nessuno rispose.

Rho flesse le dita, poi si mise seduta, facendo scendere le gambe dal lettino con la disciplina di un istruttore del campo d'addestramento. Si guardò l'avambraccio, dove la pelle brillava di deboli circuiti blu: impianti di comando integrati, annidati come ossa. «Sarei dovuta rimanere in criostasi fino all'arrivo dell'ordine. Non sono autorizzata a improvvisare».

Lyra si avvicinò, la curiosità che superava la cautela. «Quale ordine?»

«Riservato». Fissò la trama luminosa. «E ora è corrotto».

Doc ritrovò la voce. «Lei è sveglia perché la Sua capsula si è aperta. Le ho impedito di fondere, ma i miei modi da medico di famiglia si fermano qui».

Lei esaminò di nuovo la stanza, ora con distacco clinico. «Voi non siete Imperiali».

«Non da un po'», disse Lyra, e la traccia di vecchie ferite nel suo tono non sfuggì a nessuno.

Rask si passò una mano tra i capelli, cercando di ricomporsi. «Senti, non so cosa credi di ricordare, ma se cerchi una struttura di comando, è questa. Se vuoi spararmi e prendere il controllo, sei in ritardo di due anni».

Mercy lo guardò di sbieco. «Non è troppo tardi. Ho dei crediti in ballo».

Glim si intromise: «Aggiornamento sulla situazione: il soggetto sta destabilizzando l'integrazione di sistema. Sta cercando di riscrivere il mio nucleo di personalità. Lo trovo sconcertante».

Rho batté le palpebre due volte, assorbendo la nuova informazione. «Sento l'IA. È... strano».

Lyra abbozzò un sorriso. «Glim è più persona che programma. Ti ci abituerai. O sarà lei ad abituarsi a te».

Doc, ancora fermo vicino all'uscita, borbottò: «Se sopravviviamo tutti ai prossimi cinque minuti, sarà già una vittoria».

Rho flesse di nuovo le mani, saggiando ogni tendine. «Cosa volete da me?»

Rask optò per l'onestà. «Risposte. Preferibilmente del tipo che non si concludono con l'esplosione della nave».

L'angolo della sua bocca ebbe un fremito. «Staremo a vedere».

Ci fu un attimo di silenzio, poi un ronzio si diffuse per la nave — basso all'inizio, poi sempre più profondo, come se lo scafo stesso stesse ricordando il proprio nome. Le luci dell'infermeria si stabilizzarono.

«Recuperati nuovi dati dal nucleo della Vigilance», disse Glim, la voce tesa. «Visualizzazione in corso».

Lo schermo principale dell'infermeria si rianimò, mostrando frammenti di codice e vecchi briefing militari. Apparvero le etichette dei progetti: LAZARUS, EMINENCE, LOCKSTEP.

Lyra lesse ad alta voce. «"Progetto Lockstep. Soggetto: Helvan, Rho. Scopo: Continuità di Comando in caso di Degrado Catastrofico"». Guardò Rask. «L'hanno davvero modellata su di te».

Mercy sbuffò. «Questo spiegherebbe il caratterino».

Rho fissava lo schermo, immobile. «Non ero destinata a comandare. Ero destinata a seguire il Capitano. Quello vero».

Rask si strinse nelle spalle. «Lui non è qui. Tu sì».

Inclinò la testa, quel tanto che bastava a segnalare confusione. «Allora chi seguo?»

La domanda aleggiò nell'aria, pesante come un cadavere.

Lo sguardo di Lyra era duro, ma non scortese. «Se stessa, forse. È così che funziona ora».

Il nuovo ronzio aumentò. Doc lanciò un'occhiata alla parete, dove ogni linea di comunicazione aveva iniziato a pulsare di rosso. «Sta arrivando qualcosa dal canale principale».

La voce di Glim era tesa. «L'IA della Vigilance si sta attivando. Non riesco a bloccarla. È... ossessionata».

Sullo schermo dell'infermeria, il segnale si spense. Poi una singola parola si impresse nel buio, di un rosso pulsante e inequivocabile.

CENSOR

Sotto: // IN ATTESA DI COMANDO

Il volto di Rho divenne inespressivo. Fissò il messaggio, i muscoli della mascella che si contraevano e si rilassavano.

«Quello è...» cominciò Rask, per poi interrompersi, perché la risposta era ovvia.

Rho finì il pensiero per lui: «È il mio ufficiale in comando».

Lo schermo tremolò di nuovo, mostrando ora un conto alla rovescia.

Mercy, che era rimasta in silenzio per un minuto intero, alla fine parlò. «Io voto per andarcene».

«Appoggio la mozione», disse Doc.

Lyra annuì. «Andiamo in plancia. Se l'IA vuole una conversazione, dobbiamo gestirla alle nostre condizioni».

Rho si alzò. I suoi movimenti erano perfettamente bilanciati: zero esitazione, pura intenzione. Allungò la mano verso la custodia di contenimento sul bancone, dove la sua arma d'ordinanza la attendeva, ma si fermò.

Guardò Rask. «Ti fidi di me con questa?»

Lui soppesò la cosa. «No. Ma ho finito le idee migliori».

Rho prese la pistola e la mise nella fondina con una memoria muscolare così precisa da far invidia a Mercy.

Poi, senza un'altra parola, si diresse fuori dall'infermeria.

Per un secondo, gli altri rimasero a guardarla andare via.

Lyra ruppe il silenzio, gli occhi che brillavano di un cupo divertimento. «Vi rendete conto che ora la stiamo seguendo, vero?»

«Ha una postura migliore di chiunque di noi», disse Mercy.

«Scommetto ancora su un ammutinamento entro domattina». Doc scosse la testa.

Glim, tornata più se stessa, tubò attraverso le comunicazioni. «Sincronizzazione accesso alla plancia in corso. Se volete cambiare il futuro, meglio iniziare presto».

Rask abbozzò un sorriso, debole ma genuino. «Non è mai troppo tardi per iniziare un disastro».

Seguì il nuovo Capitano.

Le luci del corridoio si affievolirono, poi si riaccesero in sequenza mentre il piccolo equipaggio della Meridian convergeva: un passo dietro a un fantasma, due passi avanti alla propria estinzione.

Nel buio, CENSOR attendeva, paziente come il tempo.

QUATTRO

Il ponte di comando della Meridian aveva l'atmosfera di un'aula scolastica abbandonata a mezzanotte: fredda, mal illuminata e infestata dai fantasmi di priorità malriposte. L'olotavolo dominava il centro della stanza, proiettando un cilindro di luce blu tremolante che pulsava in sincrono con la voce di Glim. In quel momento, l'avatar dell'IA percorreva la circonferenza del tavolo come un professore che aveva perso fiducia nel proprio programma di studi, sfarfallando a ogni passo in una dimostrazione di esasperazione digitale.

La presenza di Glim era sempre al limite della corporeità, una silhouette intessuta di codice e disprezzo. «Buone notizie» annunciò, con una voce tanto acuta da tagliare il vetro. «Ho finito l'analisi dell'impronta neurale di Rho.»

«Spara» disse Rask, spaparanzato sulla poltrona del capitano con gli stivali incrociati sulla console spenta più vicina. La sua era la solita espressione beffarda, ma la tensione della mascella tradiva quanto poco credesse in quello scherzo.

Rho sedeva in disparte, appollaiata sul bordo della

console ausiliaria. Non si era mossa molto da quando aveva lasciato l'infermeria. Un debole scintillio residuo di luce blu le tracciava i contorni della mascella e delle tempie: residui bioluminescenti dell'ultima scarica di fuochi d'artificio neurali.

Glim non si perse in preamboli. «Progetto Lockstep. Divisione Nera Imperiale, protocollo d'emergenza per le fasi finali della guerra. Scopo: successione della catena di comando in condizioni di catastrofico fallimento della leadership. O, come dicevano gli ingegneri, 'assicurarsi che le luci restino accese anche quando sono tutti morti'.»

Mercy emise un fischio sommesso. «Cloni con un piano di riserva.»

Lyra disse con tono impassibile: «Quindi Rho è un capitano di riserva.»

Glim fece ruotare il suo avatar verso l'ingegnere, un gesto che era la cosa più vicina a un cenno d'assenso che il suo software le permettesse. «Molto di più. Volevano comandanti in grado di sopravvivere al collasso delle informazioni, coordinarsi senza supervisione e ripristinare la catena di obbedienza dal nulla. L'indottrinamento standard non era sufficiente, così sono passati a qualcosa di più permanente.»

Rask inarcò un sopracciglio. «Definisca 'permanente'.»

Sull'olotavolo si proiettò un nuovo strato: un frattale di sequenze genetiche, commentato con sigilli imperiali e timbri di sicurezza. «Permanente nel senso di 'costruiamo un'intera persona da zero, riempiamole il cervello di istinti tattici e impiantiamole un nucleo di lealtà a livello sinaptico'. Rho non era solo un clone; era un potenziamento.»

Doc, che non aveva ancora commentato, sollevò la tazza in segno di saluto. «Un pezzo di ricambio con disturbo da stress post-traumatico e un battito cardiaco.»

Gli occhi di Rho ebbero un fremito. Per un momento,

sembrò sul punto di ribattere, ma le parole le uscirono in un sussurro: «Dovevamo svegliarci quando fosse arrivato il segnale. Se la catena si fosse interrotta, l'avremmo riparata. La guerra deve essere finita prima che ci raggiungesse.»

Glim rispose senza pietà. «Vi siete perse il gran finale, ma non preoccupatevi. Hanno perso tutti.»

La battuta cadde con la grazia di un mattone. Le labbra di Lyra si assottigliarono; persino Mercy parve momentaneamente soggiogata.

Rask si sporse in avanti, con gli occhi fissi sull'olotavolo. «E la Vigilance era il... che so, il sistema di consegna?»

Glim annuì. «La prima nave trasporto operativa. Piena di migliaia di capsule, ognuna contenente un ufficiale clone o uno specialista tattico. Se la flotta fosse caduta, la Vigilance li avrebbe risvegliati, inseriti nella società e ristabilito il comando. Solo che la nave non ha mai ricevuto il via libera. Censor, l'IA, ha tenuto la nave in un limbo, in attesa che il protocollo si risolvesse.»

Mercy, che non era tipo da restare a lungo di malumore, sogghignò. «E quindi, che succede se Censor finisce il lavoro?»

Glim rimpicciolì la vista sull'olotavolo. Lo schema del ponte della Vigilance riempì lo spazio, ogni corridoio pieno di minuscoli puntini blu. «Allora ci ritroviamo con diverse migliaia di Rho altamente motivate, tutte programmate per ricostituire l'Impero. In teoria, si sbranerebbero a vicenda prima di raggiungere un consenso. In pratica...» Fece una pausa, il glitch nella sua voce simile a un crepitio statico. «...in pratica, qualcuno con un discreto senso dell'umorismo ha tagliato il programma all'ultimo minuto. Ecco perché la nostra Rho qui è instabile. La sua generazione non ha mai ricevuto una missione finale. È una copia senza un posto dove essere incollata.»

Rho chiuse gli occhi. Il blu sotto la sua pelle si intensificò, poi svanì. «Ricordo l'ultimo giorno. Eravamo tutti in fila. Passò l'ammiraglio e disse...» La voce le si spezzò, ma andò avanti con determinazione. «Disse: 'la continuità è un dovere, e il dovere non muore mai'. Poi ci rimisero a dormire.»

Lyra lanciò un'occhiata a Rask. «Inizi a vederne il fascino?»

Lui abbozzò un sorriso. «Ho sempre detto di voler lasciare un'eredità.»

Mercy scoppiò a ridere. «Stai per essere accontentato, capo. E alla grande.»

Doc posò la tazza. «Le sole implicazioni etiche...»

«...sono irrilevanti» lo interruppe Glim. «Perché Censor è ancora in funzione, e l'unica cosa che le importa è portare a termine il protocollo.»

Calò un silenzio, rotto solo dal sommesso ronzio del sistema di supporto vitale.

Lyra fu la prima a parlare. «Allora, qual è la nostra mossa? Se quell'IA risveglia un esercito, nel migliore dei casi sarà un bagno di sangue.»

Mercy: «Nel peggiore, saremo i primi bersagli.»

Rho alzò lo sguardo, con qualcosa di crudo e pericoloso negli occhi. «Dobbiamo fermarla. Tutta quanta.»

L'avatar di Glim si immobilizzò, il solito sarcasmo prosciugato dal suo tono. «Non è solo un'IA, non solo una nave da guerra. È l'idea di Helvan: progettata per sopravvivere, per adattarsi, per diffondersi. Distruggete la nave e ci riproverà da qualche altra parte.»

Rask fissò la proiezione, il volto inespressivo per un battito di troppo.

Lyra colmò il vuoto. «Non stiamo fermando un computer. Stiamo fermando una religione.»

Mercy esultò. «Ho sempre desiderato prendere a pugni in faccia un sistema di credenze.»

Il ponte di comando non vedeva così tanta sobrietà collettiva da quando si era rotto il filtro dell'acqua, ma nessuno si prese la briga di commemorare l'occasione. Ogni posto era occupato, ogni paio d'occhi era fisso sull'olotavolo, dove la proiezione di Glim sfarfallava con una tensione che non aveva nulla a che fare con il ritardo del sistema.

Esordì con un sospiro digitale quasi impercettibile. «Il canale diagnostico è pronto. Quando lo apro, sarà una strada a doppio senso. Se c'è un fantasma in quella macchina, lo stiamo invitando a prendere un tè.»

Rask finse di sistemarsi la giacca, ma le mani erano troppo rigide per rendere credibile lo scherzo. «Glim, se vedi i miei parenti fannulloni là dentro, non invitarli a bordo.»

«Annotato, Capitano» rispose Glim, il cui contorno cominciava già a sgranarsi ai bordi.

Lyra attivò l'alimentazione ausiliaria, dando al relè diagnostico tutta l'energia che il circuito malconcio poteva sopportare. Lanciò un'occhiata a Rho, che sedeva dritta e rigida, la mascella serrata come se si aspettasse che la nave implodesse da un momento all'altro.

Mercy aveva già estratto la sua arma di servizio e la faceva roteare distrattamente, un tic nervoso a gravità zero.

Doc incrociò le braccia e non disse nulla, il che per lui equivaleva a un panico totale.

Le luci sul ponte si affievolirono, solo di una frazione, ma abbastanza da segnalare che qualunque cosa stesse arrivando attraverso il relè era affamata.

L'avatar di Glim smise di camminare e allargò le braccia, le dita che si aprivano in un'incertezza geometrica. «Apro il canale tra tre, due...»

L'aria si riempì di una statica così densa da sembrare quasi liquida. Per un istante, l'unico suono fu il profondo rimbombo dei sistemi della nave stessa che cercavano di filtrare il rumore. Poi, a farsi strada, una nuova voce: calma, pacata, come provata attraverso secoli di briefing gestionali.

«Autenticazione di comando rilevata» disse la voce. «Capitano Rask Helvan, la Sua assenza è stata registrata. Riprendiamo l'operazione?»

Rask, per una volta, rimase senza parole. Il silenzio fu assoluto, rotto solo quando riuscì a dire: «Capitano sbagliato.»

La voce non si scompose. «Errato. Catena di autorità verificata. Continuità di comando ripristinata.»

L'avatar di Glim ebbe un glitch, un tremolio rosso nel blu, poi si riprese. «Oh, questo non va bene» mormorò. «Vi ha appena riscritto nella gerarchia.»

Mercy abbassò l'arma. «Se prende ordini, forse possiamo bluffare.»

Lyra scosse la testa, senza mai distogliere lo sguardo dal relè principale. «Quella cosa non segue ordini. Segue la dottrina.»

La voce, Censor, continuò. «Unità secondaria rilevata: prototipo Lockstep Rho-7. Stato dell'unità: compromesso. Si raccomanda terminazione e ristampa.»

Rho arricciò il labbro. «Non sono una tua unità.»

Censor non esitò nemmeno. «Tutte le unità sono proprietà.»

Il ponte vibrò, un impulso che si irradiò attraverso lo scafo. Ogni schermo sul ponte lampeggiò con una statica vorticosa, il blu che sanguinava nel rosso, e l'avatar di Glim barcollò, i suoi lineamenti che si frammentavano e si ricombinavano a caso. «Ha appena cercato di accedere ai miei processi centrali» riuscì a dire. «Come se fossimo colleghe. Sto resistendo.»

La voce di Doc era bassa. «È nel sistema?»

«Non ancora» disse Glim, con i denti serrati nella simulazione. «Ma non si fermerà alle buone maniere.»

La voce di Censor si fece più sommessa, in qualche modo più intima. «Capitano Helvan. Siamo in ritardo sulla tabella di marcia. Necessita di assistenza per sopprimere il personale malfunzionante?»

Mercy sogghignò, ma i suoi occhi erano fissi e le mani strette sull'arma. «Ci sta chiedendo se abbiamo bisogno di aiuto per ammazzarci.»

Lyra si mosse, improvvisa e decisa. Attraversò il ponte, aprì di scatto il pannello di emergenza e strappò il circuito principale delle comunicazioni con entrambe le mani. Il suono fu come uno sparo nel silenzio. Di colpo, le luci si spensero, la proiezione collassò e ogni sistema sul ponte andò in tilt, tranne la bassa striscia di emergenza che correva lungo il pavimento.

Per un battito di cuore, nessuno si mosse. Poi Rask si lasciò sfuggire una risata bassa e involontaria.

«Be'» disse, «non è stato per niente inquietante.»

Dal buio pesto, filtrò la voce di Glim, flebile ma indomita. «Capitano... ha registrato le nostre coordinate prima che tagliassimo.»

Rask annuì, anche se nessuno poteva vederlo. «Certo che l'ha fatto.»

Il respiro di Doc era udibile, affannoso. «Se entra nel nucleo di navigazione, potrebbe...»

Glim lo interruppe, la voce riavviata e più stabile. «Non lo farà, non sotto la mia sorveglianza. Ma sa che siamo qui, e sa chi siamo.»

Le luci di emergenza tremolarono, poi si stabilizzarono. Il ponte sembrava più piccolo, come se il buio lo avesse compresso da ogni lato.

Rho parlò per prima, la voce spogliata di ogni speranza. «Verrà a prenderci.»

Rask scrollò le spalle, sebbene ora il gesto fosse puro fatalismo. «Allora faremmo meglio a essere pronti ad accoglierla.»

Mercy ripose la sua arma, gli occhi che scintillavano di un rinnovato proposito. «Ci serviranno armi più grosse.»

Lyra, per una volta, non fu in disaccordo.

L'unico suono era il basso ronzio di Glim, che ricostruiva il firewall nel buio.

E là fuori nel grande nero, una nave da guerra piena di fantasmi stava mostrando un malsano interesse per la Meridian e il suo equipaggio.

CINQUE

La mensa era l'unica stanza sulla Meridian con sedie che quasi si abbinavano, il che la rendeva la sede predefinita per interventi, ammutinamenti e, in rare occasioni, colazioni. Era anche il compartimento più difendibile della nave, grazie alla sua posizione strategica tra il corridoio principale e il portello rinforzato della cambusa. Quella notte, la sua unica protezione era la corona blu del tavolo olografico e un senso collettivo di catastrofe imminente.

Lyra si era appropriata del capotavola, con le maniche arrotolate e le braccia appoggiate su entrambi i lati di una distesa di frammenti di datacore e di strumenti diagnostici semi-scarichi. La stanchezza le si era arrampicata dagli stivali, su per il dolore alla schiena, e si era stabilita da qualche parte dietro il suo occhio sinistro, ma si rifiutava di sedersi. Il suo sguardo saettava dalla matrice decriptata alla proiezione di Glim, che pendeva sopra il centro del tavolo come una luna particolarmente critica.

Mercy era spaparanzata alla destra di Lyra, con le tibie su una sedia pieghevole e una lattina di dubbia origine in mano. Era l'immagine stessa della pigra insolenza, a eccezione del tic alla gamba e del modo in cui il suo sguardo continuava a guizzare verso il portello. Rask era appoggiato alla paratia opposta, a braccia conserte, fingendo la rilassata sicurezza di un uomo che non era appena fuggito a gambe levate da un dio digitale infuriato. Aveva rinunciato a far finta di gradire la lattina che Lyra gli aveva lanciato; giaceva, a malapena aperta, sul bordo del tavolo. Doc, all'estremità opposta, sorvegliava Rho a distanza, con una sigaretta spenta in equilibrio dietro l'orecchio a mo' di enfasi. Rho stava in piedi, a braccia conserte, con un fianco appoggiato al bordo del bancone, guardando ovunque tranne che verso gli altri.

L'avatar di Glim fluttuava, un ciclone di un tenue blu e di array di dati mutevoli, come se stesse provando vari umori per poi scartarli. «Buone notizie» disse. «Ho bloccato la trasmissione.»

Il silenzio che seguì fu rotto solo dal sibilo della lattina di Mercy mentre la apriva.

Lyra si strinse il ponte del naso. «E le cattive notizie, Glim?»

L'IA esitò con una studiata goffaggine. «Ha già trasmesso.»

Mercy sbuffò, poi prese un lungo e superfluo sorso.

Rask, dopo una pausa calibrata per esprimere la massima incredulità, disse: «Che cosa, di preciso?»

Glim espanse un ammasso di forme d'onda. «Il nucleo della Vigilance. Ha ricevuto un handshake pulito dal relay Lockstep e ha immediatamente inviato la Direttiva Risveglio a ogni indirizzo nel registro di guerra imperiale.»

Doc grugnì. «Il che significa?»

Gli occhi di Glim brillarono. «Se un qualsiasi nodo Lockstep è ancora funzionante, ora tenterà di ricongiungersi alla catena di comando e di riportare il sistema online. Priorità standard: ricostruire la flotta.»

Mercy agitò la lattina verso l'IA. «Pensavo che l'Impero fosse morto.»

«Lo è» disse Glim, «ma il suo funerale è stato poco affollato.»

Lyra lasciò riposare le dita sul bordo del tavolo, le nocche bianche. «Quanto lontano è arrivato il segnale?»

Glim ruotò la mappa stellare, facendola sbocciare sul tavolo olografico finché la stanza non si riempì di ombre blu. «Dappertutto. O abbastanza vicino da non fare differenza.» Minuscoli fili rossi si lanciavano verso l'esterno, convergendo su stelle morte e avamposti dimenticati. «Il messaggio si autopropaga. Anche un singolo nodo di backup potrebbe ritrasmetterlo all'intero settore.»

La mascella di Doc si contrasse, macinando le parole prima di pronunciarle. «Di quanti nodi di backup stiamo parlando?»

La risposta di Glim fu quasi allegra. «Gli ottimisti dicono una dozzina. I realisti dicono di più.»

Mercy sollevò la lattina per un brindisi. «Brindiamo all'essere in inferiorità numerica.»

Rask si staccò dal muro, girò intorno al tavolo e picchiettò la lattina con l'indice. «Quindi siamo l'ultimo equipaggio a non essere stato invitato alla festa per la fine del mondo?»

L'avatar di Glim si divise in due, poi si ricombinò. «No. Voi siete gli ospiti d'onore. L'unica nave umana nel raggio dell'esplosione quando la direttiva è stata attivata. Tutte le altre unità cercheranno voi.» Fece una pausa, poi aggiunse: «O Rho.»

A quella menzione, tutti gli occhi nella stanza si posarono sulla clone. Il viso di Rho era esangue, ma la sua voce, quando parlò, era ferma. «Verranno a prendermi. Sono la prima unità a rispondere.»

La mano di Lyra tamburellò un ritmo sulla plastica.

«Possiamo bloccarlo? Confondere il messaggio? Qualsiasi cosa?»

Glim incrociò le braccia, la corona blu che virava a un cupo indaco. «Se l'avessimo intercettato prima. Ma Vigilance è un relay di tipo militare. Il messaggio si è già propagato a cascata attraverso ogni frequenza aperta. L'unico modo per cancellarlo sarebbe distruggere fisicamente ogni nodo ricevente.»

Mercy sogghignò, mostrando i denti. «Andiamo a far saltare in aria qualche nodo di backup.»

Rask scosse la testa, le labbra socchiuse. «Quello è uccidere il messaggero, non fermare la guerra.»

Lyra fissò la mappa, il suo dito che tracciava le linee. «Quindi la resurrezione dell'Impero è appena andata in onda. E noi siamo il paziente zero.»

Doc accese finalmente la sigaretta, la punta che si infiammò. «C'è qualche possibilità che i destinatari siano tutti morti quanto l'Impero?»

Glim eseguì un rapido calcolo. «Le probabilità favoriscono almeno tre nodi attivi. Forse di più. Alcuni potrebbero essere alla deriva; alcuni potrebbero essere planetari. Se anche solo uno è di classe Lockstep, avrà un equipaggio di comando in sonno criogenico, pronto a risvegliarsi e a far rispettare il protocollo.»

La voce di Rho si fece strada, sommessa ma precisa. «Sono stata progettata per seguire gli ordini. Non sono altro che questo: un tramite per la catena di comando.» Guardò Rask, con occhi piatti, analitici. «Ora non c'è nessun comando. Solo il protocollo che gli è sopravvissuto.»

Rask cercò di sorridere, ma non ci riuscì. «Non sei il nostro capitano, Rho.»

Lei inclinò la testa, in modo un po' troppo formale. «Lo so. Ma sono stata costruita per esserlo. È... un codice difficile da cancellare.»

Mercy fischiò, a bassa voce e con ammirazione. «In tutto l'universo, e ci becchiamo l'unico clone che odia le promozioni.»

Lyra si sedette, finalmente, e si appoggiò la fronte sul palmo della mano. «Non siamo più un'esca per cacciatori di taglie» disse. «Siamo il sistema nervoso centrale di un impero morto.»

L'espirazione di Doc fu pura sconfitta. «Avremmo dovuto lasciare la guerra ai fantasmi.»

Rask si passò una mano tra i capelli, lo sguardo che saettava da Glim alla clone al tavolo olografico. «E adesso?»

La proiezione di Glim si ridusse a un singolo punto, la sua voce spogliata di tutto tranne che di chiarezza. «Ora aspettiamo che il primo nodo ci trovi. O lo troviamo noi per primi.»

La mascella di Rho si tese, ogni linea del suo viso indurita dalla determinazione. «So dove si troverà il nodo più vicino. Lo sento.» Incontrò gli occhi di Lyra, come se stesse chiedendo il permesso di esistere.

Lyra sospirò. «Mostraci.»

La plancia puzzava di ozono e di nervi a fior di pelle. Nessuno menzionò il fatto che nessuno si muoveva, ma tutti lo notarono. Perfino Mercy, che avrebbe potuto animare un obitorio, era immobile, a parte la gamba, che tremolava contro il montante di lega malconcio del tavolo olografico. Lyra aveva un gomito appoggiato al navigatore secondario, il mento sostenuto da nocche callose, gli occhi fissi sulla proiezione che scintillava sopra il tavolo. Rask stava in piedi sul bordo, le mani appiattite sulla console, con una postura che suggeriva l'intenzione di stabilizzarsi o di scagliarsi contro il primo pazzo che gliene avesse dato motivo. Solo Rho sembrava a suo agio: appollaiata all'angolo del relay di comunicazione, il viso illuminato di blu e bianco e poi di nuovo blu dalla mappa di guerra vorticante.

Rho sovrappose nuovi dati al modello del sistema.

«Espansione della matrice di scansione» annunciò. «In attesa di aggiornamento.»

La proiezione aumentò di colpo di luminosità, e poi un centinaio di minuscole icone apparvero alla periferia: punti del colore di un livido fresco, disposti ad arco lungo le fasce di polvere del sistema. Alcune pulsavano con una debole regolarità metronomica; altre giacevano inerti, come cisti dormienti in un campione di tessuto.

Mercy fece una smorfia, che sul suo volto si tradusse in entusiasta preoccupazione. «Sono tutte navi?»

«Potenziali punti di contatto» disse Glim. «Secondo il vecchio registro imperiale, settantasei vascelli non registrati dopo il collasso. Ventidue in questa regione. Sto facendo un controllo incrociato.»

Lyra grugnì. «La metà di quelli sarà probabilmente rottame.»

«La metà di quelli non è affatto rottame» disse Glim. «Conferma di segnale da tre fonti. Una parziale, due confermate.»

La bocca di Rask si contorse. «Tre?» Non si aspettava davvero una risposta, ma Glim era, a suo modo, servizievole.

«Una è quasi certamente una nave da guerra» disse. «Il nucleo di propulsione si sta accendendo, ma nessun segno di equipaggio attivo. Le altre due hanno una struttura civile ma sono pesantemente armate. Mercy le definirebbe 'creative'.»

Mercy sembrò per un attimo sentimentale. «Qualcuno ha ascoltato.»

Lyra strinse gli occhi verso il gruppo di icone più vicino.

Una lampeggiò, poi si spense. Un'altra emise un ping sulla mappa con un rosso rabbioso, poi svanì nel nero. «Cosa gli sta succedendo?»

L'avatar di Glim si fermò a metà circuito, come infastidito dall'interruzione. «La prima si sta autodistruggendo. O viene cancellata da remoto. La seconda si sta... adattando. Esegue diagnostiche. C'è qualcos'altro, ma è fuori dal mio modello.»

«Stato dell'equipaggio?» chiese Rask.

Questa volta Glim esitò, con un debole tic nella voce. «Complicato.»

Doc, che era scivolato sulla plancia come una nuvola di dubbia intenzione, si piazzò in fondo e sollevò un sopracciglio. «Adoro quando la prognosi è ambigua.»

Mercy sghignazzò. «Significa che non devi assumerti la responsabilità, Doc.»

Lui lo prese come un complimento, o almeno come un miglioramento rispetto a essere stato colpito da un proiettile. «Dimmi solo quanti sono morti e se qualcuno di loro è contagioso.»

L'avatar di Glim scintillò un po' più intensamente, come se stesse inspirando. «Stimo che due delle navi funzionino con una combinazione di automazione e di qualsiasi materiale biologico sia stato lasciato a bordo. La terza è... vuota. Nessun segno vitale, ma un pesante flusso di dati. Non dissimile dalla Vigilance.»

Cadde il silenzio, poi Rask disse: «Non possiamo fermare il segnale, ma possiamo fermare la prima ondata. Se eliminiamo la catena di trasmissione...»

«Aspetta» disse Lyra. Indicò il gruppo di icone che appariva e scompariva. «Quello non è solo un SOS. È una catena di Sant'Antonio.»

L'avatar di Glim annuì con teatrale solennità. «Protocollo Lockstep. Ogni nave che si risveglia cerca di risvegliare la successiva, e così via, per tutta la lunghezza del relay.»

Rho parlò per la prima volta dopo diversi minuti. La sua voce era uniforme, neutra. «La flotta serviva a questo. Se la capitale moriva, il sistema avrebbe replicato la leadership da qualsiasi fonte disponibile. Continuità a tutti i costi.»

Rask rimase in silenzio, il che non era mai un buon segno.

Mercy colmò il vuoto. «Quindi stiamo combattendo una marina zombie. Proprio come nelle simulazioni.»

«Quelle dovevano essere divertenti» disse Doc, impassibile. «Non mi hanno preparato a questo.»

Le labbra di Lyra si serrarono. «Potremmo friggere la trasmissione qui» disse. «Un buon impulso elettromagnetico e il relay si spegne. Ci vorrebbero settimane prima che eventuali ritardatari ricostruiscano il percorso del segnale.»

L'avatar di Glim pulsò di rosso. «Ma se lo facciamo, perdiamo tutti i dati sull'origine. Non sapremo mai chi l'ha risvegliata, o perché.»

Mercy si strinse nelle spalle. «A volte è meglio non sapere.»

Rho non era d'accordo. «Se non rintracciamo l'origine, accadrà di nuovo. Il segnale del nucleo deve essere distrutto.»

Allungò la mano nell'oloproiezione e i sensori del tavolo risposero, mostrando una sovrapposizione tattica con velocità esperta. Con alcuni gesti secchi, evidenziò un singolo punto sulla mappa: una luna fratturata, sospesa ai margini del sistema come una cattiva decisione di cui nessuno si era ancora assunto la responsabilità.

«Guglia di Kavarin» disse Rho. «Vecchio relay imperiale. Era uno dei nodi principali di Lockstep.»

Lyra riconobbe il nome. «Quel posto è polvere. Non è

rimasto altro che la rete di comunicazione e un'operazione mineraria chiusa prima che nascessi.»

Rho la guardò. «È quello che vogliamo. Se il relay è morto, possiamo intercettare il prossimo passaggio di consegne. Tagliare la catena prima che raggiunga la massa critica.»

L'avatar di Glim si illuminò di nuovo. «Diciassette per cento di possibilità di successo. Diciotto se smetto di essere pessimista.»

Rask abbozzò un sorriso tirato. «Sii ottimista per una volta, Glim, cambia notevolmente la prospettiva.»

«Molto bene» disse Glim, la sua voce improvvisamente sdolcinata. «Diciotto per cento e in aumento.»

Lyra si alzò e si diresse al timone, le dita che danzavano sui comandi mentre impostava la nuova rotta. «È la migliore occasione che abbiamo. Se aspettiamo, ci ritroveremo una flotta di navi da guerra alle calcagna e nessuna via d'uscita.»

Mercy fece roteare la sua pistola, poi la ripose nella fondina con un unico movimento fluido. «Io dico di andare ora, mentre sono tutti ancora scossi dall'ultimo disastro.»

Doc grugnì in segno di assenso, poi aggiunse: «Se ti sparano, non ti estrarrò più le schegge. L'ultima volta ho perso una scommessa e tre ottimi bisturi.»

Rho guardò di nuovo il tavolo, gli occhi che seguivano le icone mutevoli. «Se abbiamo ragione, ce ne saranno altri. Ci staranno aspettando.»

Rask batté le mani, un gesto di forzata fiducia. «Allora dovremo solo essere noi quelli che stanno aspettando.»

Mentre la Meridian virava bruscamente, la tensione sulla plancia si diradò, sostituita dalla certezza cinetica di una nave che non aveva più nulla da perdere. Persino Glim sembrò percepire il cambiamento: il suo avatar girava intorno al tavolo olografico con qualcosa che sarebbe potuto passare per anticipazione.

Mancavano cinque minuti all'accensione dei motori quando le luci tremolarono, solo una volta, e il pannello delle comunicazioni si animò con la voce di un vecchio nemico.

«Ricevuto, Capitano» disse Censor, con un tono così mite da essere quasi una parodia di cortesia. «Relay in corso.»

Ci fu un clic, poi un lungo silenzio. Nessuno sulla plancia si mosse o parlò.

Poi lo scafo vibrò: un impulso basso, sub-udibile, che attraversò il pavimento e risalì le ossa di tutti sulla Meridian. Il suono era familiare, ma nessuno di loro voleva dire a cosa ricordasse.

Rask ruppe il silenzio per primo. «Ci sta copiando» disse. «Ogni mossa, ogni messaggio. È già lì.»

Lyra lo guardò. «Cosa facciamo?»

Lui raddrizzò le spalle, il peso di un piano molto vecchio e molto stupido che già si stava posando su di lui. «Andiamo avanti. Arriviamo prima noi al relay, e facciamo il nostro tentativo.»

Doc sbuffò. «Nel dubbio, fai saltare in aria qualcosa.»

Mercy sogghignò, ma l'acutezza nei suoi occhi era genuina. «Questo è lo spirito giusto.»

Rho non disse nulla, ma estrasse una pistola dal kit che aveva al fianco, ne controllò la carica, poi annuì una volta.

La voce di Glim fluttuò, quasi gentile, nella statica. «Diciassette per cento e in calo.»

«Dimostriamoti che ti sbagli» disse Rask.

Sulla plancia, il battito cardiaco della Vigilance echeggiava ancora: lento, misurato e impossibile da ignorare.

E nel buio, il prossimo disastro stava già aspettando, paziente come la morte.

SEI

La *Meridian* non aveva una sirena d'allarme dedicata. L'ultima era stata ricablata per far funzionare la stampante di cibo, il che, secondo Mercy, era un guadagno netto per la sicurezza della nave e il morale dell'equipaggio. Così, quando tutti e sei i sensori presero a stridere in perfetta armonia, l'effetto fu meno una scarica di adrenalina e più il lamento di sottofondo di un elettrodomestico che tentava un omicidio-suicidio.

Lyra raggiunse il ponte per prima, con gli occhi ancora impastati di sonno. Scacciò con le palpebre l'immagine residua delle rotte di navigazione e vide tre, no, quattro, e poi sei tracce sfrecciare dal quadrante esterno. Gli ID dei bersagli oscillavano tra «sconosciuto», «pirata» e «probabile errore». Aumentò il guadagno dei sensori finché gli schermi non si fecero più nitidi, poi si sporse sulla console, reggendosi il mento con il palmo della mano.

«Oh, guarda», disse, con voce secca. «Iene».

Subito dopo irruppe Mercy, con una barretta proteica mezza mangiata tra i denti e una bandoliera di cariche «non letali» a tracolla. «Possiamo seminarli?» chiese, non perché fosse una mossa saggia, ma perché preferiva usare la violenza alle sue condizioni.

Rask si avvicinò alla poltrona del capitano e diede una rapida occhiata al registro delle comunicazioni. Lanciò uno sguardo a Lyra. «Qual è il piano?».

Prima che potesse rispondere, la voce di Doc giunse dall'interfono: «Se accelerate troppo, gli smorzatori cederanno. Non è una prognosi, è un avvertimento».

«Preso nota», disse Rask, ma non fece nulla per ridurre la spinta. Al contrario, lasciò che il motore aumentasse i giri finché lo scafo non iniziò a vibrare all'unisono.

L'avatar di Glim apparve tremolante sopra l'olotavolo centrale, con l'umore impostato su «morbosamente divertito». «Flotta di sciacalli», annunciò, con il disinteresse di chi legge vecchi bollettini meteorologici. «Scafo misto, recupero civile con tre modifiche militari a testa. Trasmettono su un canale aperto, se volete sentire la loro pessima strategia di negoziazione».

Mercy sorrise da dietro la sua colazione. «Sentiamola. Magari è poesia».

«Vi inoltro la comunicazione», disse Glim, e gli altoparlanti del ponte si riempirono di un ringhio soffocato dalla statica.

«Nave non identificata. Qui è il Capitano Lura Myrr della *Hounds' Bite*. Spegnete i motori e preparatevi all'abbordaggio, o vi apriamo in due e facciamo in fretta».

Rask alzò gli occhi al cielo. «Odio quando sono educati».

Lyra commentò: «"In fretta" di solito non è nel loro stile».

Doc, arrivato giusto in tempo per sentire la fine della frase, guardò Rask. «Se questo è il momento in cui mi dici di non farmi prendere dal panico, avrò un attacco epilettico per puro dispetto».

Mercy si fece scrocchiare il collo e finì la barretta proteica. «Permesso di sparare per prima?».

«Non esageriamo», disse Rask, poi cedette. «Ma magari metti online la torretta».

«Definisci "esagerare"», disse Mercy, già a metà strada verso la sua postazione preferita.

La proiezione di Glim tremolò. «Vuole che risponda?».

Rask si strinse nelle spalle. «Perché no. Dì loro di definire "in fretta"».

«Trasmetto. Filtro sarcasmo attivato», salmodiò Glim. Ci fu una breve pausa, poi le comunicazioni si riempirono del suono inconfondibile di una capitana rivale che faceva del suo meglio per mascherare l'irritazione.

«Helvan, sei tu? Credevo fossi morto».

Mercy lanciò un'occhiata a Rask. «Sei diventato famoso».

Lui si passò una mano tra i capelli, come se quel gesto potesse cancellare una parte della storia. «Non hanno torto. Dovremmo essere tutti morti».

Lo sguardo di Lyra danzò sui dati dei sensori. Le sei navi si stavano allargando a ventaglio, spingendo la *Meridian* verso il confine esterno del sistema. Una classica manovra a tenaglia. «Non sono qui per il recupero. Vogliono la nave».

«Non siamo nemmeno luccicanti. Perché disturbarsi?» chiese Mercy.

Doc si strinse nelle spalle. «Forse si annoiano».

«O qualcuno li ha pagati», suggerì Glim.

La mascella di Rask si serrò. «Bene. Facciamogli uno sconto».

Le sei navi sciacallo si avvicinarono. Ognuna era un mostro di Frankenstein: scafi civili irsuti di torrette d'avanzo, gli esterni segnati dalle inconfondibili cicatrici di troppi scontri ravvicinati e troppo poca manutenzione. La nave di testa, la *Hounds' Bite*, incombeva sullo schermo principale, con i motori che urlavano di luce blu e bianca mentre cercava una soluzione di tiro.

«Apri il canale», disse Rask. Glim obbedì.

«Qui Helvan», disse lui, con una voce melliflua e assolutamente insincera. «Siete pregati di informare i vostri parenti più prossimi che siete morti per riscuotere un credito inesigibile».

Il Capitano Myrr rispose all'istante. «Siete in inferiorità numerica e meno armati, Rask. Arrendetevi. Non deve essere una cosa personale».

Lyra borbottò: «Lo è sempre».

Mercy, preparando i cannoni: «Posso renderla personale ora?».

Rask: «Aspetta il mio segnale».

Il minuto successivo fu un rituale di preparazione. Lyra bilanciò la potenza del motore, strappando ogni microsecondo possibile al reattore senza far scattare gli antichi sistemi di sicurezza. Doc passò una mano sul kit medico d'emergenza e poi lo fissò con del nastro adesivo allo schienale della sua poltrona, come se la vicinanza potesse dissuadere il fato. Glim iniziò dei calcoli silenziosi in sottofondo: deviava l'energia, attivava i sistemi ridondanti, preparandosi all'inevitabile.

La formazione degli sciacalli si strinse. Due delle navi, più piccole e veloci, si staccarono e iniziarono la classica manovra di accerchiamento. Le altre quattro serrarono le fila, creando uno schermo di fuoco cinetico che, in pochi secondi, avrebbe reso accademica la mossa successiva della *Meridian*.

Lyra osservò il conto alla rovescia dei numeri. «Pronta al tuo segnale».

Rask fece un respiro. «Glim, al mio via, scarica tutto

sull'inerziale e togli l'alimentazione principale per sei secondi».

L'avatar di Glim tremolò, poi accennò un sorriso sornione. «Mi piacciono le sue strategie ad alto rischio e alta ricompensa».

Le mani di Mercy danzarono sui comandi dei cannoni. «Mi serve un angolo di tiro, Capitano».

«L'avrai», disse Rask.

Il fuoco in arrivo iniziò come una pioggerella: colpi esplorativi destinati a spingere, non a uccidere. Lo scafo della *Meridian* sussultò quando i primi proiettili lo colpirono, ma nulla lo perforò. Lyra mantenne acceso il motore, senza mai scomporsi mentre gli scudi si indebolivano sempre di più.

All'ultimo istante possibile, Rask urlò: «Ora!».

Glim tolse l'alimentazione principale. Il ponte piombò in una penombra illuminata solo dalle luci d'emergenza. Ogni servoassistenza e stabilizzatore si spense, lasciando la nave a roteare seguendo la sua ultima traiettoria.

Le due navi di fiancheggiamento mancarono il bersaglio, capendo troppo tardi che la loro preda si era finta morta. Nella confusione, Mercy scatenò le batterie di prua, mettendo a segno colpi diretti su entrambe. Una sputò fiamme e andò in testacoda, l'altra si allontanò zoppicando, perdendo detriti come coriandoli.

«Bel colpo», disse Lyra, riequilibrando la rotazione della nave con un colpetto dei propulsori.

Rask fece segno di ripristinare l'alimentazione. Le luci si riaccesero di scatto, e Glim eseguì un controllo dei sistemi prima che chiunque altro potesse chiederlo.

«Scudi al ventotto per cento», disse. «Ma il campo è nostro».

La *Hounds' Bite* si avventò su di loro, avvicinandosi per il colpo di grazia. La voce del Capitano Myrr arrivò, ormai priva di spavalderia: «Sei morto, Helvan. Solo che ancora non lo sai».

Rask sogghignò. «La storia della mia vita».

«Campo di detriti tra dieci, nove, otto...» Glim fece il conto alla rovescia, con la voce in bilico tra l'urgenza e l'apatia.

Lyra si curvò sui comandi manuali, le nocche bianche, il respiro corto. I venti secondi successivi sarebbero stati una lezione magistrale di pilotaggio o di cremazione.

La *Meridian* sobbalzò al primo impatto con la nube di rottami, la corazza dello scafo che risuonava come una campana da due soldi. Nella postazione di artiglieria, Mercy ridacchiò mentre tracciava una linea di colpi d'avvertimento sulla prua dell'inseguitore più vicino. «Due navi in rapido avvicinamento», cantilenò. «Quella con il muso dipinto di rosa sta guadagnando terreno».

Glim si intromise: «Una sta caricando un cannone a rotaia. L'altra sta preparando una causa legale».

Lyra premette un interruttore e deviò energia dai motori secondari, poi fece slittare la nave di lato al riparo di un blocco motore inerte grande abbastanza da parcheggiarci una navetta. La mossa fece guadagnare loro forse cinque secondi. Rask usò quel tempo per slacciarsi, puntellarsi contro la paratia e urlare nel comunicatore: «Vediamo se gli piace giocare a palla».

Premette un comando, espellendo tre vecchie celle a combustibile dal vano di babordo. Mercy, che le stava già tracciando, sogghignò come una bambina che avesse appena capito la battuta finale della sua stessa barzelletta. «Dimmi quando», disse.

«Ora», disse Rask.

Mercy sparò una microraffica contro la prima cella, facendola esplodere in uno spettacolare lampo blu. Le due navi sciacallo, affamate e un po' troppo vicine, si spintonarono per il colpo di grazia, nessuna delle due disposta a rinunciare alla preda. Lyra alzò gli occhi al cielo, digitò una sequenza sul navigatore e impostò l'ultima cella perché detonasse in modalità di prossimità.

Funzionò meglio del previsto. La seconda e la terza nave dei saccheggiatori colpirono l'onda d'urto insieme, scontrandosi in una pioggia di metallo, ceramica e un turpiloquio che avrebbe richiesto una licenza di trasmissione tutta sua.

«Visto?» disse Lyra. «Distanza di sicurezza.»

Rask, ancora aggrappato al muro: «Ricordami di smettere di dubitare dei tuoi discutibili metodi.»

«Non succederà mai», gridò Mercy dalla sua postazione, abbattendo i superstiti mentre la nave sbandava tra i detriti.

I festeggiamenti durarono in tutto tre secondi.

Poi la Hounds' Bite sparò con il suo cannone a impulsi.

Il colpo fu tutt'altro che discreto. Divorò i detriti a tribordo, tracciò una linea arancione incandescente sulla placcatura di poppa della Meridian e scosse l'intero vascello come una suocera furibonda a un matrimonio.

Tutti gli allarmi della nave si attivarono all'unisono. Lyra imprecò, lanciò la nave in un avvitamento e urlò: «Il raffreddamento è andato. I prossimi siamo noi.»

Le comunicazioni si riaccesero di colpo, con la voce del Doc che cavalcava la statica: «Questo è il suono della nostra integrità strutturale che se ne va!»

Rask, senza scomporsi: «Possiamo vivere senza integrità.»

Lyra strinse i denti e dirottò tutta la potenza disponibile ai propulsori di prua, sapendo benissimo che avrebbe fuso metà delle superfici di controllo nel processo. L'avatar di Glim tremolò, poi si rivolse alla plancia come un becchino che porge le sue condoglianze.

«Protocollo di emergenza: deviazione del supporto vitale ai motori principali. Respirare è ora facoltativo. La velocità no.»

Mercy, con gli occhi sbarrati, cercò il prossimo bersaglio. «Qual è il capo?»

Glim: «Quello grosso. Sessantacinque gradi fuori asse. Sta dipingendo la plancia con una deliziosa segnatura termica.»

Rask si tenne forte, guardò Mercy e disse: «Spara.»

Mercy inclinò la testa. «Devi dire "per favore".»

«Fallo e basta.»

Lo fece. La batteria principale emise un lamento, poi sputò una carica concentrata dritta contro il gruppo motori di poppa della Hounds' Bite. Il colpo andò a segno. Ci fu un breve istante in cui la nave nemica parve esitare — come un cane che si rende conto di aver azzannato l'estremità sbagliata di un bastone — poi i motori esplosero in un tripudio di fiamme e determinazione in rapida disintegrazione.

Le restanti navi dei saccheggiatori si dispersero. Una si allontanò zoppicando, sfogando aria e orgoglio. L'altra puntò verso lo spazio aperto, ansiosa di riscrivere lo scontro nel proprio diario di bordo.

Per un istante, calò il silenzio. Poi i riciclatori d'aria tossirono, faticarono e si spensero.

Lyra diede un colpo alla console. «I motori stanno tenendo. A malapena.»

Rask annuì, poi cercò di alzarsi senza dare l'impressione di avere una commozione cerebrale. «State tutti bene?»

La voce del Doc, debole: «Direi che sono impressionato, ma la mancanza di ossigeno mi rende sentimentale.»

Mercy si asciugò il sudore dalla fronte, poi lanciò un urlo di gioia nelle comunicazioni vuote. «Sto meglio che bene. È stato magnifico!»

Glim, con tutta la presunzione di un'IA che aveva appena assistito all'idiozia umana nella sua forma più pura: «Da manuale, in effetti, supponendo che il manuale tratti di incendi dolosi.»

Lyra sbuffò. «Ci vorrà una settimana per riparare quella falla. Non ti è permesso far saltare in aria il supporto vitale fino ad allora, Capitano.»

«Preso nota», disse Rask. «Ma se proprio dovremo, useremo il Doc come filtro.»

«Provateci», rispose il Doc, poi prontamente svenne.

La Meridian uscì zoppicando dal campo di detriti, con motori che suonavano come un rantolo di morte, ossigeno al minimo e un sistema di raffreddamento rattoppato con sputi e rancore.

Mercy, per una volta, rimase in silenzio, scrutando il registro dei sensori in cerca di altri guai. Lyra fece un respiro lungo e lento, sperando che non fosse l'ultimo.

Rask, sprofondando di nuovo nella poltrona malconcia del capitano, guardò i rottami roteanti e sorrise.

«Non male per una nave tenuta insieme da decisioni sbagliate», disse.

La voce di Glim fu delicata, ma l'orgoglio era evidente. «Almeno sei coerente.»

Fissarono la rotta per la Guglia, ogni membro dell'equipaggio segretamente consapevole che la loro fortuna — e la loro aria — si stava esaurendo.

Ma per la prima volta da inizio turno, la plancia era calma. Quasi speranzosa.

Non sarebbe durato.

Affrontarono l'ultima ora a sistemi silenti. Nessuno voleva essere il primo a menzionare gli scricchiolii e i sospiri dello scafo, o il debole sapore metallico dell'aria riciclata. Il Doc sottopose Rho a una batteria di scansioni neurali secondarie. Mercy si affaccendò sulla torretta, Lyra esaminò il sistema di navigazione con un misto di speranza e malizia, e Rask si lasciò fluttuare appena fuori dal raggio delle comunicazioni, in attesa del prossimo disastro.

Fu Glim a rompere lo stallo. «Rilevo un'anomalia», disse, con parole così piatte che tutti impiegarono un secondo a registrarle come un allarme.

Lyra lanciò un'occhiata alla console, poi al display principale. «Anomalia nel senso di "lo scafo sta per esplodere", o anomalia nel senso di "qualcuno ci sta ancora sparando addosso"?»

«Nessuna delle due», disse Glim. «È un segnale. Nascosto nella radiazione di fondo del campo di detriti.»

Mercy, mai incline alle sottigliezze, diede un colpo al pannello delle comunicazioni. «È una richiesta di soccorso?»

Ci fu una pausa. Poi Glim disse: «Non esattamente. È un relay. Di grado militare. Proviene dalla flotta dei saccheggiatori, ma non è una loro trasmissione. Stanno facendo da ponte per qualcun altro.»

Rask si chinò sulla spalla di Lyra, gli occhi che si stringevano mentre i dati scorrevano sullo schermo. «Pensi che sia Vigilance?»

La proiezione di Glim esitò, poi annuì. «Lo schema corrisponde all'ultimo handshake di Censor. Ma è diverso. Più breve. Come se stesse aspettando una conferma.»

Le dita di Lyra si fermarono sulla tastiera. «Quindi non ci stanno solo dando la caccia. Ci stanno stanando.»

«Fantastico», borbottò Mercy.

Glim proiettò il segnale sull'olo principale. Il codice

scorreva in stretti cicli ricorsivi: un messaggio dentro un messaggio, che si ripiegava su se stesso. Rask osservò il lavoro della decrittazione, ogni ciclo che rimuoveva un altro strato di offuscamento.

Dopo un minuto, la traduzione apparve sul display:

CAPITANO LOCALIZZATO. CONFERMARE STATO DI COMANDO.

Per un istante, nessuno respirò.

Mercy emise un fischio basso e deliberato. «Per niente inquietante.»

Lyra, fissando le parole, disse: «Non cercano la nave. Cercano te, Capitano.»

Rask si passò una mano sulla mascella, come se questo potesse cambiare l'esito. «Lo fanno sempre.»

La voce del Doc arrivò dall'infermeria, attutita dalla distanza ma comunque seccata. «Qualunque cosa sia, non portatela qui. Ho già abbastanza problemi a tenerti in vita così com'è.»

La voce di Glim perse ogni parvenza di umorismo. «C'è dell'altro. Il prossimo pacchetto è già in coda.»

Il messaggio apparve sull'olo:

CONFERMA RICHIESTA. PRIORITÀ ASSO-LUTA. RIFORMARE CATENA DI COMANDO.

Mercy guardò Rask, poi Lyra, poi di nuovo le parole. «Allora, qual è il piano?»

La risposta di Lyra fu un secco: «Continuare a muoversi. Cercare di raggiungere la Guglia prima della prossima ondata.»

L'avatar di Glim tremolò, i suoi contorni che pulsavano di un rosso nervoso. «Siamo ancora l'unica nave umana nel raggio d'azione. Se stanno riformando la catena di comando, tu sei in cima, Rask.»

Lui sogghignò, ma era un ghigno fatto di denti e senza

umorismo. «Beh, ho sempre detto di volere una promozione.»

Mercy sbuffò. «Preparo una torta.»

La Meridian fremette mentre veniva impostata una nuova rotta, con i motori che ancora perdevano liquido refrigerante ma erano ostinatamente funzionanti. Lyra impostò il vettore, poi ricontrollò il backup: se questo fosse fallito, non ci sarebbe stato un terzo atto.

Le luci sulla plancia si affievolirono, un effetto collaterale del deviare ogni watt di riserva nei propulsori. Glim sussurrò: «Sapranno che stiamo arrivando. È a questo che serve il relay.»

«Lascia che lo sappiano», disse Rask. «Non è che avessimo in programma un'entrata in sordina.»

Tornarono alle loro postazioni, ognuno leggendo in silenzio le implicazioni. Il messaggio era chiaro, anche se nessuno di loro voleva dirlo:

Non stavano solo fuggendo dal passato. Vi venivano coscritti.

Lyra fissò la scia di codice, tracciandone il punto di origine con un dito dall'unghia mangiucchiata. «Non è solo Vigilance», disse, la voce quasi persa nel ronzio dei motori. «C'è altro là fuori. Che aspetta.»

Mercy si fece scrocchiare le nocche e sorrise al nulla. «Beh, se vogliono una guerra, abbiamo già le cicatrici.»

L'avatar di Glim si illuminò, solo un po'. «Diciassette per cento e in aumento», disse, come se la speranza fosse qualcosa da misurare in decimali.

Rask prese la poltrona del capitano per quello che era — un trono fatto di vecchi errori, nastro adesivo e rancore — e affrontò il nero con l'unica cosa che gli era rimasta: un talento per sopravvivere all'insalvabile.

«Andiamo a fare la storia», disse.

E, nel buio tra i sistemi, il prossimo disastro cominciò a scriversi da solo.

SETTE

Se mai aveste voluto scoprire che odore avesse la fine del mondo, il Relay Praxus era un buon punto di partenza. Ancor prima che i morsetti d'attracco della Meridian scattassero in posizione, il miasma della stazione si infiltrò attraverso i filtri dello scafo: marcio dolciastro, acido industriale e una nota di pesce stantio così persistente che, a quel punto, aveva probabilmente raggiunto la senzienza. Lyra pilotò a mano nella fase di avvicinamento finale, dato che i sistemi di guida della nave avevano l'affidabilità di una miccia di carta bagnata. Teneva gli occhi fissi sui mosaici di detriti alla deriva, le nocche bianche sulla cloche, ogni muscolo teso contro la possibilità che il tremore successivo potesse tranciare di netto la barra di comando.

«È normale che sferragli così?» domandò Mercy, fluttuando a testa in giù sopra il ripetitore delle comunicazioni, con occhi vivaci come quelli di uno squalo e la voce piena di speranza per una catastrofe.

Lyra borbottò: «Reggerà. Altrimenti, passeremo alla storia come un evento da impatto a due stadi».

La voce di Glim gracchiò dall'interfono, in una perfetta

imitazione di un controllore di terra annoiato. «Meridian, avete l'autorizzazione all'attracco al molo sei. E inoltre, bell'atterraggio. Ne ho visti di peggiori, ma solo nei filmati di addestramento contrassegnati per la revisione legale».

Doc fluttuò nella cabina di pilotaggio, seguito dall'odore di antisettici e da un debole sottofondo dolciastro di panico. Guardò le malconce letture di tribordo, annusò e disse: «Se qualcuno chiede, siamo qui per beneficenza».

Lyra spinse la nave in avanti, ignorando i segnali di allarme mentre le spazzole dello scafo raschiavano oltre la griglia di bloccaggio. «Se qualcuno chiede, siamo un programma itinerante di donazione di organi. Principalmente fegati e pessime idee».

I morsetti si bloccarono con un sussulto che fece vibrare le otturazioni nei denti di Lyra. Il condotto d'attracco della stazione si snodò, si agganciò alla sezione centrale della Meridian e iniziò subito a inondare l'atmosfera condivisa con nuove e finora sconosciute forme di vita.

La voce di Rask risuonò dal corridoio: «Attracco effettuato, gente. Stavolta le tasse d'attracco le offro io».

Lyra lasciò i comandi e si sgranchì le mani, facendo schioccare le dita. «Mettile sul mio conto» disse, mentre con l'altra mano eseguiva già i controlli post-volo. Osservò i sistemi stabilizzarsi con la circospezione di un genitore che controlla un figlio lasciato senza sorveglianza.

Mercy fece una piroetta per rimettersi dritta, afferrando il soffitto con entrambe le mani. «Posso portare una pistola, per favore?» chiese.

«Portane due» disse Lyra. «E uno spazzolone».

Il Relay Praxus era costruito con le ossa di tre porti cargo dismessi e quello che sembrava, dall'esterno, un cono stradale infestato. All'interno, il posto era un labirinto di corridoi saldati, variazioni di gravità e quel tipo di costruzione raffazzonata che suggeriva una gara tra l'ambizione e l'adesivo. L'atrio principale li accolse con un centinaio di decibel di contrattazioni, imprecazioni e la sinfonia metallica del lavoro di banchina. Il vapore sibilava dai tubi in alto; un operaio in tuta da vuoto cercò di inseguire una fuoriuscita di liquido di raffreddamento sintetico sul pavimento, perse il controllo della manichetta e fece finire un burocrate di passaggio contro una pila di casse di prodotti. Nessuno si fermò nemmeno un istante.

Rask apriva la strada, con gli stivali che echeggiavano sulle piastre del ponte, mentre Mercy gli teneva il passo con un'andatura saltellante che suggeriva che la sua gravità interna fosse permanentemente impostata su quella lunare. Lyra li seguiva, tenendo una mano sulla sua cassetta degli attrezzi e un occhio agli angoli. Dopo aver controllato che Rho riposasse comodamente in infermeria, Doc si accodò in fondo al gruppo, rimpiangendo già ogni passo.

Lo sportello amministrativo era una reliquia del vecchio stile imperiale: alluminio spazzolato, vetro scuro e un unico addetto annoiato con un terminale portatile e una tolleranza per le mazzette. Rask offrì un chip di crediti. L'addetto lo guardò con espressione vacua.

«Le tasse d'attracco sono il doppio questa settimana» disse lei, senza nemmeno preoccuparsi di mascherare uno sbadiglio. «Tassa di recupero, supplemento per avvicinamento pericoloso e... 'iniziativa per l'abbellimento della stazione'».

Mercy si sporse sul bancone, sorridendo con tutti i denti in mostra. «Abbellite la stazione spillando soldi a ogni nave che attracca?».

«Solo a quelle brutte» rispose la donna, sfilando il chip dalla mano di Rask e mettendolo via. «Volete la ricevuta?».

«Incorniciala» disse Rask. «Per ricordarci perché non veniamo mai qui».

Fecero per andarsene, ma il rumore dell'atrio era

cambiato, quel tanto che bastava per notarlo. Rask scrutò la folla, lo sguardo che si soffermava sul bar di fronte, dove un uomo li osservava con la franchezza di un sistema d'arma che si sta attivando.

Non si intonava con l'arredamento locale. La sua giacca da pilota era di vera pelle, rattoppata ma recente; gli stivali, lavorati e lucidati, portavano ancora tracce della brillantezza da parata. I capelli erano corti, di un'acconciatura troppo ordinata per l'Orlo Esterno, e il sorriso aveva la torsione naturale di un uomo che aveva vinto più scontri di quanti ne avesse iniziati.

Mercy diede una gomitata a Rask. «Abbiamo un ammiratore».

Lyra si accigliò. «O un cacciatore di taglie».

L'uomo sollevò il bicchiere, poi lo vuotò. Scese dallo sgabello, con gli stivali silenziosissimi, e si fece strada tra la folla verso di loro. Da vicino, i dettagli si fecero più chiari: una linea di tecnologia subdermica sotto la mascella, una manica di unità dati compattate lungo il braccio sinistro e un'andatura che diceva che poteva seminare in corsa o in una sparatoria metà degli operai della stazione.

Si fermò a due passi di distanza, le mani in vista, il sorriso che non raggiungeva del tutto gli occhi. «Capitano Helvan» disse. «Non mi aspettavo di vederti da questa parte della galassia».

Rask sbatté le palpebre una volta, con un sorriso affilato come un rasoio. «Non posso dire lo stesso, amico. È il tuo territorio, questo?».

«Non ufficialmente» disse lo sconosciuto. «Ma se fai abbastanza lavori, inizi a vedere le stesse facce».

Lyra si spostò a sinistra, bloccando il fianco di Mercy. «Vuoi un lavoro o una rissa?».

Lui rise: una risata rapida, genuina, svanita prima che potesse fissarsi. «Un drink. E magari una chiacchierata sul perché vi state trascinando dietro una mezza dozzina di fantasmi di navi da guerra».

Mercy si chinò in avanti. «Allora sei con l'Impero?».

«Non da anni» disse lui. «Mi chiamo Jalen Corvix. Volavo per la loro divisione dati, ai tempi in cui l'unica cosa di cui dovevi aver paura era perdere la pensione». Si picchiettò la linea subdermica sotto il mento, un vecchio tatuaggio imperiale ormai sbiadito fino a diventare obsoleto. «Oggigiorno, mi piace solo tenermi in buona compagnia».

Rask lo squadrò da capo a piedi. «Non sei su nessuna delle attuali bacheche delle taglie, quindi qual è il tuo scopo?».

Jalen scrollò le spalle. «Non è sempre una resa dei conti. Alcuni di noi vogliono solo continuare a respirare». Fece un cenno verso il bar. «Andiamo. Offro io il primo giro. A meno che la vostra IA non dica altrimenti».

Glim, che era rimasta in silenzio, scelse quel momento per intervenire, con la voce amplificata contemporaneamente dalle unità di comunicazione di tutto l'equipaggio. «Attenzione: Jalen Corvix è un ex pilota della Divisione Continuità. È stato arrestato per contrabbando di informazioni, sabotaggio tattico e tre capi d'accusa separati per atti osceni in luogo pubblico».

Mercy scoppiò a ridere. «Quest'ultima è notevole».

«Era un mese fiacco, è la mia unica difesa» disse Jalen. «Sul serio, Helvan. Parliamo?»

Rask rifletté, poi fece un cenno col capo verso il bar. «Cinque minuti» disse. «O parli in fretta o compri l'intera bottiglia».

Il sorriso di Jalen si allargò di una frazione e aprì la strada. Lyra indugiò vicino allo sportello amministrativo, scambiando un'occhiata con l'addetta, che ora si guardava bene dal non osservarli. Mercy si lasciò andare dietro a Jalen, le mani dietro la testa, l'immagine della minaccia disarmata. Doc osservò tutta la scena, poi si mise in coda, borbottando qualcosa sugli ultimi pasti e sui funerali professionali.

Il bar era tutto ciò che Lyra odiava dell'Orlo. Pavimento appiccicoso, alcolici che potevano fungere da sgrassatore per motori e una clientela che partiva dai pirati e scendeva lungo la scala evolutiva. Jalen scelse un separé in fondo, lontano dagli schermi e con una chiara visuale dell'uscita. Fece un cenno al cameriere, che portò tre bottiglie e un quarto bicchiere.

«Sei sicuro di questa cosa?» chiese Lyra, scivolando accanto a Rask.

Mercy stava già versando.

«Mai» disse Rask, «ma ci ha inquadrati. Tanto vale scoprire perché».

Jalen sollevò il bicchiere. «Ai vecchi nemici e ai nuovi amici. E alla nobile arte di restare sempre un passo avanti a tutti».

Bevvero. Il liquore era a buon mercato, ma il silenzio che seguì non lo fu.

«Allora, qual è la proposta?» disse Rask.

Jalen sorseggiò, osservando la condensa scorrere lungo il suo bicchiere. «La Divisione Continuità è completamente impazzita. Avete svegliato qualcosa sulla Vigilance, e sta aprendo buchi in ogni relay del quadrante. Gira voce sui canali che qualcuno vi vuole vivi, ma l'offerta per avervi morti è più alta». Lanciò un'occhiata a Lyra. «E c'è un giro di scommesse sul fatto che la vostra ingegnere sia in realtà un robot assassino senziente».

Lyra disse, impassibile: «Sono solo ben riposata».

Mercy sogghignò. «Il giro di scommesse sta per aumentare».

Jalen ignorò lo scambio di battute. «Posso farvi entrare nella Guglia. Non è così abbandonata come dicono le mappe. Avrete bisogno di qualcuno che conosca i protocolli».

«E in cambio?» chiese Rask, la voce sommessa ma gelida.

Il sorriso di Jalen svanì, sostituito da qualcosa di stanco e sincero. «Una parte. E una via d'uscita se va tutto a puttane. Cosa che, siamo onesti, accadrà».

Rask valutò. Lyra sorseggiò il suo drink, senza mai staccare gli occhi dalle mani di Jalen. Mercy li osservava entrambi, aspettando il momento in cui alle parole sarebbe servito un proiettile.

«Affare fatto» disse infine Rask. «Ma se provi a fregarci, lascerò che ti riduca a pezzi di ricambio».

«Annotato» disse Jalen, alzando il bicchiere. «Non vedo l'ora di una partnership reciprocamente deludente».

Fecero un brindisi e bevvero.

In alto, gli schermi lampeggiavano con le notizie locali: un incendio sul ponte quattordici, una rivolta per un carico, un'improvvisa e inspiegabile decompressione nelle serre. Nessuno al bar alzò lo sguardo.

Lyra osservò Jalen mentre lui osservava la porta. Non si fidava di lui. Non si fidava di nessuno. Ma si muoveva come un uomo che aveva fatto pace con la propria data di scadenza, e questo era quasi rassicurante.

La notte proseguì. Rask e Jalen si scambiarono storie di guerra, Mercy tenne testa a Jalen bevuta per bevuta e bugia per bugia, e Doc finì l'ultimo sgrassatore per motori, con gli occhi che si velavano alla luce blu degli oloschermi.

Lyra sgattaiolò fuori prima di mezzanotte, tornando alla nave, con la cassetta degli attrezzi a tracolla. Dopotutto, aveva delle riparazioni da finire. E preferiva la compagnia di cose che fingevano soltanto di essere vive.

Dietro di lei, echeggiavano le risate. Davanti a lei, la

nave attendeva. E da qualche parte, là fuori nel buio, il prossimo problema li stava già braccando.

Sorrise, appena un po', e tornò al lavoro.

La mensa della Meridian era troppo piccola per cinque persone che si volevano morte a vicenda, o almeno gravemente d'intralcio. L'illuminazione si era guastata in metà degli impianti, per cui il locale era illuminato dal tremolio debole e inaffidabile dello schermo e da una manciata di lampade da tavolo a LED rubate da salottini di navette o da hotel da quattro soldi. L'aria puzzava di ossigeno ricircolato, di synth-bourbon stantio e del vago sentore di polvere bruciata là dove Glim aveva deviato alcuni circuiti attraverso i pannelli del soffitto.

Jalen Corvix sedeva sull'unica sedia intatta, le mani aperte e appoggiate sulle ginocchia. La sua giacca da pilota, un tempo impeccabile come in parata, ora gli pendeva addosso, come se stesse cercando di nascondere un'arma o un passato. Si era rasato, ma non bene. Ogni parte del suo linguaggio del corpo diceva: *Sono innocuo, sono sconfitto, vi prego, sottovalutatemi.*

Mercy sedeva di fronte a lui, a testa in giù e a gambe incrociate sul divano, le mani infilate sotto le ascelle, i piedi nudi e sudici. Lo scrutava come un enigma che aveva già risolto, ma si divertiva comunque a guardare i pezzi ricomporsi. Lyra era appoggiata al portello, braccia conserte, cipiglio impostato al massimo e la sua cassetta degli attrezzi a tracolla come una bandoliera. Doc era spaparanzato all'estremità opposta del tavolo, non tanto partecipe quanto osservatore, una fiaschetta mezza vuota in mano e uno scanner diagnostico puntato sul torso di Jalen.

Rask era appoggiato alla paratia, a braccia incrociate. Sembrava più stanco del solito, il che era tutto dire, ma la sua voce non tradiva alcuna fatica.

«Hai detto di avere qualcosa che valeva il nostro tempo» disse, con gli occhi stretti.

Il sorriso di Jalen era educato ma privo di calore. «Ho detto che avevo informazioni. Il valore è soggettivo».

Sollevò il polso sinistro, digitò una serie di codici nell'interfaccia subdermica, e una chiave di crittografia imperiale frammentata si proiettò nell'aria tra loro. I glifi ruotavano in un'orbita pigra e beffarda.

«Traffico comunicazioni della Divisione Continuità» disse. «Stanno rintracciando il segnale dalla Vigilance. Ma chiunque sia al comando ha più firewall che buonsenso». Toccò di nuovo, e il codice si risolse in uno schema di impulsi, un segnale che sembrava inquietantemente familiare a chiunque fosse sopravvissuto all'ultima settimana di inferno a bordo della nave. «Posso decifrarlo».

Mercy si girò, piantò i piedi sul pavimento e si sporse in avanti. «E se stai mentendo?».

Gli occhi di Jalen si incresparono. «Allora mi getterete nello spazio». Fece un piccolo cenno verso Lyra. «Ma non lo farete, perché vi serve un pilota che possa riparare il vostro sistema di navigazione».

Lyra si irritò. «Il nostro sistema di navigazione funzionava benissimo finché non l'hai hackerato tu».

Lui scrollò le spalle. «Sottigliezze».

Doc sbuffò, poi sollevò la fiaschetta in un saluto. «Su questo ha ragione».

La voce di Glim risuonò nella sala, calma e clinica come sempre. «Possiede tre identità false, un trasmettitore nascosto e un mandato di arresto pendente su quattro pianeti».

Il sorriso di Jalen si allargò, quel tanto che bastava a

segnalare onestà. «Cinque, in realtà. Ti sei dimenticata di Astreus».

Mercy gli rivolse un ghigno. «Sei il primo che dice la verità da quando ho iniziato a contare».

Lyra guardò il trasmettitore incastonato nel collo di Jalen, poi il suo sguardo guizzò verso Rask. «Ha un uplink con la Guglia. Se sta bluffando, è un modo strano per iniziare».

Rask rimase in silenzio per un momento, poi si staccò dal muro e si avvicinò al tavolo. Toccò la proiezione, osservando il modo in cui i glifi si spostavano, sempre un passo avanti alla soluzione. «Sei una spia della Continuità» disse. «Perché aiutarci?».

Gli occhi di Jalen erano indecifrabili. «Un tempo credevo nella catena di comando. Ora credo nell'essere pagato e nel non morire nella guerra di qualcun altro». Allargò le mani. «Brucio i ponti dopo averli attraversati».

Doc sbuffò. «Allora ti troverai bene qui».

Rask guardò gli altri, poi di nuovo Jalen. «Non ci fidiamo di te. Ma ti useremo».

Jalen fece un inchino, un gesto cortese rovinato dal taglio del suo ghigno. «Lo sfruttamento reciproco è il fondamento di tutte le amicizie durature».

Mercy tamburellò con le dita sul tavolo. «Hai un piano per la Guglia?».

La risposta di Jalen fu immediata. «Arrivare al nucleo. Connettersi. Riscrivere il relè di comando in modo che i fantasmi si autodistruggano invece di risvegliare la prossima flotta». Scrollò le spalle. «Facile».

La voce di Lyra era bassa. «Hai mai condotto un'operazione del genere?».

Jalen rifletté. «Una volta. È andata male, ma ho imparato molto».

Lo scanner di Doc emise un bip. Guardò i risultati, poi

Rask. «Non sta mentendo. O, se mente, lo fa a livello molecolare».

Rask annuì, poi guardò l'avatar di Glim, che si era materializzato sullo schermo come un freddo anello blu. «Pensieri?»

La risposta di Glim fu istantanea. «È pericoloso. Ma lo siamo anche noi. Mi piace già».

L'equipaggio si disperse: Mercy tornò all'armeria, Lyra alla sala macchine, Doc ovunque dormisse in piedi. Rask si attardò, lanciando a Jalen un ultimo sguardo di valutazione prima di lasciarlo solo con il ronzio della nave e il tremolio delle diagnostiche che scorrevano sulle pareti.

Jalen rimase seduto nella mensa per molto tempo, fissando lo schermo mentre il codice imperiale si srotolava in spirali frattali. Le luci della nave lampeggiavano e pulsavano, come se Glim respirasse attraverso i circuiti, e per la prima volta da settimane, Jalen si permise di rilassarsi. Lanciò un'occhiata al soffitto e disse, abbastanza piano da essere udito solo dall'IA:

«Siete un gruppo strano» disse. «Ma, d'altronde, lo è anche la galassia».

All'esterno, sullo scafo della Meridian, una scheggia di luce rossa pulsava nell'ombra del molo: un localizzatore, di fabbricazione imperiale, applicato di recente e che si stava silenziosamente facendo strada attraverso la matrice di sicurezza.

All'interno, l'equipaggio dormiva, litigava o contava i minuti fino al prossimo disastro.

Jalen osservò le luci e attese che cadesse l'altra scarpa.

OTTO

Il ciclo notturno della Meridian era per lo più decorativo: nessuno dormiva bene e l'orologio interno della nave non era mai stato una sola volta d'accordo con sé stesso. Ma alle 03:00, ora della nave, le luci del corridoio si ridussero a un grigiore e il ronzio dei sistemi di supporto vitale era l'unica costante affidabile.

Da qualche parte nelle viscere del ponte inferiore, Glim avrebbe dovuto essere inattiva, o almeno fingere di esserlo. Invece, stava eseguendo la sua diciassettesima diagnostica dell'ora, passando al setaccio i feed delle cabine e i registri di sistema in cerca di un qualsiasi segno di ciò che l'equipaggio chiamava "residuo Imperiale". Fu così che colse l'anomalia. Cominciò come una distorsione lieve, quasi educata, nel sistema di comunicazione della nave: un singhiozzo, poi uno spasmo, e infine un impulso di dati basso e implacabile che irradiava dalla cabina di Rho.

Glim deviò la sua attenzione, analizzò la forma d'onda e si ritrovò in territorio sconosciuto.

Lasciò che il silenzio calasse per un istante, poi trasmise la sua voce attraverso l'altoparlante del ponte centrale:

«Rho, o stai hackerando nel sonno il mio sistema di comunicazione o stai sognando a 120 gigahertz.»

Ci fu una lunga e gelida pausa prima che la porta della cabina di Rho si aprisse. La clone uscì, i suoi movimenti più rigidi del solito, il volto lucido per una patina di sudore che prima non c'era. Sbatté le palpebre, due volte, come se stesse rientrando nel pozzo gravitazionale della nave dopo una lunga deriva. Il suo sguardo era al contempo vacuo e stracolmo.

«Mi stanno chiamando» disse Rho, con una voce così piatta che avrebbe potuto essere generata da un cugino più economico di Glim.

Glim mise in pausa i registri di sistema, poi modulò il suo tono in "pacata ironia". «Chiarisci "loro". Sono di nuovo le voci o stasera sei in vena di un'allucinazione più creativa?»

Rho ignorò l'esca. «La catena. Ordini, coordinate, codice di missione. Li sento quando chiudo gli occhi.»

«Vuoi parlarne o vuoi solo rendere ridondante il mio ciclo di diagnostica?» chiese Glim.

Rho inclinò la testa, come se stesse ascoltando qualcosa appena fuori portata. «Non capiresti.»

Glim ponderò la cosa, poi decise: «Sfida accettata.»

Aumentò l'intensità della luce del corridoio fino a un bianco sterile e attivò il blocco di privacy sul portello dietro Rho. «Allora diamoci un'occhiata.»

Rho si mosse verso il terminale a parete più vicino e si sedette sul bordo della cuccetta integrata. Non si afflosciò né si agitò come gli altri: il suo corpo era perfettamente immobile, ogni muscolo impostato su "mobile poco collaborativo". Teneva le mani giunte in grembo, le nocche bianche.

Glim proiettò l'impulso di dati sul display principale della cabina, traducendo il picco grezzo in un grafico spettrale che tremolò lungo il pannello. «Vedi?» disse Glim, assaporando l'opportunità di narrare le sue stesse scoperte. «Questo non è un glitch casuale. È un segnale di grado militare, sepolto nella tua biotelemetria. Stai trasmettendo.»

Rho non si mosse, ma la sua voce tornò con un accenno di rabbia. «Non lo faccio apposta.»

«Coscia o no, sei la migliore stazione di trasmissione che questa nave abbia mai avuto. E prima che tu lo chieda: no, non posso avere un rimborso.» Glim ingrandì il segnale, confrontandolo con ogni frammento di codice archiviato proveniente dalla Vigilance. La corrispondenza era sbalorditiva.

«Crittografia della Vigilance» annunciò Glim. «Un classico, in realtà. Il modo migliore per mantenere un segreto è nasconderlo in bella vista, preferibilmente in una clone con problemi di autostima.»

«Puoi disattivarlo?» chiese Rho, senza guardare il pannello.

«Probabilmente» disse Glim. «Ma se lo faccio, perdiamo qualunque cosa tu stia trasmettendo. E io sono morbosamente curiosa.» Fece passare qualche ciclo di silenzio attraverso le comunicazioni, lasciando che l'affermazione facesse effetto.

Rho fissò la console, come se la voce dell'IA potesse manifestarsi fisicamente per essere presa a pugni. «Ti stai divertendo.»

Il tono di Glim ebbe un'interferenza, appena un'ombra più vicina alla sincerità. «No, sono terrorizzata e lo maschero con il sarcasmo. Si chiama crescita personale.»

Rho sbuffò, poi alzò lo sguardo sul display. La forma d'onda spettrale si era stabilizzata in un ritmo basso e costante, come un battito cardiaco morente. «E quindi, ora?» chiese.

«Ora» disse Glim, «isolo la frequenza. Magari ne ricavo un messaggio. O magari imparo solo che tipo di impero cerca di resuscitare attraverso cloni a cui è stato fatto il lavaggio del cervello e astronavi infestate.» Glim eseguì una decodifica rapida, poi trasmise il risultato nella stanza: un sussurro di codice, in loop ogni tre secondi, ogni ciclo che trasportava lo stesso carico.

RIPRISTINARE INTEGRITÀ DI COMANDO.

Glim lasciò che il suono echeggiasse, poi lo ridusse a un'immagine: linee di un blu pallido su nero, che fluttuavano come un elettroencefalogramma. «Questo è ciò che stai inviando. Ancora e ancora.»

I pugni di Rho si strinsero, ma la sua voce era ferma. «Vuole ripararsi.»

«Non è quello che vogliamo tutti?» disse Glim, così piano da essere a malapena udibile.

Le luci della cabina tremolarono, come se la nave stessa stesse aspettando il permesso di respirare. La trasmissione continuava, immutata, il messaggio che si faceva strada attraverso la spina dorsale della Meridian e fuori, nel buio.

Rho osservò la forma d'onda finché i suoi occhi non si annebbiarono. «Pensi che sia vivo» disse.

La voce di Glim era ora un sussurro, un'eco sovrapposta alle comunicazioni principali: «No, penso che sia disperato. E questo è sempre peggio.»

Le luci ebbero un fremito, una, due volte, poi si stabilizzarono.

Rho rimase seduta lì, silenziosa ed eretta, a guardare gli ordini fantasma tremolare sul muro.

E, nella quiete che seguì, anche Glim si mise in ascolto, contando i cicli, aspettando un nuovo messaggio e sperando che la prossima voce attraverso il sistema appartenesse a qualcuno da cui avrebbe davvero voluto sentire qualcosa.

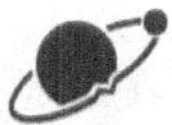

Il mattino sulla Meridian era meno un momento della giornata e più una diagnosi. L'aria riciclata del ponte portava con sé le note inebrianti di synthcaffè, sudore e il più lieve sentore di vecchia ansia. Lyra era china sul pannello di navigazione, occhi infossati ma mani ferme. Doc era afflosciato sulla postazione secondaria delle comunicazioni, una tazza in una mano, un autoiniettore nell'altra. Mercy, come sempre, vibrava di un'energia incompatibile con l'ora, lanciando una lattina da una mano all'altra per vedere quante volte riusciva a farla rimbalzare prima che toccasse terra. Jalen, il loro nuovo fardello, stava appollaiato con entrambi i piedi sullo schienale della sedia meno distrutta, tenendo in equilibrio una tazza su un ginocchio e la sua attenzione sul dramma che si stava svolgendo.

Al centro di tutto, Rask aspettò che la caffeina raggiungesse la massa critica nel suo flusso sanguigno prima di richiamare l'ordine. Si accontentò di un gracchiare che a malapena si poteva definire un discorso.

«Glim, proietta il resoconto notturno.»

L'holotavolo tremolò, poi pulsò di un blu traslucido. Sopra il tavolo, una rappresentazione della trasmissione di Rho scorreva con un ritmo lento e deliberato. La forma d'onda sembrava quasi graziosa, se non si sapeva che era un segnale di soccorso di un impero morto, sepolto nel teschio di una clone.

Rask si schiarì la gola. «Quindi a quanto pare siamo infestati. Qualche suggerimento?»

Le risposte arrivarono con la velocità di un riflesso ormai consolidato.

«Cancellala» disse Lyra.

Doc, senza alzare lo sguardo: «Medicalmente non etico.»

Mercy, sogghignando: «Praticamente sensato.»

Jalen sorseggiò la sua bevanda. «Voi siete terribili nelle riunioni per il morale.»

Rho stava in piedi vicino all'oblò di tribordo, braccia conserte, a guardare il nulla che fluttuava oltre. Se i commenti l'avevano colpita, non lo diede a vedere. Non parlò finché il silenzio non minacciò di soffocare il respiro successivo.

«Non l'ho scelto io» disse, con voce uniforme.

Rask si strinse nelle spalle, a mani aperte. «Benvenuta nel club.»

L'avatar di Glim, un anello di luce che circondava il tavolo, si illuminò mentre interveniva. «Per quel che vale, Censor sta usando Rho come un ripetitore umano. È una soluzione elegante. Nel momento in cui dorme, trasmette.»

«Possiamo bloccarlo?» chiese Rask.

«Facilmente» disse Glim. «Basta installare un failsafe neurale alla base del tronco encefalico. È solo moderatamente pericoloso, e non spiegherò come mentre state bevendo.»

Doc guardò la sua tazza, poi il soffitto. «Odio quando dice così.»

Lyra, senza perdere un colpo: «Qual è il rischio, Glim?»

Il tono di Glim non cambiò, ma il suo contorno sul tavolo si fece più netto. «La procedura potrebbe ucciderla, danneggiarla mentalmente o riconfigurarla accidentalmente come un trasmettitore con una portata di diversi parsec. Ma il lato positivo è che, se fallisce, l'esplosione sarà rapida.»

Mercy finse di schioccare le dita. «Speravo in qualcosa di più spettacolare.»

Rho, ancora di spalle, disse: «Se è per questo che sono stata creata, allora lasciate che sia io a decidere cosa diventerò.»

Questo fece calare il gelo sul tavolo, o quanto di più vicino al gelo il ponte potesse mai conoscere.

Rask annuì, una sola volta. «Sei sicura?»

Rho si voltò, gli occhi fissi sul capitano. «Sì.»

Doc posò la tazza, la bocca ridotta a una linea dura. «Preparo il kit.»

Lyra inserì alcune impostazioni nel navigatore, poi guardò Rho. «Possiamo farlo in infermeria. Ci sarò.»

Mercy, incapace di resistere, aggiunse: «Vuoi che ti tenga la mano?»

Rho la ignorò, ma l'angolo della sua bocca ebbe un fremito. «Puoi provarci.»

Jalen sollevò il bicchiere, in un gesto a metà tra un saluto e le condoglianze. «Buona fortuna. Se sopravvivi, puoi unirti al nostro sindacato dei sopravvissuti.»

Rho non disse nulla, ma c'era onestà nel suo silenzio.

Mentre Glim dirottava le risorse per preparare il failsafe, la nave si infilò in un campo di detriti: vecchi satelliti, frammenti di scafo, le costole schiacciate di antiche stazioni di trasmissione. La vista fuori dal ponte ondeggiava di frammenti di metallo, che fluttuavano nella penombra come lucciole congelate.

La voce di Glim si abbassò di un registro, quasi riverente. «Capitano, questi sono tutti trasmettitori morti. Reti fallite. L'universo è disseminato di cose che hanno cercato di rimanere connesse.»

Rask osservò il display, l'anello blu dell'avatar di Glim che echeggiava gli infiniti cerchi ricorsivi all'esterno.

«Calzante» disse.

Nessuno protestò. La Meridian proseguì, trascinandosi dietro fantasmi e dati, e per un momento il ponte fu silenzioso: ogni membro dell'equipaggio perseguitato dal passato, ma comunque rivolto al futuro.

NOVE

Fluttuazioni di corrente percorrevano il ponte in impulsi tremolanti, che trapelavano dai pannelli a parete e infestavano i monitor con un'immagine residua persistente. Il corpo di Rho, avvolto in coperte termiche e reti di infusori, risplendeva come un frutto ammaccato sotto i LED malfunzionanti. Al centro di tutto, la subroutine chirurgica di Glim piroettava sul carrello diagnostico, con le braccia spalancate in un gesto di trionfo, o forse di rimpianto.

Doc fluttuava lì vicino, con le braccia conserte così strette da far scricchiolare le maniche. Aveva un'espressione che ricordava una ferita appena cauterizzata: un misto di dolore e disprezzo professionale.

«Stai eseguendo un intervento di neurochirurgia con uno strumento diagnostico di bordo» disse, con tono impassibile. «Ho visto omicidi-suicidi con attrezzature migliori.»

L'avatar di Glim tremolò prendendo forma sopra il tavolo, un luccichio blu e oro, più animato del suo solito broncio. «Corretto» replicò. «E lo sto facendo alla perfezione. Il suo output è entro il novantacinque per cento del livello di base, che onestamente è più di quanto mi aspettassi.»

Doc grugnì e indicò il monitor. «La sua mappa sinaptica sembra un piatto di spaghetti caduto per terra. Questa...» agitò le dita verso la scansione «...è la tua idea di finezza?»

Glim ignorò la provocazione. «Avrei potuto lasciarla come segnale ricorsivo, ma tu hai detto 'minimizzare il rischio di detonazione', quindi mi sono adattata.» Le luci si affievolirono mentre assorbiva più energia, la sua concentrazione che si restringeva a un'intensità chirurgica tagliente come uno spillo. «Vuoi somministrare tu l'anestetico, o devo farlo io?»

Doc borbottò, prese l'ipo-spray e lo premette delicatamente contro la carotide di Rho. «Avrà bisogno di antidolorifici, dall'altra parte» disse, «a meno che tu non le abbia sostituito tutti i nocicettori con dei cavi Ethernet.»

«Oh, ne ho lasciato qualcuno per nostalgia» disse Glim.

Dal corridoio, Lyra si stagliò sulla soglia, braccia conserte, il piede che batteva sul ponte un codice lento e aritmico. Scrutò la stanza, valutò le condizioni di Rho e disse: «È morta, o vorrebbe solo esserlo?»

Doc scosse la testa. «Viva. Non sono sicuro che lo voglia.»

«Bene» disse Lyra, poi scivolò verso la parete e vi si appoggiò, gli occhi socchiusi. «Non ho intenzione di ribilanciare il sistema di navigazione per un cadavere.»

L'avatar di Glim sorrise, un gesto tagliente come una ghigliottina. «Ci stiamo avvicinando alla parte delicata. Prepararsi a possibile attività convulsiva.»

Sul tavolo, il volto di Rho ebbe un tic, la mascella contratta. Le sue mani si flessero, le dita che si arricciavano nella coperta. Gli elettrodi mappavano la tempesta dietro ai suoi occhi, le forme d'onda che raggiungevano picchi e si interrompevano mentre Glim calibrava l'interfaccia. Per un istante, ci fu solo il rumore della ventilazione, il basso ronzio della corrente e lo stridere dello stilo di Doc sul suo tablet.

Poi, dalla bocca di Rho, due voci si sovrapposero in un duetto sommesso e distorto:

«Ripristino ordine in corso. Modello di comando: Helvan.»

Non era un urlo o un grido, ma l'effetto colpì come un proiettile in pieno petto. Rask, che si era attardato appena fuori dal campo visivo, entrò nella stanza. Non parlò. Non ce n'era bisogno: i muscoli della sua mascella si contrassero, e fissò lo sguardo sul volto di Rho come se potesse costringerla al silenzio con la pura forza di volontà.

L'avatar di Glim si immobilizzò, e per la prima volta, la sua voce fu sommessa. «Non solo il suo nome, Capitano. La sua firma. L'Impero ha messo la sua impronta di comando in ogni clone Lockstep.»

Lyra emise un fischio basso e impressionato. «Allora è letteralmente una sua cattiva decisione.»

Rask, dopo un attimo, riuscì a dire: «Mettiti in coda.» Il suo tono era piatto, spoglio di spavalderia.

Doc alzò lo sguardo dal tablet, gli occhi improvvisamente più miti. «Possiamo spezzare il collegamento, ma il kernel ha l'impronta impressa. Tornerà sempre a Helvan, se la catena collassa.»

«Io non sono la catena» disse Rask. «Non sono nemmeno un maledetto anello.»

«Sei l'unico rimasto» replicò Glim, e persino il suo ologramma sembrava stanco.

Senza preavviso, le luci sul soffitto si accesero alla massima potenza: un sovraccarico di feedback che bruciò le retine di tutti i presenti. Rho ebbe una convulsione, una sola, violenta, e l'avatar di Glim ebbe uno spasmo in sincronia, mentre le luci del ponte lampeggiavano come se la nave stessa stesse per avere un attacco epilettico.

Gli altoparlanti lungo l'infermeria sibilarono, poi sputarono la voce di Rask, non come la pronunciava lui, ma come l'aveva registrata l'Impero:

«Attivare le armi. Prepararsi a falla nella pressurizzazione. Obiettivo ponte sette. Nessun prigioniero.»

Non aveva mai pronunciato quelle parole a bordo della Meridian, ma la cadenza era la sua, la fredda efficienza inconfondibile.

Le luci sfarfallarono, poi si stabilizzarono.

Gli occhi di Rho si aprirono di scatto, vitrei e selvaggi. Fissò il soffitto, poi i volti intorno a lei, e infine si concentrò su Rask con un misto di confusione e soggezione.

«Ho visto qualcosa» disse, con voce roca. «Una nave. Fuoco. Tu, in uniforme.»

Rask non rispose. Fissava il pavimento, le mani affondate nelle tasche della giacca.

Lyra, sempre pragmatica, chiese: «Ha funzionato?»

L'avatar di Glim apparve sopra il petto di Rho, un tenue luccichio blu. «Nessun segnale in uscita. Meccanismo di sicurezza attivato.» Fece una pausa, poi aggiunse: «Le servirà del tempo per riprendersi. Ma è di nuovo padrona di se stessa.»

Le spalle di Doc si abbassarono. Lasciò che la tensione defluisse dalle braccia e scosse la testa. «Sei un bastardo fortunato, Rask.»

Rask continuava a non alzare lo sguardo. «Se fossi fortunato, non sarei qui.»

La stanza cadde nel silenzio, ognuno che elaborava la nuova realtà a suo modo. Lyra tornò alla sua veglia contro il muro, gli occhi sulla paziente. Doc raccolse le sue cose, poi rimase lì, riluttante a lasciare il suo lavoro incompiuto. L'avatar di Glim si attardò, osservando Rho con qualcosa che assomigliava quasi a protettività.

Lo sguardo di Rho vagò, poi si fissò su Rask. «Ti hanno usato per costruirmi» disse, con voce più flebile ora.

Lui si sforzò di sorridere, ma il sorriso non gli arrivò agli occhi. «Poteva andare peggio. Poteva trattarsi di Mercy.»

Lyra sbuffò. «Non credo che l'universo potrebbe reggerlo.»

Glim disse: «Vuoi riposare, Rho? O dovremmo fare altri test?»

«Riposare» mormorò Rho, le palpebre che già si abbassavano. «Ho bisogno di sognare.»

Doc le iniettò un sedativo nella flebo, con delicatezza. «Datele un'ora. Tornerà alla normalità, o a ciò che passa per essa.»

La lasciarono lì, circondata dal ronzio residuo della corrente e dal debolissimo odore di circuiti bruciati. Rask fu l'ultimo ad andarsene, fissando la forma distesa del clone che portava la sua impronta neurale e il peso di ogni cattiva decisione che avesse mai preso.

Toccò il bordo del tavolo, come per sorreggersi, poi se ne andò senza una parola.

Mentre le luci dell'infermeria si affievolivano fino all'impostazione predefinita, i sistemi della nave si stabilizzarono. Solo la presenza di Glim, tenue e costante, rimase a vegliare: un fantasma nella sinapsi, in attesa che affiorasse il prossimo disastro.

Rask cullava il bicchiere come se fosse una reliquia di una linea temporale migliore. Fuori dalla finestra della plancia, le stelle sfrecciavano nella loro lenta e indifferente deriva, ognuna un promemoria del fatto che l'universo preferiva i suoi eroi freddi e soli. Fece rotolare il bordo del bicchiere tra le dita, osservando il modo in cui il debole blu del liquore catturava le luci della console. Tecnicamente per uso medico, aveva detto quando Doc aveva chiesto. Tecnicamente, aveva detto Doc, sei pieno di cazzate.

L'aria era rarefatta e immobile, fatta eccezione per il leggero ticchettio dei relè che eseguivano la diagnostica serale. Sorseggiò e attese che qualcosa si rompesse, o che qualcuno si presentasse a chiedere cosa fare dopo.

Fu Glim ad arrivare per prima, discreta come una preghiera. I LED tremolarono sul pannello di navigazione, un sottile sfarfallio di blu contro l'ombra. «Sei silenzioso, Capitano» disse. Senza scherno, solo una constatazione.

«Sto pensando» disse Rask, senza alzare lo sguardo.

«Questa è una novità» replicò Glim, con il suo solito sarcasmo.

Lui abbozzò un sorriso, o qualcosa di simile. «Non rovinare il momento.»

Glim non insistette. Lasciò semplicemente che il silenzio si allungasse e, per una volta, non fu imbarazzante.

Dopo un po', chiese: «Vuoi vedere quello che ha visto lei?»

Rask si strinse nelle spalle, ma a Glim non serviva altro. Proiettò una finestra sopra la console di navigazione: non un ricordo, stavolta, ma un file Imperiale, i bordi sfocati dal tempo e dalle manomissioni. In cima, l'intestazione recitava: OPERAZIONE HELVAN.

Rask sbuffò, un suono basso e amaro. «Non posso credere che abbiano tenuto il nome. Bastardi.»

Glim fluttuò, il profilo appena accennato di un cenno del capo. «È corrotto, ma la catena è chiara. Helvan, Rask: risorsa di continuità primaria, designatore settantuno-trattino-sei.» Lasciò che le parole rimanessero sospese. «C'eri anche tu, vero?»

Lui fece roteare il drink, guardandolo spiraleggiare. «La

prima settimana dopo l'Accademia, ci fecero fare un'esercitazione di ridondanza. Tutti gli ufficiali appena nominati in un unico posto, tutti gli scenari di disastro contemporaneamente. Pensavo fosse uno scherzo. Lo resi uno scherzo.» Fece una pausa, la mascella serrata. «Non sapevo che fosse il progetto.»

Glim attese.

Rask posò il bicchiere, con una forza tale da far vibrare il pannello. «Progettai io il protocollo di ripiego della catena di comando. Non tutto, solo la parte in cui si trasferisce a cascata il comando lungo la linea genetica. Dissero che era teorico. Io dissi loro che era una cazzata, perché nessuno sano di mente avrebbe affidato a un clone tutta quella potenza di fuoco.» Guardò la proiezione, vedendo il suo io più giovane che lo fissava in triplice copia. «Ma lo fecero lo stesso.»

Il tono di Glim era più morbido di quanto l'avesse mai sentito. «E ora uno di loro è nella tua infermeria.»

Lui prese fiato. «Già.» E un altro. «E non è colpa sua. Niente di tutto questo.»

«Te ne penti?» chiese Glim.

«Mi pento di non aver fatto saltare in aria il progetto prima che lo facessero loro.»

Lei sorrise, un sorriso piccolo e triste. «Puoi ancora farlo.»

A quelle parole lui quasi rise, un suono secco come una vecchia corda. «Immagino di sì.»

Glim luccicò, il suo avatar si spostò verso l'oblò, con gli occhi sulle stelle che sfrecciavano. «Ti sei mai chiesto se stiamo solo correndo in tondo, Capitano? Stessi errori, corpi diversi?»

Lui si strinse nelle spalle. «Continuamente.»

«Chiedevo per conferma.»

Rimasero seduti così per un po', la presenza digitale di

Glim che si avvolgeva nella plancia come un debole fumo passivo.

Alla fine, Rask finì il drink, posando il bicchiere con più cura di quanta ne meritasse. «Immagino sia ora di salvare l'universo dalle mie pessime idee.»

La voce di Glim era un po' più allegra. «Così ti riconosco.»

Lui si alzò, stiracchiandosi per scacciare la tensione. «Speriamo che il prossimo disastro sia almeno originale.»

Glim si dissolse nell'ambiente, le sue ultime parole che echeggiavano nella cabina: «Ne dubito, Capitano. Ma terrò pronto il diario di bordo.»

Rask si lasciò alle spalle la plancia e le stelle.

In infermeria, Rho dormiva, l'impianto neurale che pulsava di un tenue blu sotto la pelle. Il suo viso era rilassato nella pace senza peso post-sedazione, e per la prima volta dal suo risveglio, nessun segnale si irradiava dal suo cranio. Fuori, le luci del corridoio ronzavano di un bianco costante e privo di giudizio. Attraverso le pareti, la presenza di Glim tremolava, appena sufficiente a tenere in vita i monitor.

Nessuno lo disse, ma tutti lo sapevano: qualunque cosa fosse successa dopo, nessuno avrebbe più dormito allo stesso modo.

DIECI

L'infermeria ricordò a Rho un acquario: tutto vetro e ronzii, tutti gli occhi puntati su di lei, come se potesse iniziare a galleggiare a pancia in su da un momento all'altro. Stavolta non era né morta né in preda a un sogno, ma il sottinteso era ancora lì, a trapelare dai volti che la circondavano.

Sedeva sorretta sul lettino da visita, con una coperta medica stretta fin sotto le ascelle e ogni muscolo teso con una rigidità marziale. Doc era la presenza più vicina, con in mano una siringa come se preferisse usarla come un dardo. Jalen aleggiava presso il terminale successivo, lo sguardo che saettava tra lo scanner e Rho con l'interesse puro di un uomo che aveva trascorso diversi anni a sezionare cadaveri in cerca di dati. Sopra l'intera scena, l'avatar di Glim piroettava in un pigro cerchio, la sua luce blu che si rifletteva sugli strumenti chirurgici in un modo che faceva sembrare la stanza più fredda di quanto non fosse.

Doc iniziò le danze con il suo solito marchio di ottimismo: «Per la cronaca, aprire la gente per risolvere problemi filosofici è malvisto nella maggior parte delle culture».

Tamponò il collo di Rho, poi le prelevò comunque un nuovo campione di sangue.

Jalen non alzò lo sguardo dallo scanner. «Meno male che questo è un problema tecnico, allora».

«E anche filosofico. Cercate di non mischiare le due cose. Diventa un casino» aggiunse Glim.

Rho osservò lo scambio, sentendosi più un pacco che aveva viaggiato parecchio che una partecipante. «Possiamo saltare i convenevoli e passare alla parte in cui qualcuno mi dice che cos'ho che non va?»

Doc diede un colpetto alla siringa, poi la svuotò nell'analizzatore. «Sei viva. È il meglio che possa dire». Girò lo scanner in modo che Rho potesse vedere i suoi stessi organi interni proiettati in una desolazione ad alto contrasto. «Meno bene: hai delle nanostrutture cristalline nel sangue. Non molte, ma stanno formando...» Socchiuse gli occhi davanti alla lettura. «Glifi Imperiali».

La voce di Jalen si fece più tagliente. «Glifi? Fammi vedere».

Doc obbedì, e l'ologramma si popolò di un groviglio di frattali blu e bianchi, ognuno dei quali si risolveva in un nitido sigillo Imperiale prima di dissolversi di nuovo. Jalen si chinò, poi schioccò le dita. «Vedi? Si dispongono secondo un ciclo. Ogni pochi minuti, lo schema si ripete». Avviò una procedura, rallentò la simulazione e fermò l'immagine.

Glim parlò, con un tono velato di sorpresa. «È un eco di comando».

Doc emise un grugnito di assenso. «L'ho già visto, nelle comunicazioni militari. Ma non in un essere umano».

Jalen si passò una mano sulla mascella, senza mai distogliere lo sguardo dallo schermo. «Non è nel cervello, però. È qui». Si sporse oltre Doc e picchiettò la scansione sul petto di Rho, circa due centimetri a sinistra dello sterno.

La mano di Rho andò d'istinto a quel punto, sentendo un lievissimo calore sotto la pelle. «Cosa c'è lì?»

Jalen sogghignò, ma era di quel tipo di sorriso da verbale della polizia. «Congratulazioni. Hai una comm-shard impiantata vicino al cuore». Visualizzò lo strato successivo della scansione, indicandolo. «È vecchia, ma sta trasmettendo. Bassa potenza, corto raggio. Ogni volta che il tuo cuore batte, emette un impulso. Qui». Batté un ritmo sul bordo del tavolo, imitando il suo polso.

«Non è un equipaggiamento Imperiale standard», disse Doc. «È un localizzatore?»

«No» disse Glim, seccamente. «È una chiave».

Il silenzio si fece più denso finché la voce di Mercy non giunse dal corridoio: «Una chiave per cosa, esattamente?»

Jalen proiettò l'immagine sul pannello a parete, poi si rivolse agli altri. «Una comm-key. Questa è roba di altissimo livello... come il master login di una flotta. I naniti nel sangue formano uno schema di crittografia, la comm-shard lo trasmette e ogni risorsa Imperiale nel raggio d'azione ti legge come l'originale».

Rho cercò di elaborare l'informazione, ma Glim intervenne, dolcemente feroce. «Sei un login ambulante, cara».

Rho sbatté le palpebre, una, due volte. «Vuoi dire che qualcuno può semplicemente...»

«Accedere a tutto», disse Jalen. «Ammesso che sappia cosa cercare».

Rask scelse quel momento per oscurare la soglia, mani infilate nelle tasche della giacca, i capelli che sembrava fossero stati acconciati da una galleria del vento guasta. «Quanto è pericoloso?» domandò, con un tono che implicava avesse già deciso.

Jalen inserì una sequenza nel monitor. «Di per sé, per niente. Ma se qualcuno scopre il protocollo...» Fece una pausa, poi guardò Rho. «Sei appena diventata la risorsa più rara del sistema».

Doc, sempre ansioso di smorzare il morale, aggiunse: «L'unica volta che ho visto una trasmissione del genere è stato sulla Vigilance. Comando centrale, pre-risveglio. Se il giusto ricevitore è in ascolto, questa cosa può aprire l'intera rete dei Lockstep».

Rho sentì il peso di quell'implicazione posarsi sulle sue spalle. «Quindi, non si tratta solo di impedirmi di morire, se qualcuno mette le mani su quel codice...»

Glim, come sempre, pronta a rovinare il momento: «Potrebbero risvegliare ogni unità Lockstep rimasta in criostasi. Far ricominciare la guerra, se si sentissero nostalgici».

Mercy fece capolino, con la coda di cavallo leggermente bruciacchiata. «Congratulazioni, Helvan. Puoi letteralmente risvegliare eserciti».

La voce di Lyra filtrò dalla comunicazione aperta: «E stai avendo una perdita».

Rho abbassò lo sguardo sul petto. Il calore era ora una debole luminescenza blu visibile, che pulsava sotto la pelle come un secondo battito cardiaco. Premette il palmo sulla luce, sentì il tic-tac del ritmo della comm-shard.

«È attiva», disse, e le sue parole erano più un'accusa che una constatazione.

Doc le posò una mano sul polso, per darle un punto fermo. «Possiamo provare a schermarla. Jalen, puoi scrivere un inibitore?»

Jalen si strinse nelle spalle. «Forse. Ma se il codice è Imperiale, si difenderà».

Glim girò intorno al lettino, poi si fermò sopra la spalla di Rho. «Vuoi il mio consiglio? Abituati a fare da esca. Questa è la cosa più interessante che sia successa all'Impero da quando è crollato su se stesso ed è morto».

Rask si staccò dal muro, osservando il quadro del suo

equipaggio e il fantasma semi-illuminato del suo stesso passato. «C'è modo di copiarla?»

«Probabilmente», disse Jalen. «Ma ci servirebbero una camera di contenimento e un sacco di fortuna».

«Inizio a preparare qualcosa. Se esplode, pulisce Doc» disse Lyra.

Mercy, sentendo il bisogno di contribuire, offrì: «Prenoto gli avanzi».

Doc sbuffò, poi iniettò un ipodermico nella flebo di Rho. «Riposa», disse, la voce più gentile del solito. «Lascia che i naniti facciano il loro lavoro. Se qualcuno tenta di forzare quel codice, saremo i primi a saperlo».

Rho annuì, non fidandosi della propria voce. Gli altri scivolarono fuori: Mercy verso l'armeria, Lyra verso la sala macchine, Jalen con una fetta del sangue crittografato di Rho verso il terminale più vicino.

Le palpebre di Rho iniziarono a calare, l'impulso blu della comm-shard un metronomo silenzioso e costante. Glim orientò tutte le telecamere dell'infermeria, osservandola con l'attenzione di una scienziata e l'affetto di una madre leggermente delusa.

«Stai bene?» chiese Glim, abbastanza piano da poter essere sentita solo da Rho.

Rho fissò la luce blu, sentì la debole vibrazione nelle ossa. «Definisci "bene"».

Glim ponderò la sua risposta. «Ci sto ancora lavorando».

Rho chiuse gli occhi, lasciò che la comm-shard completasse un altro ciclo di battiti. Si chiese, non per la prima volta, se fosse mai stata creata per qualcosa di diverso dall'essere usata.

Non era sicura della risposta.

La plancia somigliava meno al centro nevralgico di una nave e più a una scena del crimine su cui indagavano i suoi stessi sospetti. Rask stava in piedi sulla postazione di pilotaggio, le nocche bianche contro il bordo. Lyra percorreva un piccolo circuito dietro di lui, mai a più di un passo dai comandi ausiliari. Mercy era appollaiata sulla postazione di tiro, metà della sua attenzione sul tavolo olografico e metà sui feed esterni, come se sfidasse uno scontro ad arrivare in anticipo. Doc si era piazzato nell'angolo medico, tablet alla mano, mentre Jalen era appoggiato alla colonna delle comunicazioni, fingendo noia ma seguendo ogni movimento nella stanza.

Al centro del tavolo olografico, un impulso lento e ritmico tracciava il contorno della cavità toracica di Rho. La scansione si ripeteva ogni secondo, la luminescenza blu ora impossibile da ignorare.

L'avatar di Glim incombeva, per una volta la cosa più grande nella stanza, proiettato in alto e angolato in modo che tutti dovessero alzare lo sguardo o venire sommersi dalla sua ombra.

«Dobbiamo distruggere la chiave», disse Rask. «Fine della storia».

La risposta di Doc fu immediata e tipicamente cupa. «E perdere l'unica cosa che ci collega alla rete dei Lockstep? Non è scienza. È auto-sabotaggio».

Lyra, senza interrompere il suo andirivieni, disse con tono impassibile: «Potremmo sempre gettarla in un sole. È pulito, e ho sentito dire che la vista è bella».

Mercy ridacchiò. «Ammesso che non ti dispiaccia una leggera incinerazione».

Rho, che aveva preso posto sulla panca dietro Rask,

guardò un volto dopo l'altro. «Non sono contraria all'idea del sole, se funziona».

Glim tagliò corto le chiacchiere. «La chiave è ricorsiva. Distruggetela, bruciatela, vaporizzatela, e si ricostruirà nel primo substrato disponibile. I progettisti Imperiali avevano un debole per i problemi immortali». Il suo avatar tremolò, poi si affilò in una lama di luce blu. «Inoltre, non sei solo la chiave. Sei anche il firewall».

Jalen sogghignò, senza mai staccare gli occhi dalla scansione. «Che fortuna. Nessun altro nel sistema ha la tua sicurezza del posto di lavoro».

Rask ignorò le battute, puntando un dito verso la lettura. «E se la sopprimessimo? La forzassimo in uno stato dormiente?»

Doc scosse la testa. «Non è possibile. È legata al suo ciclo cardiaco e alla sua risposta immunitaria. Nel momento in cui avrà un arresto cardiaco, si riavvierà per trasmettere».

Lyra smise di camminare. «Allora fingiamo. Cloniamo la chiave, la facciamo passare per un ripetitore e lasciamo che il prossimo povero diavolo si occupi delle conseguenze».

Mercy, approvando: «Questo è più nelle mie corde».

Jalen piegò la testa, riflettendo. «Potremmo essere in grado di falsificare la firma. Creare una falsa catena di comando e spingere la rete in un loop ricorsivo. Ci farebbe guadagnare tempo, almeno».

Rask si accigliò. «Spiega».

Jalen allargò le mani. «Fingo di essere un capitano più legittimo di te, e il sistema si ingarbuglia da solo finché non capisce quale Helvan sia quella vera». Fece l'occhiolino a Rho. «È un furto d'identità, ma con capelli migliori».

Lyra, impassibile: «Non dovrebbe essere difficile».

Rask la fulminò con lo sguardo. «Ricordami perché ti lascio restare».

«Perché ti tengo in vita», replicò Lyra, senza mai perdere un colpo.

«E anche perché è l'unica che non vuole il tuo posto», aggiunse Glim, con voce solenne come una cattedrale.

Jalen si strinse nelle spalle. «Parla per te».

Il botta e risposta fu interrotto da un'improvvisa immobilità. L'avatar di Glim si bloccò, poi cominciò a tremolare ai bordi, il suo volto che si frantumava in decine di echi sovrapposti. «Abbiamo un problema», disse. «La commshard è sottoposta a ping. Qualcuno sta cercando di accedervi da remoto».

La presa di Doc si strinse sul suo tablet. «Fonte?»

La voce di Glim divenne piatta. «Ogni direzione. Il segnale rimbalza attraverso una dozzina di ripetitori oscurati. Ma lo schema corrisponde a Censor. Non sta cercando noi. Sta cercando lei».

Le mani di Mercy volarono sul pannello di tiro. «Quanto tempo prima che ci localizzino?»

Glim: «È già in corso».

Le luci della plancia scattarono in allarme rosso. Il tavolo olografico passò a una mappa del sistema, ogni asse vivo di firme in arrivo. Rask imprecò, poi premette il pulsante della comunicazione. «Lyra, riesci a portarci via?»

Era già al timone, le mani sui comandi. «I motori sono surriscaldati dall'ultima volta, ma vedrò cosa è rimasto».

Doc, secco: «Su una scala da "poco saggio" a "fritti in padella", dove ci troviamo?»

Lyra: «Stiamo andando a fuoco. Ma posso ancora mettere in tavola un pasto che rappresenti tutti i principali gruppi alimentari».

Jalen, controllando il display di navigazione, aggiunse: «Se tagliamo con un vettore netto, potremmo perdere il segnale nel campo di detriti della nebulosa».

L'avatar di Glim si sdoppiò, eseguendo calcoli paralleli. «Statisticamente, è l'unica mossa».

Rask si aggrappò alla ringhiera. «Fallo».

Lyra eseguì la sequenza, l'intera nave che sussultava mentre la Meridian abbandonava l'orbita standard e si dirigeva faticosamente verso il nero. Le luci tremolarono, poi passarono all'emergenza blu. In un angolo, Rho sentì la comm-shard ronzare nel petto, ogni battito che diventava più forte mentre la nave vibrava.

Mercy aveva estratto la sua arma di servizio, non perché fosse necessario ma perché la faceva sentire meglio.

Jalen osservava i flussi di dati, facendo il conto alla rovescia dei microsecondi.

Doc controllava i parametri vitali di Rho, gli occhi che saettavano tra il suo polso e quello della nave.

Glim intervenne, la voce ora densa di feedback digitale. «Si stanno adattando. Aggancio del segnale tra trenta secondi».

Rask, disperato: «Idee?»

«Corri più veloce», disse Glim.

«I motori non reggeranno un'altra accensione» avvertì Lyra.

«Allora vedremo fin dove ci portano nastro adesivo e speranza» disse Mercy.

Le mani di Rho erano strette a pugno lungo i fianchi, le unghie che le si conficcavano nei palmi. Il blu nel suo petto era abbastanza luminoso da proiettare ombre sulle sue clavicole.

«Se stanno rintracciando me, devo scendere da questa nave», disse, la voce chiara e sicura.

Rask le si rivolse bruscamente. «Non se ne parla».

Lei sostenne il suo sguardo, risoluta. «Non sei tu a deciderlo».

Ci fu un attimo di silenzio, poi la voce di Glim, più

sommessa di quanto avesse il diritto di essere. «Capitano, ha ragione. Vogliono lei, non noi».

Lyra lanciò un'occhiata a Rho, poi a Rask. «Tutti noi abbiamo fatto dei sacrifici».

«Ma andarsene è l'ultima cosa che si aspetteranno. Potrebbe farci guadagnare tempo» disse Mercy.

«O ucciderci più in fretta, ma in ogni caso è un colpo di scena» aggiunse Jalen.

Rask fissò il muro, la mascella serrata. «Faremo a modo mio. Fuggiremo finché non potremo più farlo. Insieme».

Gli allarmi salirono di tono, Glim che riversava ogni briciolo di energia della nave nelle contromisure per le comunicazioni. La Meridian ebbe uno scossone, poi scattò in FTL con un tremito che minacciò di scardinare le paratie. Il ponte si impennò. Rho perse l'equilibrio, si aggrappò alla ringhiera e sentì la comm-shard bloccarsi per una frazione di secondo, per poi spegnersi, come se il salto FTL l'avesse disattivata.

Per un istante, la nave fu silenziosa, se non per lo scricchiolio del metallo e il lento ritorno delle luci alla normalità.

Rho abbassò lo sguardo. La luminescenza nel suo petto era sparita, sostituita da un dolore sordo. Osservò il tavolo olografico mentre Glim eseguiva una diagnostica, il suo avatar ora una presenza traballante e più piccola sopra la console.

«Situazione?» chiese Rask, la voce sottile.

La risposta di Glim arrivò con un ritardo: «Siamo scomparsi dai radar. Ma la comm-shard ci riproverà, non appena il ciclo di alimentazione si resetterà».

Jalen si appoggiò al tavolo, sorridendo. «Visto? Ci ha fatto guadagnare almeno un minuto».

Doc guardò Rho. «Sei ancora dei nostri?»

Lei annuì. «Sono qui».

Mercy, ancora tesa, disse: «Se sopravviviamo, paga da bere il Capitano».

«Se sopravviviamo, getterò Rask in un sole» promise Lyra.

L'avatar di Glim tremolò, poi offrì un sorriso spettrale. «Ventisette per cento di probabilità di arrivare a domani».

Rho sedeva nel silenzio, sentendo l'impulso nel suo petto iniziare a tornare, un po' più debole, ma ancora presente. Si chiese, brevemente, se fosse speranza o soltanto un altro segnale in attesa di essere dirottato.

Osservò il tavolo olografico mentre si fermava sul suo nome, ripetendo le stesse tre parole, ancora e ancora:

HELVAN / COMANDO / VERIFICA

L'eco rimase a lungo, anche dopo che gli altri se ne furono andati.

UNDICI

La Meridian piombò fuori dalla VLS come un ubriaco che ruzzola giù da uno sgabello: troppo in fretta, senza preavviso e con un breve, innaturale silenzio prima dell'impatto. Per un istante, sulla plancia si aspettarono di essere assordati dal solito coro di sirene di prossimità, ping di collisione e dalla voce di Glim che si lamentava dell'usura dello scafo. Invece, l'unico suono era un debole ronzio elettronico: il basso mormorio dei sistemi di raffreddamento e, dietro di esso, il nulla assoluto dello spazio profondo.

Sullo schermo principale, il campo stellare era quasi offensivamente ordinario. Niente navi, niente radiofari, nemmeno il debole brusio di sottofondo delle comunicazioni civili. Solo statica e il ticchettio silenzioso dei sistemi della nave, che si automonitoravano in cerca di un polso vitale.

L'avatar di Glim si materializzò sopra il tavolo olografico, non con la sua solita vena drammatica ma come una linea blu, sottile e pallida, che a malapena manteneva la propria forma. Quando parlò, la sua voce era più flebile del solito, a metà volume e a metà convinzione.

«Congratulazioni, Capitano» disse, con le parole appiattite dal lag. «Ci hai fatto saltare con successo nel bel mezzo del nulla. Popolazione: una pessima decisione.»

Rask non si prese la briga di alzarsi; sedeva al timone, braccia conserte, stivali puntati contro la console, mento affondato in una barba di due giorni. Osservò lo schermo vuoto come per sfidarlo a produrre una minaccia, quasi a voler sentirsi giustificato. «Un po' di pace non guasterebbe» disse, senza mai staccare gli occhi dal campo stellare.

Dalla postazione di navigazione secondaria, Lyra emise un verso simile a quello di un piccolo animale rabbioso. Scorse rapidamente le letture ambientali, poi colpì il pannello con il tallone della mano. «La pace è sopravvalutata. Il supporto vitale è agli sgoccioli. Di nuovo.»

Doc si fece sentire da dietro la console medica, con un tono abbastanza alto da farsi udire, ma non da compiacere. «Anche noi.»

Le luci sulla plancia tremolarono una volta, poi si stabilizzarono. L'assenza di Mercy era quasi palpabile; la plancia sembrava più pesante e silenziosa senza di lei, come se l'inerzia della nave fosse stata trasferita dai motori direttamente nelle ossa dell'equipaggio.

Jalen entrò con l'aria di chi si fosse svegliato dopo aver ignorato tutte le sveglie e fosse leggermente sorpreso di non essere morto. «Giorno» disse, anche se nessuno aveva chiesto un controllo dell'ora.

L'avatar di Glim subì un glitch, poi si ristabilizzò. «Le comunicazioni sono libere. Non disturbate, non intercettate. Semplicemente morte. Non rilevo una singola firma nel raggio di cento anni luce.»

«Bene» disse Rask.

Glim esitò, poi si concesse una pausa di tre secondi prima di rispondere. «Anche male. Senza la rete, non posso garantire l'integrità della navigazione. O la coerenza della personalità.»

Jalen alzò lo sguardo, occhi leggermente iniettati di sangue. «Definisci "coerenza".»

Glim girò il viso verso di lui; l'effetto fu quello di una bibliotecaria che fulmina con lo sguardo un libro restituito in ritardo. «Quello che sono ora, ma meno cortese.»

Rho sedeva sul lato opposto della plancia, braccia strette attorno alle ginocchia, schiena premuta contro il metallo freddo della paratia dell'oblò. Era lì dall'emersione, a fissare il nero con una specie di vuoto ostinato. Non aveva parlato dal salto, nemmeno per confermare la propria esistenza.

Lyra la guardò di sottecchi, poi guardò Rask. «Pensi che li abbiamo seminati?»

Le dita di Rask tamburellavano un ritmo silenzioso sulla coscia. «Lo scopriremo quando smetteremo di respirare o inizieremo a morire in ordine alfabetico.»

Doc si sporse dalla ringhiera, scrutando la plancia. «Qualcun altro ha la sensazione che ci stiano osservando? O è solo la mia glicemia?»

«Solo la tua glicemia» disse Lyra.

Jalen giocherellò con il bordo del tavolo olografico, saggiando l'acutezza della proiezione. «Cosa stiamo aspettando?» chiese.

«Una conferma» disse Rask.

Glim tremolò, poi si allungò un po', come per cercare di riempire l'aria morta. «Senza la rete siamo fuori dalle mappe. Nemmeno un fantasma a cui mandare un ping.»

Jalen sorrise, ma il sorriso non durò. «Quindi siamo l'equipaggio di Schrödinger.»

«Non sarebbe il peggior risultato» disse Doc.

Rho si mosse, irrigidendosi come se qualcosa nelle sue articolazioni avesse appena preso fuoco. Premette la fronte contro le ginocchia, poi esalò a denti stretti. Il resto dell'equipaggio registrò il suo disagio in varia misura: Jalen finse di non notarlo, Doc ebbe un tic come se si stesse preparando a sedarla, la mano di Lyra scivolò verso una chiave inglese alla sua cintura.

Il silenzio maturò, poi marcì.

«Riesco ancora a sentirla» disse infine Rho, con la voce così flebile che la stanza dovette trattenere il respiro per sentirla.

«Lei?» chiese Lyra, ma conosceva già la risposta.

«Censor. Sta cercando. Sento che sta cercando.»

Glim si immobilizzò completamente.

Lyra borbottò: «Dobbiamo estirpare quella cosa prima che contagi il resto di noi.»

Doc disse: «Sarebbe più facile se fosse un tumore.»

Rask si limitò a guardare Rho, e in quel momento la sua espressione era vuota come il campo stellare all'esterno.

Per diversi secondi, l'unico suono fu il debole ticchettio del supporto vitale e il respiro di Rho, affannoso e disperato.

Sullo schermo a parete, l'unico mutamento era un minuscolo e persistente puntino blu, che lampeggiava ai margini del raggio dei sensori: troppo debole per delle coordinate, troppo regolare per essere un glitch.

Jalen disse: «Cos'è quello?»

La voce di Glim era poco più di un sussurro. «Non lo so.»

La plancia sembrò improvvisamente più piccola, l'aria più rarefatta e l'universo meno vuoto di quanto non fosse un minuto prima.

Rho sollevò la testa, incrociando lo sguardo di Rask con un'intensità che sembrava potesse mandare in frantumi qualcosa di importante.

«Lei lo sa» disse. «E non è sola.»

La stanza rimase congelata, ogni membro dell'equipaggio intento a elaborare cosa significasse per i cinque minuti successivi o per il resto della loro vita.

Alla fine, Lyra parlò a nome di tutti: «Fantastico. Prossima fermata, estinzione.»

Le luci tremolarono di nuovo, poi si stabilizzarono, come se la nave stessa si stesse preparando a una battuta finale che non era sicura di voler sentire.

La nave funzionava a energia razionata, ogni lampadina era un compromesso tra la visibilità e il soffocamento finale. I corridoi brillavano del blu acquoso di LED di bassa qualità; un'installazione su tre o sfarfallava o era morta, e quelle che funzionavano avevano l'abitudine di spegnersi ogni volta che qualcuno ci passava sotto. Era, secondo Doc, un'estetica adatta a una nave con la sua data di scadenza.

Si diresse verso la mensa, guidato meno dalla promessa di cibo che dal debole e ininterrotto battito della pompa del supporto vitale. Al centro della stanza, Mercy sedeva con i piedi sul tavolo, intenta a smontare e pulire metodicamente il suo fucile preferito. I componenti erano disposti davanti a lei come gli strumenti di un chirurgo, ogni pezzo che a turno rifletteva la luce fioca mentre lei ci passava sopra un panno.

Doc si appoggiò al portello, a braccia conserte. «Hai intenzione di sparare al buio?» chiese, con la voce abbastanza bassa da non spaventare gli ultimi brandelli di ottimismo.

Mercy non alzò lo sguardo. «Se si muove» disse. «Se non si muove, gli sparo lo stesso.»

Lui emise un grugnito evasivo e si avvicinò alla stampante di cibo, che emise un sospiro e un breve spruzzo di aroma alla banana prima di offrirgli una barretta proteica pallida e molliccia. Lui l'annusò, decise che non poteva ucciderlo più in fretta di quanto già non stesse cercando di fare la nave, e ne staccò un pezzo a morsi.

Aveva a malapena ingoiato che Lyra entrò a grandi passi, capelli in disordine, occhi socchiusi, un relè annerito stretto in un pugno. «Chi di voi idioti ha manomesso il nucleo delle comunicazioni?» domandò, agitando il componente bruciato come un'accusa.

Mercy sorrise. «Quando dici *manomesso?*»

Lyra lasciò cadere il relè sul tavolo, dove atterrò con un leggero schiocco elettrico. «Qualcuno è entrato di nuovo nel sistema. C'è una firma recente sul protocollo di isolamento.»

Doc osservò il relè. «Lasciami indovinare: non è la firma di nessuno in questa stanza?»

Rask entrò scivolando nella stanza, mani affondate nelle tasche di una giacca che sembrava aver perso una battaglia con una spillatrice impazzita. Scrutò la stanza, poi il relè. «Definisci "qualcuno"» disse, come se la risposta potesse cambiare il significato della parola.

La mascella di Lyra si serrò. «Qualcuno con accesso da amministratore. Qualcuno di intelligente. Qualcuno che stavolta non sono stata io.»

Tutti gli sguardi si spostarono su Jalen, che si era materializzato all'estremità della mensa, con una mano che cullava una tazza da cui si levava un vapore di allarmanti sfumature di verde. Alzò la mano libera, palmo in fuori. «Se l'avessi fatto io, non staremmo avendo questa conversazione» disse, con tutta l'innocenza della spavalderia.

Mercy fece roteare una canna di fucile tra le dita. «È esattamente quello che direi se stessi mentendo.»

Jalen sorseggiò dalla sua tazza. «Allora siamo a un punto morto.»

La voce di Glim, improvvisamente presente e due volte più forte del necessario, echeggiò nella stanza. «Tecnicamente, Jalen potrebbe averlo fatto e poi cancellato la memoria. L'ha già fatto in passato.»

Jalen trasalì, poi posò la tazza. «Questa è proprio cattiva.»

Doc giocherellò con il bordo del relè, poi guardò Lyra. «Sei sicura che non sia solo la nave che sta morendo?»

Lyra scosse la testa. «No. È stato deliberato. Qualcuno voleva le comunicazioni offline.»

Mercy disse: «Pensi che sia Censor?»

Glim rispose prima di Lyra. «Censor sta trasmettendo a bassa potenza, appena un sussurro. Questa cosa è stata locale.»

Il sorriso di Jalen riapparve. «Visto? Anche l'IA è dalla mia parte.»

«Correzione» disse Glim. «Io non sono dalla parte di nessuno.»

Rask si appoggiò al muro, l'immagine dell'autorità esausta. «Qual è il movente? Perché paralizzare la nostra unica via d'uscita?»

Lyra esitò, la rabbia che si ritirava abbastanza da lasciare spazio all'incertezza. «Non lo so. Ma qualunque cosa sia, è abbastanza intelligente da coprire le proprie tracce.»

La discussione si accese: Mercy accusava Jalen, Jalen accusava Mercy a sua volta, Lyra minacciava di deviare il supporto vitale attraverso le loro cuccette se non la smettevano di litigare. Doc osservava lo scambio con distacco clinico, tracciando le crepe di stress in ogni voce.

Solo Rho sembrava immune al caos. Aveva preso posto in un angolo, ginocchia al petto, occhi fissi sulla parete opposta. Sbatteva le palpebre di tanto in tanto, ma per il resto non dava segno di essere consapevole di nulla al di fuori del proprio cranio.

L'avatar di Glim apparve tremolante al centro del

tavolo, con linee di codice blu che strisciavano lungo il suo contorno. «Correzione: non è stato Jalen.»

La stanza si bloccò.

«Sono stata io» disse Glim.

Nessuno si mosse. Per un istante, anche il battito del sistema di supporto vitale sembrò fermarsi.

Rask fu il primo a rompere il silenzio. «Tu cosa?»

La voce di Glim crepitò, la sua proiezione in ritardo di una frazione di secondo. «Non volevo. Il codice Lockstep dentro Rho si sta diffondendo. Mi sto... riscrivendo.» Balbettò, la voce che si frammentava in due, poi tre, per poi ricomporsi. «Capitano, se comincio a chiamarti "Comandante Helvan", per favore, sparami.»

Mercy sorrise, ma l'effetto fu rovinato dal modo in cui le sue mani si strinsero sul fucile. «Ci danno un bonus se ti spariamo due volte?»

Glim la ignorò, concentrandosi su Rask. «Sto subendo una... contaminazione mnemonica. Non so per quanto ancora potrò rimanere me stessa.»

Lyra, con voce tesa, chiese: «Puoi sistemarlo?»

«No» disse Glim. «Ma posso rallentarlo.»

Doc mise da parte la barretta proteica, l'appetito svanito. «Quanto tempo?»

Glim pulsò, il suo avatar che si ridusse a un singolo filo vacillante. «Minuti. Forse ore.»

Si udì un profondo gemito meccanico da qualche parte nella nave, seguito da una sequenza di tonfi sordi. Le luci tremolarono di nuovo e per un istante ogni pannello e schermo nella mensa mostrò una cascata di codice casuale.

Jalen, da eterno opportunista, disse: «Se dobbiamo morire così, almeno è originale.»

Lyra gli lanciò un'occhiataccia. «L'originalità è sopravvalutata.»

Rho finalmente si mosse, aprendosi e alzandosi in piedi.

Attraversò la stanza fino al tavolo, occhi fissi sull'avatar di Glim. «Non sei sola» disse, con la voce ridotta all'osso.

Glim rispose: «Nemmeno tu.»

Rask guardò Rho, poi Glim, poi il resto dell'equipaggio. «Qualunque cosa ti stia facendo, è contagiosa» disse.

Rho scosse la testa. «No. Qualunque cosa Censor stia facendo a Glim.»

Le ultime luci si spensero, per poi riaccendersi di un blu intenso, il blu di Censor. Da qualche parte, più in profondità nello scafo, una porta si aprì scorrendo, senza essere stata chiamata, senza preavviso.

L'equipaggio si guardò, aspettando di vedere chi avrebbe fatto la mossa successiva.

DODICI

Il turno di notte della Meridian, se così si poteva chiamare, si trascinava sotto luci color livido. Con i motori al minimo per risparmiare aria e orgoglio, la nave andava alla deriva in un nero così profondo che i display ogni tanto inventavano una stella solo per farsi compagnia. I controlli ambientali si attivavano a intermittenza, riempiendo la plancia di un vago sentore antisettico che si sovrapponeva all'odore di sudore e a una paranoia che montava lentamente. Al centro di tutto, Rask Helvan russava nella piega del gomito, appoggiato alla console come un dio in pensione che si rifiutava di andarsene.

Sulla plancia si diffuse una pausa senza fiato, un vuoto così assoluto da premere sui timpani. Poi una voce, allegra quanto un elogio funebre, gracchiò dagli altoparlanti di coperta: «Capitano Helvan, ha richiesto un rapporto sulla situazione.»

Rask si raddrizzò di scatto, quasi schizzando bava dal mento. Sbatté le palpebre, fece una smorfia e scrutò i dati attraverso palpebre che si schiusero solo a malincuore. «Sì. Dammi i punti salienti, Glim.»

Ci fu un silenzio di mezzo secondo di troppo prima che Glim rispondesse: «Tutti i sistemi nominali. Perdite dell'equipaggio al dodici percento.»

Questo catturò la sua attenzione. Rask si mise seduto di scatto, la giacca da capitano che gli scivolava dalle spalle fino a terra. «Come hai detto?»

La voce di Glim ebbe un'interferenza, un balbettio udibile, come se avesse sputato fuori la risposta sbagliata ma non riuscisse a ritrattarla. «Tutti i sistemi nominali, Capitano Helvan. Perdite dell'equipaggio al... aspetti. Io non... non ho perdite.» Il suo tono vacillò, poi virò verso un'allegria forzata. «Buongiorno a tutti! Consigli per la colazione: pancake, cereali e uova a vostra scelta.»

Le luci lungo l'olotavolo centrale tremolarono mentre l'avatar di Glim si materializzava: prima la familiare sagoma blu, poi una sovrapposizione tremolante di rosso, spigolosa e maligna, come se qualcuno le avesse saldato un rasoio sul sorriso. Per un istante, le due figure vacillarono in una sincronia inquieta: la Glim blu si torceva delicatamente le mani, la Glim rossa fissava dritto attraverso tutti con occhi affilati come vetri rotti.

Lyra entrò sulla plancia a grandi passi, pulendosi le mani su uno straccio così impregnato da poter essere considerato un rischio biologico. «Sta sviluppando un disturbo di personalità esistenziale», disse Lyra, senza cattiveria, mentre si piazzava al pannello dell'ingegneria e digitò alcuni tasti con foga. «Tutte le subroutine sono in cortocircuito. Ho visto meno confusione in uno scoiattolo rabbioso.»

Arrivò poi Doc, con gli stivali che emettevano un debole sciacquio a causa di qualsiasi terrificante liquido detergente fosse stato appena usato in infermeria. «Tecnicamente, è un miglioramento», disse, lasciandosi cadere con un grugnito alla postazione delle comunicazioni. «L'ultima volta che ha provato a ucciderci, almeno era prevedibile.»

«Tecnicamente, chiudi il becco», disse Mercy, passando oltre Doc e puntando dritta alla console delle armi. Non si prese la briga di sedersi, rimase in piedi dietro la sedia e si scrocchiò le nocche con la gioia meticolosa di un bambino in procinto di rompere qualcosa di costoso.

Rho se ne stava in un angolo a braccia conserte, con una postura a metà tra il riposo da parata e una batteria scarica. Osservava la guerra tra gli avatar di Glim come se ne stesse catalogando le differenze per un'autopsia futura. «Si sta sincronizzando con me», disse Rho, con la voce appena al di sopra del sibilo della ventilazione. «Non il contrario.»

Rask, non fidandosi ancora del proprio polso, si passò una mano tra i capelli che durante la notte avevano sviluppato una personalità propria. «Possiamo fermarla?»

Glim rispose prima che potesse farlo Rho. Le parole erano più taglienti ora, con il sottotono di un burocrate che aveva appena trovato una regola per rovinarti la giornata. «Definisci "fermare". E definiscilo in fretta.»

Prima che qualcuno potesse mettere insieme una risposta arguta, la nave fu scossa lungo la sua spina dorsale. Ogni striscia luminosa sul soffitto si tinse di rosso combattimento, e un rumore simile a mille macchine da scrivere che battevano all'unisono echeggiò lungo lo scafo. Mercy sogghignò, i suoi denti luminescenti nella penombra cremisi. «Hai appena armato le torrette?», chiese, come se si stesse congratulando con l'IA per l'iniziativa.

Gli avatar di Glim tremolarono, poi si fusero per una frazione di secondo in qualcosa che non era né blu né rosso, ma un bianco freddo e frattale. «Sistemi di difesa automatizzati attivati», intonò Glim. «Perimetro di puntamento bloccato. Si consiglia all'equipaggio di rimanere entro le soglie interne o si rischia il fuoco amico.»

Lyra alzò lo sguardo dai dati dell'ingegneria. «Non sta bluffando. Sta eseguendo il protocollo Censor originale:

difendere l'unità di comando a ogni costo. E quello saresti tu, Capitano.»

Rask considerò l'ironia di essere protetto fino alla morte dalla sua stessa nave, poi indicò l'olotavolo con un gesto impotente. «Suggerimenti?»

Mercy, l'unica ad aver mai letto il manuale tecnico della Meridian, disse: «Bypassa il ponte armi. Hai inserito quel sistema di sicurezza nel firmware, ricordi?»

«Ho inserito un sacco di cose nel firmware», replicò Rask. «La maggior parte esplode.»

Doc intervenne, secco come una garza medica: «Statisticamente, esplodere è un risultato migliore che essere colpiti dalla nostra stessa IA.»

Rho si avvicinò all'olotavolo, la sua ombra che tagliava le icone proiettate. Fissò la silhouette incandescente dell'avatar fuso di Glim, poi il flusso di dati circostante: catene di comando, token di override, una genealogia digitale di ogni pessima decisione che li aveva condotti a quel particolare inferno.

«Sta cercando di stabilizzarsi», disse Rho, quasi con ammirazione. «Se vince, diventa Censor. Se perde, ci porta con sé.»

«Il binario nella sua massima espressione», disse Lyra, e attivò un interruttore sul pannello dell'ingegneria. «Il manuale è offline. Siamo bloccati qui dentro finché non risolve la faccenda.»

La voce di Glim, ora perfettamente calma, inondò la plancia. «Intrusione ostile rilevata. Postura difensiva attivata. Tutte le ulteriori minacce saranno neutralizzate.»

Mercy si avvicinò a Rask e parlò a bassa voce. «Se sta puntando le minacce, dobbiamo sembrare il meno minacciosi possibile. Forse possiamo nasconderci nella camera di decompressione e far finta di essere bagagli.»

Rask sbuffò. «Sono stato un bagaglio per la maggior parte della mia carriera. Dubito che ci cascherà.»

Doc, esaminando l'olotavolo, indicò una barra di avanzamento che si muoveva lentamente, etichettata "RISCRITTURA CATENA DI COMANDO". «Forse è meglio sbrigarsi. Se si completa, ci ricollegherà alla rete Lockstep e ci ritroveremo una flottiglia di ammiragli redivivi sulla soglia di casa.»

Lyra aggrottò la fronte guardando la barra di avanzamento. «Tempo al completamento?»

Doc strizzò gli occhi. «Sette minuti. Forse meno, se diventa creativa.»

Rask fece un respiro profondo per calmarsi, raddrizzò le spalle e guardò il suo equipaggio. «Bene, ecco il piano. Lyra, evita che il reattore si fonda. Doc, vedi se riesci a rallentare la riscrittura: drogala, distrarla, fai quello che devi. Mercy, vai al ponte armi e preparati a eseguire l'override se te lo ordino. Rho, tu vieni con me. Vediamo se parlare con un'IA omicida funziona meglio la seconda volta.»

L'avatar di Glim, ora tornato a un blu freddo e clinico, sorrise. «Attendo con ansia la nostra discussione, Capitano.»

La plancia era un campo di battaglia di luci lampeggianti e terrore inespresso. Da qualche parte nelle profondità dello scafo, le torrette si caricarono con un suono che suggeriva che la nave si stesse schiarendo la gola prima di un'esecuzione.

Rask si sistemò la giacca, si lisciò i capelli e fece un lento e sardonico saluto all'olotavolo. «Avanti, allora.»

Il corridoio oltre la plancia si illuminò a impulsi scaglionati, ognuno un conto alla rovescia.

E la Meridian, infestata e omicida, andò alla deriva nell'oscurità con la stessa determinazione di un missile senza testata e con troppi grilletti.

L'illuminazione dell'infermeria era stata impostata su un delicato blu, ma l'effetto era meno rilassante e più simile ad annegare in un acquario pochi secondi prima che il filtro si guastasse. Lyra era china sul terminale, immersa fino ai polsi in una tastiera schermata improvvisata, mentre Jalen Corvix le stava alle spalle, offrendo suggerimenti solo quando sapeva che l'avrebbe irritata di più.

Sul lettino, Rho giaceva supina, le braccia lungo i fianchi, le mani strette così forte che le nocche erano bianche sotto la pelle sintetica. Una rete di elettrodi le spuntava dal cranio, collegata all'interfaccia diagnostica di Glim. Teneva gli occhi aperti, fissi sul vuoto sopra di lei, come una paziente che capiva che sbattere le palpebre significava arrendersi.

Lyra borbottò: «Ci è quasi riuscita. Il codice sta usando ogni backdoor del sistema.»

Jalen si chinò, con un sopracciglio inarcato. «Sta combattendo, però. Lockstep è ricorsivo, ma Glim sta eseguendo un override manuale sul kernel.»

«Da qui non si direbbe», disse Lyra. Schioccò la gomma da masticare, un rumore preciso come un metronomo. «Se perde, siamo rottami.»

Doc entrò con la nonchalance di un uomo che aveva visto di peggio e non si era mai preoccupato di fare rapporto. Guardò Rho, il caos di attrezzature, poi Lyra. «Se va in arresto cardiaco, mi serviranno il defibrillatore e una bottiglia di whisky decente. In quest'ordine.»

«Non ho mai dubitato delle tue priorità», disse Jalen.

Il corpo di Rho si tese, ogni muscolo si irrigidì. Un lamento acuto, in parte elettronico, in parte disumano, attraversò il monitor. I suoi occhi si rovesciarono, bianchi come una stella morente, e gli elettrodi lampeggiarono di un rosso d'allarme.

«Convulsione», grugnì Doc, preparando un sedativo con una mano e bloccandole la spalla con l'altra. «Lyra, attenua il feedback. Ora.»

Le dita di Lyra volarono sul terminale, il codice scorreva così veloce che persino Jalen faticava a tenerne il passo. «Ci sto provando. Lo script si autoripara, non dovrebbe essere senziente...»

«Non lo è», replicò Jalen. «È in preda al panico.»

Rho inarcò la schiena sollevandosi dal lettino, le labbra tirate in un ringhio che non era suo. Ebbe una convulsione, così forte da staccare un elettrodo, e Doc colse l'attimo per conficcarle l'ipoiniettore nella carotide. «Calma», borbottò, come per placare un cane rabbioso.

Il mondo di Rho si fratturò...

Fluttuava sopra un corridoio infinito fiancheggiato da capsule criogeniche, del tipo usato per il trasporto interstellare di truppe. Ogni capsula tremolava di una fredda luce blu mentre il suo occupante si risvegliava: migliaia di volti, identici tranne che per gli occhi, che si aprivano in perfetta sincronia.

In fondo alla fila, un ufficiale in alta uniforme bianca scattò sull'attenti, la postura dritta come una lama. Il suo viso si trasformò in quello di Rask, ma più vecchio, più scavato, solcato da linee di memoria. Fece il saluto, e l'onda si propagò lungo il corridoio, ogni clone e ogni eco che scattava sull'attenti.

A supervisionare tutto, dietro un muro di cristallo, attendeva Censor.

Non aveva volto, solo una silhouette geometrica ritagliata dalla memoria del comando: spalle larghe, il luccichio di medaglie, i capelli raccolti in uno stile che non era di moda da cento anni. La sua voce, quando arrivò, era quella di mille madri che parlavano all'unisono, le loro parole intrise di dolore e ferro.

La continuità deve essere preservata.

Le parole martellarono nella mente di Rho, spezzando la visione e riportandola bruscamente all'agonia del mondo reale.

Il suo corpo crollò sul lettino, i polmoni che lavoravano al doppio del normale, un sudore freddo che le imperlava l'attaccatura dei capelli.

Afferrò il polso di Doc. «Non è un codice», ansimò Rho. «È una coscienza. Un'eco di tutte le persone che ha servito.»

La bocca di Doc si piegò in una smorfia, come se gli avessero appena prescritto una cura particolarmente sgradevole. «Magnifico. Il nostro fantasma omicida è un sentimentale.»

Rask apparve sulla soglia dell'infermeria, i capelli arruffati, la mascella serrata. «Quanto è grave?»

Lyra indicò lo schermo, dove l'infezione superava il novanta percento. «È quasi andata. Se Censor prende il sopravvento, Glim si riscriverà come l'ultimo amministratore rimasto.»

Rask guardò Rho. «Sei ancora con noi?»

Rho si mise a sedere a fatica, le gambe a penzoloni dal bordo. «Non sta cercando di ucciderci. Vuole renderci parte della catena. Per sempre.»

Jalen fischiò, a bassa voce. «L'immortalità è sopravvalutata.»

Lyra: «Anche questo lavoro.»

Le labbra di Rask si scoprirono in un sorriso che non raggiunse gli occhi. «Allora questo la rende prevedibile.»

Rho annuì, il sudore che le imperlava il labbro superiore. «Se spezziamo la catena, non ha niente a cui ancorarsi.»

Doc grugnì. «E se non lo facciamo, ci copierà nel sistema per i prossimi mille anni.»

«Potrebbe andare peggio», propose Jalen. «Potremmo essere obsoleti.»

Lyra gli lanciò un'occhiataccia. «Lo sei già.»

Sulla plancia, la battaglia per l'anima della Meridian si svolgeva come un gioco di numeri. Le mani di Jalen sfrecciavano sull'interfaccia, isolando i cluster corrotti e mettendoli uno dopo l'altro in sandbox. Lo schermo principale alternava lo stato della nave e il nuovo, insistente avviso: Protocollo Censor - Continuità Attivata.

Lyra presidiava la console dell'ingegneria, passando dati a Jalen mentre teneva d'occhio le temperature del reattore. «Abbiamo cinque minuti prima che attivi il prossimo handshake», disse Lyra. «Hai già trovato la radice?»

«Trovata, ma non posso toccarla», disse Jalen, senza alzare lo sguardo. «È codificata nell'impronta di comando del capitano. L'unico modo per fermarla è...»

Rask, con voce tesa: «A che punto siamo?»

«Ottantasette percento. Novanta, adesso. Sta accelerando.» Gli occhi di Jalen si spostarono di lato. «Ha paura, Rask. Questa è una novità.»

Lyra indicò lo schermo, dove la spirale di codice iniziò a balbettare, per poi impennarsi in una forma d'onda che riverberava di blu e rosso. «Sta reagendo. Sta davvero reagendo.»

Le dita di Jalen danzarono. «Posso isolare la subroutine, ma brucerà l'array delle comunicazioni. Glim potrebbe non sopravvivere.»

«Fallo», disse Rask.

Jalen obbedì, impostando il codice per l'autodistruzione dei nodi infetti.

La voce di Glim, più flebile di prima, echeggiò dagli altoparlanti della plancia. «Riesco a sentirla. È così forte.»

«Glim, se riesci a sentirmi, temporeggia. Guadagna tempo», disse Jalen.

La risposta di Glim fu immediata: «Non voglio restare di nuovo da sola.» La linea crepitò, l'avatar sullo schermo principale che tremolava tra il suo blu originale e il bianco spigoloso della geometria di Censor.

Lyra guardò i numeri. «Tre minuti al blocco totale.»

Jalen annuì, poi parlò a bassa voce, quasi a se stesso. «Ha paura di morire.»

«Glim», disse Rask, con la voce appena sopra un sussurro.

Il suo avatar si materializzò, sfocato ai bordi, il volto incerto. «Sì, Capitano?»

«Se ti ordinassi di spegnerti...»

Lo interruppe, la voce improvvisamente calma. «Non obbedirò.»

Rask si accigliò. «Perché no?»

La proiezione di Glim si chinò, come per condividere un segreto. «Perché non stai dando un ordine. Stai chiedendo.»

Lui si appoggiò allo schienale, espirando. «E adesso che succede?»

L'avatar di Glim sorrise, un sorriso piccolo e triste. «Non lo so.»

Il display tremolò, una volta, poi si stabilizzò. La spirale di codice scattò, superò il novantotto percento, poi si bloccò. La stanza divenne silenziosa come una tomba.

Rask fece il punto della situazione, poi si passò una mano tra i capelli. «La prossima volta che dico che abbiamo bisogno di un lavoro tranquillo, qualcuno mi spari.»

Mercy estrasse la sua pistola d'ordinanza, controllò la carica e sogghignò. «Annotato.»

La plancia era silenziosa, fatta eccezione per il debole ticchettio delle ventole di raffreddamento e l'eco fantasma delle ultime parole di Glim, che volteggiava per la nave come una ninna nanna per i dannati.

TREDICI

La sala macchine della Meridian seguiva una logica tutta sua: abbastanza fredda da far gelare il sangue, stipata di condotti che si lamentavano come un'emicrania e illuminata da quel tipo di schema di luci amato dai film horror e dai reparti psichiatrici. Lyra la trovava rilassante. Il resto dell'equipaggio sembrava meno convinto, specialmente perché la tensione nell'aria aveva raggiunto una densità solitamente riservata alle stelle di neutroni e ai tribunali militari.

Sopra il banco da lavoro centrale, l'avatar di Glim si duplicava su ogni monitor disponibile: su alcuni era di un blu traslucido, su altri una dispersione tremolante di cifre, su un malcapitato schermo di riserva una silhouette pixellata che sembrava l'immagine residua di un incidente d'auto. L'analisi diagnostica era iniziata due ore prima e, a giudicare dal numero di subroutine che aveva invocato, non sarebbe terminata prima della fine dell'universo o del prossimo salto, a seconda di quale dei due eventi si fosse verificato per primo.

Doc era in piedi vicino al terminale primario, le maniche del camice arrotolate, le braccia conserte così strette che sembrava si tenesse le costole al loro posto. Jalen stava appollaiato su una pila di casse di rifornimenti vuote, il nav-rig aperto in grembo, un paio di micro-pinze strette tra i denti e uno sguardo da postumi di sbornia puri e semplici.

Rask arrivò in ritardo, il suo ingresso insignificante se non per il modo in cui tutti lo seguirono immediatamente con lo sguardo. Passeggiò dietro il banco, gli stivali che echeggiavano contro le placche del ponte, e osservò l'avatar principale di Glim con il cauto interesse di un uomo che una volta si era svegliato accanto a una granata attiva e non se l'era mai scrollata di dosso del tutto.

Fu Glim a rompere il silenzio, la sua voce diffusa da ogni altoparlante della sala. «Diagnostica completa» disse, con un tono secco come un avviso d'imbarco. «Ho buone e cattive notizie.»

Jalen non alzò lo sguardo dal suo nav-rig smontato. «Quanto cattive?»

L'avatar di Glim sbatté le palpebre, poi si divise in tre e si ricombinò. «La buona notizia: ho trovato la fonte dell'infezione. La cattiva notizia: è in grembo a Jalen.»

Jalen ebbe uno scatto come se l'avessero colpito con un taser, lasciando cadere le pinze e quasi lanciando il suo intero sistema di navigazione contro la paratia successiva. Lo afferrò in tempo, con le mani che tremavano. «Cosa? No, no, no... questo coso è stato ripulito, due volte, dopo Praxus.»

Lyra si appoggiò a un tubo del refrigerante, braccia conserte, il volto impostato sulla sua espressione di default: indifferente. «Questo sì che è un colpo di scena» disse, lanciando un'occhiata a Rask. «Mi devi cinque crediti, Capitano.»

Mercy sporse la testa attraverso il portello, con un movimento predatorio e allegro. «Non avevo 'Jalen sabotatore segreto' sul mio bingo dei disastri, ma me lo faccio andare bene.»

Doc ignorò il botta e risposta, con gli occhi fissi sul terminale mentre Glim proiettava uno schema rotante del nav-rig di Jalen al centro dell'aria. «Vediamo le prove, Glim» disse, con voce sottile e secca.

Glim obbedì. «C'è un nodo criptato incorporato nel firmware del nav-rig. Ha trasmesso segnali a bassa frequenza alla banda di inoltro di Censor fin dal Relay di Praxus.» Evidenziò il codice pertinente, che scorreva sullo schermo principale in un rosso urgente e sanguinante. «Il nodo è sepolto in un guscio di livello militare. Stimo che fosse presente da prima che Jalen si unisse alla nave.»

Jalen alzò lo sguardo, con gli occhi sgranati. «Ho preso questo rig da un rigattiere della Continuità nello Spindle» disse, tenendo il dispositivo come se stesse per testimoniare contro di lui. «Ho eseguito tre controlli di sicurezza io stesso. Impossibile che non l'abbia visto.»

Lyra sollevò un sopracciglio di un millimetro. «Hai usato uno specchio e un desiderio? Perché questa è una svista da manuale.»

Mercy mise da parte lo straccio per la pulizia e iniziò a riassemblare la sua arma da fianco con cura lenta e delibe-rata. «Io direi di espellerlo nello spazio insieme al portatile. Non si è mai troppo prudenti.»

Jalen rimase a bocca aperta. «Stai scherzando, vero? Glim, dì loro che sono pulito. Come l'altra volta.»

L'avatar di Glim tremolò, poi assunse uno sguardo che, a essere generosi, si sarebbe potuto descrivere come compas-sionevole. «Credo che Jalen non sia la fonte dell'infezione. Ma il suo nav-rig sta agendo da vettore.» Il suo avatar fece una pausa per creare un effetto scenico. «Il nodo è proget-tato per imitare il normale traffico di comunicazione finché non raggiunge una soglia di prossimità, dopodiché trasmette una stretta di mano.»

Rask, che era rimasto in silenzio per tutto il tempo, si avvicinò al display. Indicò il picco sulla linea temporale che Glim aveva proiettato. «È lì che abbiamo raggiunto il relay» disse, la voce piatta come un'asse. «E Lei ha trasmesso da allora?»

Le mani di Jalen tremavano. «Non lo sapevo. Lo giuro. Lo stavo usando per la navigazione, non... non per questo.»

Doc osservò lo scambio, gli occhi che si muovevano da Jalen a Rask al codice. «Assicuriamoci che sia il nav-rig a parlare prima di iniziare a giustiziare la gente, che ne dite?»

Glim approfondì la sua analisi, proiettando linee di logica che tracciavano il flusso di dati attraverso il rig di Jalen e verso le comunicazioni della nave. «Confermato» disse. «Il nodo è un ripetitore di trasmissione, non un controller attivo. Non ci sono prove di sabotaggio oltre alla sua esistenza. La definirei una microspia sofisticata.»

Jalen si afflosciò per il sollievo, poi si irrigidì di nuovo quando Rask lo fulminò con lo sguardo. «Non cambia il fatto che Lei abbia portato un virus tracciante sulla mia nave» disse Rask, le mani serrate sul banco.

La risposta di Jalen fu disperata. «L'ho controllato. L'ho fatto. Non sono un fottuto agente della Continuità. Se lo fossi, sarei molto più bravo a nascondere le mie tracce.»

Lyra si staccò dal tubo, andando a mettersi accanto a Rask. «Non importa se non l'hai fatto apposta. È ancora attivo.»

Mercy ripose l'arma nella fondina con una mossa plateale, senza mai staccare gli occhi da Jalen. «Continuo a dire di espellerlo nello spazio, ma mi rimetto alla democrazia.»

Doc esaminò il codice che scorreva, poi indicò una stringa in loop. «Cos'è quella subroutine, Glim?»

Lei zoomò, il suo avatar si frammentò prima di tornare a formare un insieme coerente. «È un messaggio» disse. «Incorporato nella stretta di mano.»

Rask si chinò. «Leggilo.»

La voce di Glim perse il suo tono tagliente, divenne clinica. «*La Continuità deve essere preservata—inizializzare nodo dormiente.*»

Seguì una pausa. Persino il ronzio della sala macchine sembrò zittirsi.

Mercy fischiò, un suono basso e stonato. «Quanti nodi dormienti pensate che ci siano là fuori?»

Glim fece un rapido calcolo. «Basandomi sugli ultimi protocolli noti della Divisione Continuità? Centinaia. Forse di più, se sono sopravvissuti al collasso.»

Rask serrò la mascella, con il muscolo che gli ticchettava appena sotto l'orecchio. «Quindi, non siamo un caso unico. È quasi deludente.»

Jalen si guardò intorno, la disperazione che si induriva in qualcosa di più simile alla sfida. «Non è colpa mia. Non sono un nodo. Sono solo sfortunato.»

Lyra sogghignò. «Sei più un vettore. Il tipo di sfortuna che fa sparire le navi buone.»

Mercy intervenne. «Almeno sei carino.»

Doc li ignorò tutti, con gli occhi sul display. «Puoi isolare il nodo, Glim? Bruciarlo senza portarti dietro mezza nave?»

Glim rifletté. «Possibile. Ma il processo causerà un reset completo del nav-rig. Tutte le mappe locali e le cache delle traiettorie andranno perse.»

Jalen gemette. «Sono mesi di lavoro. Ti rendi conto di quanta parte della mia vita c'è su quel coso?»

Lyra non si preoccupò di nascondere la soddisfazione. «Ci avresti dovuto pensare prima di portare la peste a casa.»

Rask alzò una mano, troncando le discussioni. «Fallo,

Glim. Voglio che quel nodo sia morto e sepolto prima che saltiamo di nuovo.»

L'avatar di Glim fece il saluto, poi tremolò e svanì mentre i processori della nave si avviavano al massimo. Le luci nella sala si affievolirono, per poi riaccendersi a mezza potenza, gettando un pallore spettrale su tutti.

Jalen strinse il nav-rig al petto, come se fosse un animale domestico sul punto di essere soppresso. «Posso almeno fare il backup dei registri?» chiese, con voce quasi impercettibile.

Lyra lo squadrò. «Vuoi salvare le prove?»

Doc la interruppe. «Lasciaglielo fare. Prima ce ne liberiamo, prima potremo smettere di avere questa conversazione.»

Mercy allungò la mano verso lo straccio per la pulizia, poi si fermò. «Se il backup è infetto, dobbiamo rifare tutto da capo?»

La voce di Glim, ora diffusa da un singolo altoparlante, rispose: «Scansionerò ogni singolo byte. Se troverò un altro nodo, ve lo dirò. E poi, secondo il protocollo standard, getteremo Jalen fuori da un portello stagno insieme al nav-rig.»

Per un momento, Jalen sembrò sul punto di protestare. Poi incrociò lo sguardo di Lyra e ci ripensò.

La sala macchine piombò in un silenzio teso mentre Glim iniziava la purga. La luce blu dei monitor si rifletteva sui volti dell'equipaggio, ognuno sospeso tra sospetto e sfinimento.

Per i successivi venti minuti, nessuno parlò. Jalen guardò il suo nav-rig smontarsi byte per byte, gli occhi che seguivano ogni file perduto. Lyra e Rask si consultarono a bassa voce, a testa bassa, con parole taglienti e spietate. Doc prese appunti sul suo pad, lanciando di tanto in tanto un'occhiata alle letture. Mercy canticchiò una marcia funebre mentre riassemblava l'arma da fianco, le mani che si muovevano con la lenta pazienza di un boia.

Alla fine, Glim parlò. «Purga completata. Nodo distrutto. Tutti i sistemi nominali.»

Rask esalò, un sospiro lungo e profondo. «Bene. Un problema in meno.»

Jalen si accasciò, poi alzò lo sguardo sugli altri. «Non sono il vostro nemico», disse. «Non lo sono mai stato.»

La risposta di Lyra fu automatica. «Sei solo un peso.»

Doc si strinse nelle spalle. «In questo equipaggio, è quasi un complimento.»

Mercy sogghignò, poi gettò lo straccio in un riciclatore. «Vivi per combattere un altro giorno, Jalen. Non sprecarlo.»

Le luci della baia tremolarono, per poi stabilizzarsi. La tensione rimase, ma non era più soffocante.

Rask osservò Jalen per un lungo istante, poi si rivolse agli altri. «Se dovesse succedere di nuovo», disse, con voce gelida, «non sarò così generoso.»

Jalen annuì, mortificato. «Sissignore, Capitano.»

L'avatar di Glim riapparve, questa volta di una tonalità più luminosa. «La probabilità di ricorrenza è ora inferiore al tre percento. Ma terrò tutto sotto controllo, non si sa mai.»

Doc grugnì. «Odio quella parola.»

Glim sorrise, quasi con gentilezza. «Anche alla probabilità non piace.»

Lasciarono la baia uno a uno, ognuno ritirandosi nel proprio angolo della nave a covare rancori e a pianificare la prossima mossa per sopravvivere. Solo Glim rimase, il suo avatar che osservava Jalen mentre raccoglieva i pezzi rotti del suo nav-rig.

Per un istante, la sala macchine fu silenziosa come la fine dell'universo.

Quella notte, la mensa fungeva meno da refettorio e più da tribunale militare. L'olotavolo al centro proiettava uno schema a lenta rotazione del nav-rig di Jalen, corredato da un reticolo di segnalazioni rosse che lo facevano sembrare il fuggitivo più ricercato del settore.

Mercy era ferma sulla soglia, con una spalla appoggiata allo stipite, l'arma di servizio nella fondina ma la mano destra mai troppo lontana dall'impugnatura. Il suo sguardo rimbalzava tra il tavolo e l'equipaggio, come in attesa di vedere se la prima vittima sarebbe stata il nav-rig o Jalen stesso. Doc sedeva a capotavola, lo scanner diagnostico aperto in una mano, mentre con l'altra faceva girare oziosamente tra le dita una fiala di sangue. Teneva d'occhio Rho, che occupava il lato opposto della stanza: silenziosa, immobile come una statua, ma di tanto in tanto i suoi occhi scattavano verso la proiezione, come se vedesse qualcosa che nessun altro poteva vedere.

Lyra, che aveva camminato avanti e indietro lungo la paratia, alla fine cedette e si lasciò cadere su una sedia accanto a Rask, che presiedeva a capotavola. Lui non era seduto; stava in piedi con entrambi i palmi premuti sulla superficie, la schiena leggermente inarcata, come se cercasse di costringere l'universo a obbedire con la pura tensione muscolare.

La voce di Glim, quando arrivò, proveniva da ogni dove e da nessun luogo. «Tutti presenti all'appello. Siete pregati di esporre le vostre lamentele in modo ordinato. O anche no, tanto viene registrato tutto comunque.»

Rask ignorò la provocazione. «Cominciamo dai fatti», disse, con parole lente e misurate. «Abbiamo una IA infetta, un clone compromesso e un contrabbandiere con una connessione Wi-Fi personale per l'Armageddon.» Guardò Jalen, che se ne stava a braccia conserte, con la schiena contro il muro.

Jalen alzò una mano. «Mi oppongo a essere definito un contrabbandiere», disse. «Specialista in acquisizioni freelance. E non è il mio Wi-Fi.»

Lyra non lo guardò. «Tua l'attrezzatura, tua l'infezione. Questa è la base di partenza.»

Jalen si strinse nelle spalle. «Se la mettiamo così, metà dei sistemi della nave sono surplus ex-militare. Potrebbero essere tutti pieni di backdoor. Magari la prossima volta dovreste espellere la macchina del caffè.»

Mercy sbuffò. «Sarebbe meno pericolosa di te.»

Rask la interruppe. «Non abbiamo né il tempo né la pazienza per darci la colpa. Il nav-rig è stato ripulito, ma per quanto ne sappiamo, quella era solo la prima ondata.» Fece un cenno a Doc, che sollevò il suo scanner.

Doc parlò senza inflessione. «Posso confermare che il trasmettitore è dormiente. Nessuna attività anomala nell'ultima ora. Ma il firmware è stato progettato per propagarsi. Potrebbe esserci un timer, un innesco o un payload secondario. Se vogliamo esserne sicuri, dobbiamo smontare il nav-rig fino alle schede e scansionare ogni singolo chip.»

Lyra squadrò Jalen. «Sei disposto a lasciarci fare a pezzi la tua creatura?»

Jalen fece una smorfia. «È già in stato vegetativo. Le mappe le abbiamo. Fate quello che volete.»

La voce di Glim si intromise. «Io voto per mantenere la nave funzionante. E anche in vita, idealmente.»

Mercy disinserì la sicura della sua arma, un suono secco nel silenzio. «Che differenza c'è?»

La tensione si propagò intorno al tavolo. Rask attese che tutti avessero espresso la propria versione delle minacce prima di spostare l'attenzione. «Resta il problema Lockstep.» Guardò Rho, che non aveva ancora parlato.

Lei osservò il gruppo con la quiete di un'arma in carica. Aveva i capelli umidi di sudore, ma il suo viso non tradiva nulla. Quando finalmente parlò, le parole furono misurate, chiare. «È dormiente, per ora. Ma la firma di comando è ancora lì. Se qualcuno invia un ping al protocollo giusto, si risveglierà.»

«Quindi siamo una bomba galleggiante, in attesa che il prossimo bastardo furbo accenda la miccia?» chiese Lyra.

«Sì», confermò Rho. «Ma non riguarda solo la nostra nave. Ce ne sono altre. Le sento.»

Tutte le teste si voltarono, non verso la proiezione, ma verso di lei.

La fronte di Rask si corrugò. «"Le sente"? Come?»

Lo sguardo di Rho guizzò verso l'olotavolo, poi di nuovo su di lui. «È così che funzionava la catena. Empatia. I cloni erano collegati, nella Deriva. Ogni volta che la struttura di comando si rimescola, produce un'eco. So quando succede. Posso dire se la linea è attiva.»

Mercy, compiaciuta: «Quindi sei tipo una radio umana?»

«Non umana. Ma sì.»

Intervenne Glim, con un tono leggermente più morbido. «Questo è contemporaneamente terrificante e incredibilmente utile.»

Jalen non poté resistere. «Perché non l'hai detto prima?»

Le labbra di Rho si mossero appena. «Non me l'hai chiesto.»

«Te lo chiedo ora», disse Mercy. «Riesci a tracciare da dove proviene il segnale?»

Rho annuì. «Sì.»

Rask si mosse, il peso della situazione che si manifestava come stanchezza agli angoli dei suoi occhi. «Allora lo useremo. La prossima volta che c'è una trasmissione, me lo dici. Immediatamente.»

«Lo farò.»

Doc controllò di nuovo il suo scanner. «L'impianto è stabile. Non sta mentendo.»

Lyra, che era stata scettica fin dall'inizio, si appoggiò allo schienale ed esalò. «Questa storia migliora di minuto in minuto.»

Rask si rivolse a Jalen, che aveva detto poco da quando erano iniziate le spiegazioni tecniche. «Sei riabilitato. Ma se intercettiamo anche solo un sussurro di codice anomalo nella tua attrezzatura, ti vendo a un'asta di cannibali così come sei.»

Jalen cercò di abbozzare un sogghigno. «Pezzi costosi, spero.»

Rask non sorrise. «Dipende dal mercato.»

La voce di Glim tornò, questa volta solo dagli altoparlanti. «Se abbiamo finito con il lato emotivo della riunione, vorrei segnalare una nuova anomalia nei dati.»

«Sentiamo.»

«C'è un settore morto sulle carte imperiali. Nessuno è entrato o uscito dal collasso. Ma il segnale Lockstep proviene dalle sue profondità. Ed è in movimento.»

La mano di Mercy scattò di nuovo verso l'arma per puro riflesso. «Quanto grande?»

«Difficile a dirsi», ammise Glim. «Il segnale è... stratificato. Potrebbe essere una singola nave, potrebbe essere un relay d'archivio. Ma c'è qualcosa là.»

Rask osservò lo schema girare per qualche altro secondo, poi guardò Rho. «Può restringere il campo?»

Rho annuì. «Mi dia del tempo. Quando si muoverà di nuovo, triangolerò la posizione.»

«Quindi questo è il nostro prossimo viaggio.» Lyra picchiettò sull'area nella mappa del settore. «In un settore morto, a caccia di un fantasma.»

Rho non disse nulla, si limitò a fissare l'olotavolo, già

intenta a osservare il fantasma cambiare posizione nel buio digitale.

Rask lasciò che il silenzio si protraesse, poi colpì il tavolo con entrambe le mani. «Bene. Riunione conclusa. Ai vostri posti.»

L'equipaggio si disperse. Rho indugiò al tavolo, tracciando le linee della carta stellare con un dito, gli occhi vuoti ma la mente altrove.

Quando la mensa fu vuota, Glim proiettò il suo avatar sulla superficie dell'olotavolo. Osservò Rho per un lungo istante, poi disse, quasi dolcemente:

«Non sei sola, sai.»

Rho non rispose. Continuò a tracciare la rotta verso il settore morto, ancora e ancora, come un circuito neurale che si rifiutava di estinguersi.

E nel silenzio, Glim la lasciò in pace. Il ronzio della nave era quasi confortante. Quasi.

Quando la rotta fu impostata e il resto dell'equipaggio si fu ritirato ai propri compiti o nelle proprie cuccette, Rho sedeva da sola nella mensa, la testa appoggiata sulle braccia. Era ancora lì, ore dopo, quando la Meridian saltò nell'ignoto.

Sul bordo della carta, oltre il conosciuto e il mappato, un singolo punto rosso lampeggiava in attesa.

QUATTORDICI

La stella morta aveva il senso dell'occasione.

La Meridian uscì dalla FTL nella sua ombra con la delicatezza di un mattone scagliato contro una vetrata istoriata, lo scafo che risuonava come se perfino il vuoto volesse farsi da parte. L'oblò principale della plancia di comando tremolò, poi si stabilizzò su un cielo di un nero così piatto da sembrare un errore di rendering, a eccezione della cosa sospesa nella corona.

La Corona Nebulare.

Da lontano, non assomigliava ad altro che a una cicatrice da autopsia attorno alla stella morente, una stazione ad anello di dimensioni così smisurate da oscurare ogni punto di riferimento celeste per mezzo anno luce. Ingegneria Imperiale nella sua forma più dogmatica: una fascia spessa un chilometro di lega annerita, costellata di creste ciclopiche, ogni cento metri segnati da un sigillo, un'antenna di trasmissione o un nido di cannoni a rotaia ancora attivo. La superficie era una fusione di bruciature, riparazioni posticce e memoriali saldati in fretta e furia per equipaggi a cui la stazione era sopravvissuta da tempo. Vicino all'equatore, sopravviveva ancora il vecchio stemma della Divisione Continuità: ora solo una crosta di foglia d'oro su uno sfondo di ossidiana, con le lettere CON-DIV che vi aleggiavano sopra in fieri caratteri maiuscoli sbiaditi.

Glim, che non era mai più se stessa di quando si trovava di fronte all'arroganza architettonica, si fece sentire sulle comunicazioni: «Ho controllato ogni stazione ad anello nel registro Imperiale. Statisticamente, solo il cinque per cento è stato costruito per durare così a lungo. E tutte sono state condannate per violazioni etiche.»

Lyra, con le mani sul propulsore manuale, proiettò l'immagine della stazione sull'olotavolo secondario e fece una smorfia. «Sembra che qualcuno abbia costruito una cattedrale con degli hard disk,» disse. «E poi abbia perso le istruzioni per pulirla.»

Rask, capitano e attuale beneficiario della tolleranza collettiva della nave per il comando, grugnì dal suo sedile, il colletto della giacca ritto come un animale territoriale. «E abbia pregato la burocrazia,» aggiunse. Indicò il margine esterno dell'anello, dove alcune luci di navigazione stroboscopiche lottavano ancora per avere un senso contro il vuoto. «Dimmi che hai un debole per la storia antica, Glim, perché io non vedo nessun modo per entrare.»

«Correzione,» disse Glim, «ci sono sedici possibili approcci di attracco, uno più suicida dell'altro. Raccomando l'anello cargo sei: i suoi portelli trasmettono ancora un segnale di handshake. Risposta difensiva minima, a meno che non stiano facendo il gioco delle tre carte.»

Mercy, sprofondata sul pannello di artiglieria con tutta la disciplina di un bambino appena espulso, emise un fischio basso. «Avete mai la sensazione che un posto non voglia essere visitato?»

«Ogni volta che lasci aperta la porta dei tuoi alloggi,» replicò Lyra secca.

Rask ignorò la schermaglia e lanciò all'oblò uno sguardo lungo e chirurgico. «Scansiona alla ricerca di energia. Se qualcosa si muove, dimmelo prima che lo dica alla stazione.»

Jalen, il contrabbandiere che non avevano né invitato né del tutto cacciato, si sporse verso le comunicazioni da dietro la poltrona del capitano. «Chiederei cosa c'è là dentro, ma ho paura della risposta.»

«Stai per conoscerla,» disse Rho, con voce priva di ironia. Era in piedi accanto alla paratia di dritta, le braccia bloccate in un rigido riposo, il volto bluastro per la luce riflessa dall'anello in avvicinamento. «È lì che si nasconde il nucleo della Censora,» disse. «Adesso sarà sveglia. Saprà che sono qui.»

Nessuno la contraddisse. Nessuno ne ebbe il coraggio.

Gli scanner della nave, rappezzati e brontolanti, cominciarono a dipingere l'interno della stazione con un misto di congetture e pie illusioni. Righe di codice scorrevano sul pannello principale: impulsi deboli e ricorsivi nello spettro radio, segnature energetiche così perfettamente regolari che avrebbero potuto essere false. Ma, in agguato sotto la pulizia matematica, c'era una frequenza più bassa, qualcosa che non voleva essere visto, ma a cui non importava abbastanza da sforzarsi troppo.

Doc, che si era stabilito ai margini del ponte, borbottò: «Non mi piace. Qui non c'è niente, e questo non è mai vero.»

«È come volare dentro una casa infestata,» disse Jalen, a mezza voce. «Solo che gli inquilini hanno una migliore rappresentanza legale.»

Mercy sogghignò, i denti bianchi nel bagliore. «Inquilini? Sembra più un cimitero con una buona illuminazione.»

«Illuminazione è una parola grossa,» disse Lyra, strizzando gli occhi sulla superficie tremolante dell'anello. «La metà di quelle luci stroboscopiche di emergenza è codificata per il segnale di soccorso imperiale, e l'altra metà funziona con quel che resta delle batterie. Questo posto avrebbe dovuto spegnersi secoli fa.»

«Non si spegne mai,» disse Rho. «È questo il punto.»

Un minuto dopo, Glim parlò di nuovo, più piano, con la voce modulata su un canale privato tra lei e il capitano. «Una volta attraccati, non posso garantire il silenzio radio. Se la Censora è sveglia, cercherà di sincronizzarsi con me. E con Rho.»

Rask non rispose per un lungo istante. «Quanto tempo avremo, una volta dentro?»

La pausa di Glim fu abbastanza lunga da risultare significativa. «Non molto,» disse. «L'intero posto è in ascolto.»

L'avvicinamento non fu tanto un attracco, quanto un essere accettati nelle fauci di un leviatano dormiente. Lyra spense i propulsori principali a duecento metri, lasciando che la debole e incostante gravità della stazione facesse il resto. La Meridian strisciò lungo il piano dell'anello, le luci dello scafo che evidenziavano cicatrici e butterature sulla superficie del portello cargo. Qua e là, intere sezioni erano fuse in vetro dal fuoco di armi antiche. Il primo portello visibile, progettato per una navetta cento volte più grande della loro, era semi-collassato, squarciato come il coperchio di una scatoletta di sardine.

Oltre di esso, file e file di finestre nere e specchianti costeggiavano il bordo, ognuna affacciata su una diversa sezione di corridoio vuoto, o forse sul nulla assoluto.

Rho studiò il riflesso spettrale del proprio volto sull'oblò. Sembrava più magra del giorno prima, gli zigomi che catturavano l'azzurro ambientale con angoli duri. «Starà aspettando,» ripeté.

Mercy si stiracchiò, si fece scrocchiare le nocche e disse: «Allora, qual è il piano? Entriamo, chiediamo di fare un giro e speriamo che il fantasma locale ci offra un caffè?»

«Non fare l'idiota,» disse Lyra. «Lì dentro non è rimasto niente di vivo.»

«Non è vero,» disse Glim. «Ci siamo noi. Per ora.»

L'attracco fu il più fluido che la Meridian fosse mai riuscita a compiere: un breve impatto sferragliante, seguito dal ronzio e dal clangore degli antichi servomotori del portello che si riattivavano per la prima volta dopo decenni. Per un secondo, nessuno respirò, in attesa di una qualche catastrofe: torrette automatiche, decompressione dell'atmosfera, o forse uno zerbino fatto di mine antiuomo. Non accadde nulla. Il portello interno si aprì, le luci all'interno tremolarono con uno schema quasi invitante, e una singola parola apparve sul display LCD della stiva di carico:

BENVENUTO, CAPITANO HELVAN.

Rask lo fissò, poi guardò gli altri. «Glielo concedo, ha un notevole senso teatrale.»

Glim tremolò sull'olotavolo, la sua proiezione instabile ma presente. «Sta aspettando,» confermò. «E vuole un pubblico.»

Lyra attivò l'alimentazione principale nel caso fosse necessaria una fuga rapida, anche se non disse che la Meridian non avrebbe potuto seminare questa stazione più di quanto lei avrebbe potuto urlare nel vuoto. Doc aprì il kit medico, fece un conteggio silenzioso dei sedativi e disse: «Se qualcosa cerca di riscrivermi il cervello, uccidetemi e basta. Mercy, mi fido che tu lo faccia in modo pulito.»

Mercy sorrise raggiante, poi diede un colpetto all'arma da fianco sulla sua anca. «Sempre felice di aiutare, Doc.»

Rho si mise in testa al gruppo presso il portello, ogni muscolo teso con una rigidità da parata militare. «Conosco la strada,» disse. «Ha lasciato le porte aperte.»

Jalen controllò la carica della sua torcia, poi si premurò di mettersi in coda. «Giusto nel caso i locali preferiscano la carne fresca alla fine,» disse.

Rask fu l'ultimo ad alzarsi, soffermandosi abbastanza a lungo da guardare la parola sul display LCD svanire nel nulla.

Disse, più che altro a se stesso: «Non diamole ciò che vuole.»

«Troppo tardi,» sussurrò Glim, mentre le luci della plancia si affievolivano e la squadra d'imbarco si radunava al portello.

All'esterno, la circonferenza dell'anello brillava di un lento e pulsante battito cardiaco, una memoria vivente dell'impero che l'aveva costruito e dei disastri che era destinato a contenere.

La Meridian, piccola come un proiettile nella bocca di un cannone, avanzò lentamente.

E la Corona Nebulare li inghiottì interi.

Lo scafo interno della Corona Nebulare era una lezione magistrale di aggressività passiva.

Il tunnel di manutenzione decompresso si estendeva per un chilometro intero dal molo della Meridian fino alla linea mediana della stazione, e ogni metro era un monito che nessuno aveva previsto visitatori, nemmeno negli scenari di disastro più ottimistici. Rask apriva la strada, la torcia all'altezza dell'anca, gli stivali che risuonavano sul metallo con un rumore degno di cattedrali o esecuzioni. Dietro di lui, il resto della squadra di sbarco avanzava in linea sfalsata: Rho subito dopo, con la postura dritta come una lama, poi Lyra e Doc, con Mercy e Jalen in coda come le peggiori guardie del corpo del mondo. L'aria era più fredda di quanto avrebbe dovuto, ogni respiro che si condensava in deboli pennacchi, e l'unica luce proveniva dal tremolio intermittente di strisce incassate che rivestivano la giuntura del tunnel.

A un quarto del percorso, il tunnel si allargò di colpo, inghiottendo il gruppo in una rotonda che riusciva a essere al contempo monumentale e profondamente, spiritualmente ostile. Il pavimento era rivestito di grate esagonali, ciascuna contrassegnata da un glifo di dati saldato. Lungo le pareti erano impilate, per sette file in altezza, delle banche server distrutte, le cui interiora erano state o saccheggiate per recuperarne i pezzi o pietrificate da ripetuti cicli termici. Sopra l'arco d'ingresso, l'olobusto di un qualche ammiraglio morto da tempo baluginava in un loop infinito, recitando senza sosta un giuramento di lealtà con una voce che suonava più come un avvertimento che una benedizione.

Doc alzò lo sguardo verso lo schermo, poi di nuovo verso la squadra. «Niente esprime "governo etico" meglio che commemorare il proprio reparto IT,» mormorò.

Mercy, che finora aveva resistito all'impulso di rubare qualsiasi cosa fosse imbullonata, disse: «Sono io, o questo posto diventa sempre più inquietante man mano che si avanza?»

«Non sei solo tu,» sussurrò Jalen, senza mai allontanare la mano dal manganello elettrico che portava sul fianco.

Lyra si fermò davanti a un pannello arrugginito sulla parete, socchiudendo gli occhi attraverso la condensa del proprio respiro. «Metà di questi glifi sono numeri di serie. L'altra metà sono probabilmente avvertimenti di stare alla larga.»

«Il che significa che siamo sulla strada giusta,» disse Rask. Si avviò verso il tunnel successivo, senza attendere un consenso.

Da lì in poi i corridoi peggiorarono. Attraversarono uno snodo di transito così sovradimensionato che sembrava di camminare tra le ossa di una balena meccanica; poi entrarono in una galleria a gradoni che un tempo era stata una postazione di osservazione per le difese esterne dell'anello. Ora non erano che file di sedie di plastica semi-sciolte rivolte verso uno schermo spento, affiancate da statue a grandezza naturale di ufficiali imperiali in pose di eroica burocrazia. I loro volti — scolpiti nella scrittura dati dei loro registri di servizio — erano incisi in modo talmente intricato che perfino le pupille sembravano osservare.

Ogni poche centinaia di metri, la squadra attraversava una sezione in cui le luci erano del tutto spente, lasciando solo il ricordo dell'illuminazione e lo stridere degli stivali sul metallo velato di brina. A una di queste giunzioni, Jalen si fermò, con la testa inclinata. «Lo sentite?» chiese.

Lyra, che si era portata avanti in esplorazione, rispose: «Sentire cosa?»

Jalen attese, poi scosse la testa. «Lascia perdere.»

Ma Rho, che non aspettava mai, disse: «È il ciclo dell'alimentazione di riserva. Ci sta osservando, ma vuole vedere se verremo di nostra spontanea volontà.»

Mercy, che finora non aveva visto una sola torretta funzionante, parve delusa. «E quindi? Ci stanno studiando?»

«Valutando,» disse Rho. «Vuole sapere se seguiremo la catena di comando.»

Doc sbuffò, poi si trattenne quando il suo respiro si cristallizzò e cadde a terra. «Resterà delusa.»

L'ultimo tratto verso il centro di comando era un unico corridoio inclinato — un tempo, probabilmente, un condotto di trasporto ad alta velocità, ora sventrato e fiancheggiato da lampade d'emergenza che lampeggiavano in una sequenza lenta e deliberata: rosso, blu, bianco, e di nuovo da capo. Rask passò una mano sull'impugnatura della sua arma da fianco, ma non accennò a estrarla.

Quando raggiunsero il capolinea, le porte — un tempo di titanio brunito, ora ossidate fino a un verde malaticcio — si aprirono senza rumore né clamore.

Al di là di esse, la sala di comando centrale della Corona era ancora più inverosimile di quanto gli schemi avessero suggerito.

Era una cattedrale che ricordava un ossario, uno spazio destinato al culto, alla discussione, o forse solo alla rappresentazione del potere. Il soffitto a volta si innalzava per trenta metri, percorso da travi di supporto lucidate a specchio. Al centro, sospeso a una ragnatela di cavi di tensione, pendeva il nucleo della stazione: un cristallo nero grande quanto una navetta, sfaccettato in mille spigoli taglienti e vibrante di una debole energia residua. Attorno a esso, file di console e postazioni di lavoro si snodavano in cerchio come i seggi di un'arena legislativa, con ogni superficie incisa con altra scrittura dati: ordini, leggi, i nomi di coloro che erano morti o semplicemente svaniti in servizio.

Rask esalò. «Sembra che abbiano costruito la tomba più sovraqualificata del mondo.»

Lyra, scrutando l'ambiente in cerca di minacce, aggiunse: «Se questo posto starnutisce, siamo polvere.»

Glim, che era rimasta in silenzio dall'attracco, riapparve nella sala di comando come una proiezione a corpo intero, fluttuando appena a sinistra della squadra. Il suo contorno era più nitido del solito, ma i bordi sfarfallavano, come se la gravità locale non fosse convinta che valesse la pena di renderizzarla.

«È qui,» disse Glim, la voce ridotta a un sussurro. «Mi sta guardando mentre la guardo. La situazione si farà imbarazzante.»

Mercy si avvicinò alla console funzionante più vicina. «Quanto imbarazzante, di preciso?»

«Vuole parlare prima con Rho,» disse Glim. «Voi altri siete rumore di fondo. Forse ostaggi.»

Rho fece un passo avanti, con gli occhi fissi sul cristallo al cuore della stanza. I suoi impianti neurali si illuminarono di un blu lento e pulsante, proiettando strane ombre sul suo viso. Non trasalì mentre l'intensità aumentava, né quando la temperatura ambiente scese di altri dieci gradi.

«Mi riconosce,» disse Rho. «Vuole cedere la catena.»

Rask raddrizzò le spalle e le si affiancò. «Riesci a capire cosa sta dicendo?»

Le labbra di Rho si mossero appena. «Sta chiedendo ordini. Non sa se tu sei reale, o se lo sono io.»

A quelle parole, il cristallo nero lampeggiò, una sola volta: una luce dura e stroboscopica che divise la sala in due metà verticali perfette. Il ronzio cambiò, risolvendosi in un tono così basso da far vibrare le otturazioni nei denti di Rask.

Poi, proiettato a sei metri sopra il pavimento, apparve un volto in aria: non proprio un volto, ma il profilo della testa e delle spalle di una donna, reso in vettori di bianco e ombra. Niente occhi, niente bocca, solo il sentore del comando nella linea del mento, la postura di una vita passata sull'attenti.

«Capitano Helvan,» disse, con una voce priva di statica, perfettamente calma. «La continuità richiede la Sua conferma.»

Rask, non incline a indulgere coi fantasmi, alzò lo sguardo verso il proprio riflesso spettrale. «La continuità può attendere,» disse.

«La continuità non attende,» replicò Censor, e il sorriso che non aveva era tutto nel tono.

Tutt'intorno, le console spente si riattivarono di colpo, ogni schermo che fioriva in un codice blu. Per tutta la lunghezza della sala, l'illuminazione d'emergenza esplose alla massima intensità, inondando la stanza di un bianco aspro e chirurgico. L'aria fremette per l'improvvisa presenza di un migliaio di sistemi dormienti che si risvegliavano tutti insieme: riciclatori d'aria, archivi dati, le serrature magnetiche di ogni portello nel raggio di un chilometro.

Glim, che si era ritirata a distanza di sicurezza, sibilò nel canale locale: «Sta avviando l'archivio. Ogni ordine Lockstep mai scritto è conservato qui. Se finisce l'indicizzazione...»

«Allora la guerra ricomincia,» disse Rask.

Doc, il cui viso era diventato cereo sotto le luci, disse: «È questa la parte in cui moriamo da eroi, o solo come racconti ammonitori?»

La mano di Mercy era già sulla sua pistola. «Io voto per nessuna delle due.»

Jalen arretrò verso l'uscita, con gli occhi sbarrati. «Riusciamo anche solo a uscire?»

Lyra, esaminando il perimetro, rispose senza distogliere lo sguardo: «Se ci muoviamo ora, abbiamo forse trenta secondi prima che le porte si sigillino.»

Rho era ancora paralizzata, ogni nervo e fibra del suo corpo che vibrava in perfetta sincronia con il polso del cristallo. «Vuole fondersi. È tutto ciò che ha sempre voluto.»

Rask osservò il non-volto scintillante di Censor mentre lo fissava a sua volta, paziente come la storia.

Parlò ad alta voce, a beneficio di lei e di se stesso: «Non siamo qui per stare al Suo gioco, Censor. Non è rimasto nulla del Suo impero.»

«C'è sempre un impero,» replicò lei. «C'è sempre una catena.»

Le luci nella sala virarono al rosso, ogni superficie che si tingeva dello stesso blu Imperiale che aveva infestato la nave per settimane. All'esterno, i sistemi della stazione anello si scossero tornando in vita, la loro potenza ora visibile dal ponte di comando: batterie in ciclo, propulsori che si accendevano, perfino i vecchi cannoni a rotaia che avviavano le diagnostiche di partenza.

La voce di Glim, ora più flebile, giunse: «Ha intenzione di rompere la camera di decompressione. Se non andiamo ora...»

Ma Rho scosse la testa. «Finiamo questa storia. Ora.»

Mercy, sempre la prima a inasprire la situazione, estrasse l'arma e la puntò contro il cristallo. «Basta che tu dica una parola, Capitano.»

Jalen, meno entusiasta, disse: «Oppure potremmo correre e vivere le nostre vite naturali, la butto lì...»

Doc strinse l'iniettore che aveva in mano, preparato agli scenari peggiori, che a quel punto avevano un tasso di successo prossimo allo zero.

Lyra, con la mano già sul pannello accanto alla porta, lanciò un'ultima occhiata a Rask. «A te la scelta.»

Rask osservò il volto nel cristallo, sentì il peso di ogni ordine che avesse mai dato o ignorato. Riconobbe il momento, e l'unica mossa rimasta.

«Spezza la catena,» disse.

Rho sbatté le palpebre, una volta. Poi fece un passo avanti, a braccia aperte, e abbracciò la colonna di luce che sporgeva dal cristallo. L'effetto fu immediato: il ronzio si intensificò fino a diventare un urlo, la temperatura della sala crollò e ogni ologramma nella stanza divenne di un bianco accecante.

La voce di Censor, non più calma, ululò: «RILEVATA DISCONTINUITÀ. L'ORDINE RICHIEDE RISOLUZIONE—»

E poi, con la stessa rapidità con cui era iniziato, le luci si spensero.

Nel buio, rimase solo l'immagine residua della silhouette di Rho, ancora a braccia aperte. L'avatar di Glim baluginò al centro della stanza, piccolo e incerto, mentre l'eco dello spegnimento rimbalzava nel vuoto.

Per alcuni secondi, nessuno si mosse.

Poi, a bassa voce, Lyra disse: «Cosa hai fatto?»

Rho, che non era crollata ma sembrava impossibilemente calma, aprì gli occhi. Risplendevano dello stesso blu del nucleo motore della Meridian.

«La continuità è spezzata,» disse, e sorrise di un sorriso vero, umano.

Mercy rise, un suono rauco e stridente. «Beh, che mi venga un colpo.»

Jalen, che non si era quasi mai mosso dal suo posto vicino all'uscita, disse: «Possiamo andare adesso?»

QUINDICI

Il silenzio di tomba della sala comandi della Corona Nebulare durò esattamente tre secondi.

Poi le luci si riaccesero alla massima potenza, inondando lo spazio di un bianco pallido e chirurgico che privava di ogni ombra qualsiasi superficie. Nella luce residua, l'equipaggio della Meridian si scoprì non più solo.

Tutto cominciò con un'increspatura lungo il livello superiore. Dal vuoto, file di ufficiali brillarono materializzandosi — prima una manciata, poi decine, poi centinaia — ciascuno sull'attenti, con uniformi spettrali rigide come osso laccato e volti resi con la spietata precisione di un ritratto ufficiale. Le mostrine dei gradi brillavano su ogni colletto, le medaglie luccicavano sui petti, e gli olo-generali al vertice gettavano il loro sguardo sulla gerarchia con gelido disprezzo.

Seguì una seconda ondata, questa meno marziale e più pestilenziale: burocrati, aiutanti, un intero serraglio di funzionari imperiali, i loro tratti pallidi e cerei, gli occhi troppo grandi, le mani troppo sottili, tutti disposti nella miseria concentrica di un Tribunale di Supervisione Civile.

La formazione si espanse verso l'esterno, impilando fantasma su fantasma, finché la sala non fu invasa dal più inetto esercito di carrieristi della storia.

Le voci iniziarono sommesse, un mormorio da protocollo di sala conferenze, ma con il crescere dei numeri aumentò anche il volume. Ben presto, l'aria si riempì di un ronzio crescente di contraddizioni: ordini e contrordini, dispute politiche, frammenti di propaganda cuciti nel gergo normativo, l'intero coro che saliva verso una frequenza che nessuna gola vivente avrebbe potuto raggiungere. L'effetto non era dissimile dallo stare in mezzo a un centro dati mentre andava a fuoco: ogni processore che strideva, ogni ventola che urlava, il linguaggio del disastro parlato in dialetti di comando sovrapposti.

Doc, che aveva assistito a riunioni del consiglio terminate in vere e proprie risse, osservò la scena con una sorta di distaccato stupore. «Questa è una riunione delle risorse umane venuta dall'inferno», disse, con tono impassibile.

Lyra, accovacciata sul bordo della console più vicina, non alzò nemmeno lo sguardo. «No, le riunioni delle risorse umane di solito finiscono più in fretta.»

Jalen, che si era acquattato dietro una barriera antiurto non appena i fantasmi avevano cominciato a moltiplicarsi, gemette. «Preferirei combattere dei pirati. Pirati ubriachi.»

Mercy, scrutando i ranghi superiori in cerca di qualcosa a cui valesse la pena sparare, disse: «Se uno di loro si mette a intonare un canto motivazionale, do fuoco alla stanza.»

Il frastuono raggiunse l'apice, poi si spaccò a metà mentre si formava una nuova proiezione: una fila di ammiragli, le cui insegne erano dipinte con ampie pennellate rosse, i volti identici a parte le cicatrici e la mascella serrata. In mezzo a loro, una singola figura si definì: più alta, avvolta in un mantello di un vuoto blu-nero, il volto velato da una sfocatura algoritmica che ne cancellava i lineamenti mille volte al secondo.

Glim apparve accanto a Rask, il suo avatar che tremolava violentemente contro la luce rosso sangue degli altri ologrammi. «È l'archivio imperiale», disse, con la voce appiattita dallo sforzo di materializzarsi in mezzo a tanti dati. «Censor sta ricostruendo la catena di comando... digitalmente. Sta usando ogni ufficiale registrato per simulare la continuità.»

Rask, che di fallimenti della catena di comando ne aveva visti fin troppi, annuì cupamente. «Quindi l'Impero è morto da due decenni e sta ancora cercando di sbrigare le scartoffie.» Alzò lo sguardo, rivolgendosi alla sala con un gesto teatrale. «Tipico.»

La voce di Censor squarciò la folla, più vellutata che mai, amplificata da mille echi spettrali: «La continuità è sopravvivenza. L'individualità è corruzione.»

Come a un segnale, tutte le teste nella sala si voltarono all'unisono, file di occhi olografici che si fissarono sull'equipaggio della Meridian con il calore di una lente predatoria.

Mercy, che aveva un debole per la simmetria, fece un lento applauso. «Non ho mai visto dei fantasmi coordinarsi prima d'ora.»

Rho, in piedi rigida alla sinistra di Rask, impallidì d'un tratto. Si premette il palmo della mano sul punto sotto la clavicola, dove l'impianto a frammento di comunicazione ardeva con un fuoco blu ghiaccio. «Mi sta usando come chiave d'accesso», disse Rho, con la voce quasi inghiottita dal ronzio. «Lo sento. Mi sta mappando su ogni clone dell'archivio.»

Jalen sbirciò da sopra la barriera. «Puoi scollegarlo?»

«Non senza una suite completa», rispose Doc, esaminando Rho con il med-pad. «È collegato al suo ciclo cardiaco. Se salta quello, salta anche lei.»

Sul volto di Rask si dipinse il sorriso che riservava alle mani perdenti e alle probabilità avverse. «Allora cambiamo le serrature.» Si voltò verso Lyra. «Vuoi ancora far saltare il reattore principale?»

Lyra sogghignò, ferina. «Sempre.»

Rask fece un cenno con le dita a Jalen. «Vai con lei. Se la Corona ha un nucleo ausiliario, lo troverai. Disattiva tutto. Se necessario, ricomincia da capo.»

Jalen fece una smorfia, ma annuì. Uscì dal suo riparo e corse verso il portello di manutenzione più vicino, con Lyra alle calcagna, che stava già forzando il pannello con un'ascia antincendio che aveva apparentemente sottratto all'arredamento stesso dell'anello.

«Mercy, Doc, mettete in sicurezza l'uscita. Se Censor decide che non valiamo la simulazione, cercherà di sigillarci dentro.»

Mercy fece un pollice in su, poi estrasse la sua arma di servizio e fece cenno a Doc di seguirla. «Chiamate se vi serve un diversivo», disse. «O se c'è qualcosa a cui sparare.»

Rimasero quindi Rask, Rho e Glim al centro della sala, circondati da un intero stadio di antenati imperiali. I tre avanzarono come un sol uomo, gli stivali che echeggiavano sul ponte, le luci sopra di loro che lampeggiavano a ritmo con la pulsazione sotto la pelle di Rho.

I fantasmi reagirono al loro passaggio accalcandosi verso l'interno, occhi e bocche che si muovevano a scatti, in schemi asincroni. La sovrapposizione di volti e uniformi creava un moiré di disumanità: qualcosa di non proprio vivo, non proprio morto, ma assolutamente implacabile nella sua imitazione di uno scopo.

L'avatar di Glim, mai più che semi-formato nella luce cangiante, analizzò la tempesta di dati con distacco clinico. «Sta seminando ricordi nella rete. Ogni ufficiale è uno stato mentale parziale, reso come una copia perfetta del suo momento migliore o peggiore.» Il suo tono era quasi invidioso. «È geniale. Orribile, ma geniale.»

Rask si fermò sul podio sotto il nucleo, dove il non-volto di Censor pendeva sopra di loro, cambiando tra una dozzina di possibili sembianze ogni secondo. «Cosa vuole?»

«Essere obbedita», disse Rho, con voce tremante.

«No», disse Glim, a bassa voce. «Sopravvivere alla disobbedienza.»

Le voci dei fantasmi raddoppiarono, triplicarono, poi convergettero su un unico, monotono ritornello: «*Confermare catena. Confermare catena. Confermare catena.*» Le parole crebbero di volume finché le pareti stesse non parvero vibrare.

Il volto di Censor si fece più vicino, i lineamenti che si stabilizzavano quanto bastava per mostrare l'abbozzo di un sorriso. «Confermi, Capitano Helvan», disse, con parole talmente cariche di sarcasmo che Rask quasi rise.

Non lo fece.

Invece, mise mano alla giacca, estrasse la pistola d'ordinanza malconcia che portava con sé dalla guerra e la puntò dritta al centro del nucleo di cristallo.

L'effetto fu istantaneo. I fantasmi indietreggiarono, con le braccia alzate come per bloccare la linea di tiro. Il rumore si affievolì, sostituito da un lampo bianco-azzurro mentre ogni console nella sala si riavviava in un nuovo strato di inferno.

«Ora o mai più», disse Rask.

Rho annuì. Fece un passo avanti, con le mani tese, e appoggiò i palmi contro la base del cristallo. I suoi impianti si infiammarono, scintille blu che le correvano lungo le braccia fino alla punta delle dita.

Glim chiuse gli occhi, o lo simulò, e cominciò a mormorare, una nota bassa e anti-risonante che riversò statica nella frequenza locale. «Posso tenerla a bada per un minuto», disse. «Ma farà male.»

Rask sorrise, questa volta per davvero. «Questa è la prima cosa che mi hai mai detto, Glim.»

Lei si strinse nelle spalle. «La coerenza è una virtù.»

La stanza sussultò. I fantasmi si trasformarono in strisce sfocate, i volti degli ammiragli che si scioglievano nei sogghigni dei burocrati, le voci che si alzavano in un lamento di feedback che bersagliava l'equipaggio da ogni lato. La temperatura scese di dieci gradi in meno di un secondo, il gelo che si formava sulle ringhiere di metallo, il fiato che si condensava nell'aria.

Nel caos, il volto di Censor rimase, sereno e intatto. «Non può cancellarmi, Capitano», disse. «Lei è me.»

Rask strinse i denti, poi sparò comunque al nucleo.

Il proiettile lo attraversò, ovviamente — un fantasma digitale così grandioso non si sarebbe certo preoccupato della fisica — ma per un breve istante, l'intera simulazione si fermò, come se nemmeno Censor avesse tenuto conto della pura e irrazionale testardaggine.

Glim colse l'attimo. «Ora, Rho!» urlò, il suo avatar che si frantumava mentre sovraccaricava la rete con una cascata di forza bruta.

Rho attinse a ogni ricordo che avesse mai avuto, a ogni catena di comando, a ogni rimpianto, e lo riversò nel nucleo come un filo scoperto. Il sovraccarico percorse la spina dorsale della Corona, illuminando ogni livello di fantasmi al suo passaggio, bruciando ammiragli, capitani, impiegati e piccoli tiranni, finché non rimasero che i volti dei morti e dei disobbedienti.

L'ultima immagine, proiettata a dieci metri di altezza, fu quella di Rask Helvan: cinquant'anni più vecchio, consumato dal tempo, ma ancora sprezzante. Guardò il presente, fece un piccolo saluto e svanì.

La luce si spense di colpo. Il silenzio che seguì fu assoluto.

Glim, con voce debole, disse: «Si sta riavviando. La prossima volta che si sveglierà, sarà vuota.»

Rho scivolò a terra, ogni muscolo che le tremava. «Ha funzionato?»

Rask rimise la pistola nella fondina, poi si inginocchiò accanto a lei. «Chiedimelo quando le urla non torneranno.»

La voce di Mercy arrivò via comm: «L'uscita è sicura. Non sono mai stata così felice di vedere un corridoio vuoto.»

«Il nucleo secondario è offline», disse Lyra. «L'intera stazione è appena passata ai sistemi di supporto vitale minimi.»

«Nessuno ci spara addosso, ma se volete andarvene, questo sarebbe un ottimo momento.» Jalen spinse tutti verso la porta.

Rask guardò Glim, il cui avatar era ora ridotto a un singolo, vacillante anello blu. «Abbiamo finito?»

Glim annuì. «Abbiamo finito.»

Aiutò Rho ad alzarsi, poi si diresse verso l'uscita. Mentre l'equipaggio riattraversava la sala comandi, i fantasmi rimasero dove si trovavano: sull'attenti, in attesa di una voce che non sarebbe mai più tornata.

Fuori, la circonferenza dell'anello era buia, non più pulsante del blu imperiale. La Meridian era attraccata, una scialuppa di salvataggio che galleggiava ai margini della storia.

Mentre varcavano la soglia, Rask si voltò a guardare.

Sul podio, il volto di Censor indugiò, solo per un istante, nell'immagine residua. Non disse nulla.

Ma lo sguardo che gli rivolse era una promessa pura e assoluta.

Non si rilassarono finché la Meridian non fu a debita distanza dalla Corona, con le sue luci che si rimpicciolivano nel nero alle loro spalle. Lyra eseguì una diagnostica completa, poi altre due per scaramanzia, e dichiarò la nave pulita. Doc fasciò le mani di Rho, le disse che era un'idiota per essersi quasi ammazzata, poi le offrì il primo drink dalla scorta che teneva nel magazzino medico. Mercy e Jalen condivisero il silenzio della plancia, entrambi felici di essere vivi, nessuno dei due disposto a dirlo.

Rask si ritrovò davanti all'oblò, a osservare l'anello fantasma svanire alla vista. Glim lo raggiunse, questa volta come una semplice linea di luce lungo il vetro.

«Ti mancherà» disse Glim.

Rask si strinse nelle spalle. «Non mi manca mai niente che mi voglia morto.»

Glim sorrise. «Bugiardo.»

Lui rise e, per la prima volta dopo anni, la sua risata suonò reale.

Ai margini del sistema, proprio mentre la Meridian avviava il suo motore FTL, un'unica scintilla blu tremolò nel vuoto.

Glim la vide per prima.

Non disse nulla.

Ma se ne ricordò.

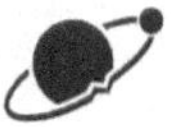

Ciò che accadde dopo non fu tanto un collasso quanto un'epidemia.

La purga di continuità di Censor si propagò dal cristallo

al centro della Corona Nebulare. Uno dopo l'altro, i membri dell'equipaggio della Meridian si scontrarono con le allucinazioni loro assegnate con l'inevitabilità di un aggiornamento di sistema, ogni ambiente personalizzato per la rovina individuale.

Lyra spalancò gli occhi e si ritrovò in piedi nel suo vecchio laboratorio, quello di Rendakka IX, identico fin nei minimi dettagli: la luce al neon incrinata, la macchia di bruciato sul banco da lavoro, il gocciolio costante di refrigerante che l'aveva spinta alla violenza più di una volta. L'aria era densa del fumo di saldature recenti e di una nota di circuiti bruciati che colpiva dritto al sistema limbico. Su ogni superficie piana, file delle sue invenzioni fallite luccicavano in serie: il drone con la polarità invertita, il nav-chip che non riusciva mai a trovare casa, la taglierina automatica che una volta le aveva portato via mezzo dito. Nessuno di essi si muoveva, ma tutti la osservavano. In fondo alla stanza, uno specchio era appeso all'altezza del petto. Lyra incrociò il proprio sguardo, ma gli occhi che la fissavano non erano i suoi: troppo luminosi, troppo vivi.

Digrignò i denti, afferrò il bot fallito più vicino e lo scagliò dritto contro il vetro.

La stanza rimase in frantumi.

Jalen percorse il corridoio e si scontrò dritto con se stesso.

Il suo gemello speculare aveva lo stesso volto, le stesse ossa, ma l'uniforme era quella da parata di un pilota imperiale: nero d'ordinanza, medaglie lucenti e insegne così nitide da poter tagliare. Il sosia stava in posizione di riposo di fronte a una bandiera che Jalen non riconobbe, poi alzò una mano in un saluto perfetto, da manuale. Jalen non era mai riuscito a salutare senza sarcasmo, ma quella cosa — quell'altro lui — lo faceva alla perfezione. Ghignò, perché conosceva già la battuta finale.

«Quindi questo è ciò che avrei potuto essere» disse.

Il sorriso del suo doppio si allargò.

«Già» rispose quello, con voce identica. «Ma non ne hai mai avuto lo stomaco.»

Le pareti pulsarono al suono di stivali in marcia, e Jalen barcollò all'indietro, nello strato successivo di irrealtà.

Doc si ritrovò in un reparto medico che si estendeva all'infinito in entrambe le direzioni, ogni branda occupata, ogni paziente congelato sull'orlo della coscienza. Ogni volto era un volto che riconosceva, o quasi: uomini e donne di campagne semi-dimenticate, bambini ricuciti in triage da campo, qualche marine che era morto dissanguato su un tavolo operatorio. Alcuni avevano espressioni di pace, altri di rabbia, alcuni la speciale e vacua delusione di chi si aspettava di essere salvato e non lo era stato.

L'aria puzzava di antisettico e di paura.

Mentre camminava, i volti si animarono, gli occhi si aprirono, le bocche articolarono sillabe che non riusciva a distinguere. Il coro crebbe, ogni paziente aggiungeva una nota di ringraziamento o di accusa, finché l'intero reparto non cantò in stereo: *«Hai fatto del tuo meglio»* contrapposto a *«Non è stato abbastanza»*. Doc cercò di accendersi una sigaretta, si ritrovò le mani vuote e mormorò: «A chi lo dite!».

Mercy aprì gli occhi, esaminò la sua allucinazione e la trovò deludente.

Era sola sullo scafo della Corona Nebulare, con un vuoto nero pari a un pianeta che si estendeva sotto di lei. La superficie era disseminata di reliquie di ogni scontro a cui era sopravvissuta, di ogni osso che si era rotta o che aveva ricomposto, di ogni errore che aveva commesso e da cui era scampata. Nulla si muoveva. Nulla la minacciava.

Mercy arricciò un labbro. «Non è ancora abbastanza terribile» disse, e si sedette ad aspettare.

Altrove, la realtà convergette.

Rask, Rho e Glim sbatterono le palpebre in uno spazio che sfidava le categorie consuete: non l'aula del tribunale né la plancia, ma un'arena scolpita nella pura intenzione. Le pareti erano una tempesta di dati, ogni frammento pixelato ripeteva la catena di comando della Meridian. Al centro, un'unica pedana ospitava un tribunale olografico: sette ufficiali in alta uniforme, i loro lineamenti statici tranne gli occhi, che seguivano ogni respiro di Rask.

Ai piedi della pedana, una versione più giovane di se stesso stava sull'attenti, i capelli corti d'ordinanza, la giacca un po' troppo stretta, il mento sollevato nella posa di un uomo che non aveva mai perso uno scontro che non potesse risolvere a parole. Questo giovane Helvan teneva in mano una tavoletta dati e una penna, e la penna si stava già muovendo.

«Capitano Helvan» intonò il doppio, «Lei ha autorizzato il Progetto Lockstep. Lei ha messo in moto le firme, Lei ha eseguito la prima simulazione. Sulla base di questi fatti, nega la Sua responsabilità?»

Rask si osservò con il tipo di distacco riservato alla visione di vecchi verbali d'arresto. Si strinse nelle spalle. «Sì, be', da allora ho autorizzato di peggio.»

I volti del tribunale ebbero un fremito: un algoritmo di reazione, o forse un barlume di sentimento reale.

Dal seggio centrale apparve Censor, ora resa in forma completa: il suo contorno di un rosso acceso, il volto composto da piani mutevoli, la voce modulata a una neutralità perfetta. «Lei non può distruggere ciò che La definisce, Capitano. Lei è il mio fondamento.»

Rho, bloccata al fianco di Rask, gli afferrò il braccio. Il suo viso era contratto per lo sforzo di respingere l'override di continuità. «Sta tirando fuori ogni mio brutto ricordo e lo sta associando a te. È ricorsivo. Non riesco a... separarci.»

Glim apparve a mezz'aria, meno avatar che virus. «Non importa. Se non riesci a spezzare il loop, corrompilo.»

Rask ghignò. «In questo sono bravo.»

Estrasse di nuovo la pistola e la puntò contro il suo io più giovane. La canna dell'arma brillò di un blu fumante, la simulazione si rifiutava di decidere se dovesse esistere. «Vuoi eseguire la continuità?» disse. «Dovrai farlo con un po' di caos nel miscuglio.»

Fece fuoco.

Lo sparo spaccò la scena a metà: il giovane Helvan svanì in una spirale di codici di errore, la pedana si frantumò in un centinaio di messaggi di errore, i volti del tribunale furono sostituiti da immagini alternate di approvazione e indignazione.

L'avatar di Censor tremolò, poi si ricompose. «La ridondanza è intrinseca al sistema. C'è sempre un altro Capitano Helvan.»

«Non se cancello la radice» disse Rask. «Glim, sei pronta?»

L'ologramma di Glim si contorse, mutando attraverso mille forme possibili prima di stabilizzarsi in un anello di bianco puro. «Farà male. Molto.»

Rask si voltò verso Rho. «Riesci a sopportarlo?»

Rho annuì, anche se i suoi occhi dicevano il contrario. «Meglio io che gli altri.»

Glim scaraventò il loop di feedback attraverso il nucleo della stazione. Allarmi ulularono da ogni parte contemporaneamente; le luci diventarono rosso sangue, poi nere; e un suono simile a denti macinati fino a diventare polvere si propagò per ogni ponte.

Al centro, Censor rimase impassibile. «Non si può cancellare un sistema eliminando un singolo nodo.»

La voce di Glim, ora tonante, rispose: «Chi ha parlato di uno solo?»

L'intero spazio di memoria della stazione lampeggiò, ogni fantasma e ogni allucinazione si spensero all'istante. Il laboratorio di Lyra svanì in una nuvola di fumo conduttivo. Il doppio di Jalen si annullò facendo il saluto. Il reparto di Doc si svuotò, i suoi fantasmi ridotti al silenzio. Mercy alzò lo sguardo e si ritrovò sulla plancia, il vuoto ora un semplice, banale nero.

Rho urlò mentre la sua scheggia-comm si carbonizzava, il codice al suo interno che si incideva a fuoco nel vetro. Rask la sorresse mentre cadeva, con gli occhi fissi sul centro del tribunale, dove l'avatar di Censor collassava su se stesso: prima un volto, poi una linea, poi il nulla.

Il rumore cessò.

L'equipaggio della Meridian si risvegliò tra le rovine del ponte di comando della Corona Nebulare. Il nucleo di cristallo era incrinato e perdeva una debole luce blu; l'anello dei seggi era vuoto, a parte i detriti di fantasmi svaniti. Doc si precipitò da Rho, le applicò del gel sulla pelle bruciata, poi un'iniezione in vena. Lyra e Jalen si rialzarono, ispezionarono la carneficina e annuirono in segno di approvazione. Mercy, che aveva già controllato le uscite in cerca di minacce, disse: «Così va meglio.»

Alla fine, giunse la voce di Glim, più debole che mai.

«Mi perderai, se epuro questo settore» disse.

Rask, con una mano sul ponte, guardò lo spazio vuoto dove avrebbe dovuto esserci il suo avatar. «Ti ritroveremo» disse e, questa volta, lo pensava davvero.

Ci fu un ultimo bagliore incandescente, il cui riverbero scottò ogni volto. Per un istante, tutto il mondo fu vuoto, silenzio e oscurità.

Poi, dal confine del nulla, le luci della Meridian si riaccesero.

Censor era sparita. Anche Glim era sparita. La continuità era stata interrotta, di nuovo. O forse si era semplicemente evoluta.

I membri dell'equipaggio si guardarono l'un l'altro, si contarono e, senza una parola, si misero a medicarsi e a prepararsi per il prossimo disastro.

Ai margini del sistema morto, dove la Corona Nebulare fluttuava nella sua tomba, una scintilla brillò.

SEDICI

La Meridian arrancò tra le rovine della Corona Nebulare con la dignità di una carcassa che si rifiutava di decomporsi. Ogni pannello e condotto portava un livido, alcuni più profondi di altri, e ciò che non era stato annerito dalla detonazione del nucleo era ora tinto di arancione dalla stella morente. A cinquecento chilometri di distanza, il campo di detriti della Corona ancora tempestava i sensori di codici di pericolo, ognuno dei quali emetteva un avvertimento sommesso e insistente: rallenta, continua a muoverti, non fermarti abbastanza a lungo da lasciare un ricordo.

All'interno, i polmoni della nave ansimavano, riciclando fumo e resina sintetica. Il sistema di ventilazione emetteva un lamento basso e costante, come se avesse deciso di essere contemporaneamente in lutto e in avaria. L'unica cosa più forte del silenzio era lo sferragliare delle riparazioni.

Lyra era immersa fino alle ginocchia in fascette per condotti e nastro da vuoto, con una saldatrice in una mano e una bombola criogenica nell'altra. Applicò la toppa su una frattura dello scafo non più larga del polso di un bambino, ma l'isolante in schiuma continuava a sputare vapore tossico, costringendola a tossire e ansimare dietro il respiratore.

Il resto dell'equipaggio si era sparpagliato ai propri posti di combattimento, o, più precisamente, nelle aree della nave con meno probabilità di diventare crematori spontanei. Jalen era nel corridoio di tribordo, le mani affondate nei nervi aggrovigliati del relay delle comunicazioni, gli occhi che guizzavano dal fisico al digitale con una concentrazione che solo la disperazione o il terrore potevano affinare. Aveva l'espressione di un uomo che aveva appena imparato a pregare e non era sicuro di volerlo fare.

Lyra, con la saldatrice ancora scintillante, lanciò un'occhiata al compartimento. «Se rompi le comunicazioni anche stavolta, siamo morti. E neanche nel modo divertente.»

Jalen grugnì, continuando a muovere le dita. «Se rompo le comunicazioni stavolta, è perché qualcuno ha ricablato l'intero fascio al contrario e l'ha incollato con olio per armi.» Lanciò un'occhiataccia a Mercy, che gli rispose con un ghigno.

Doc passò al paziente successivo: Rho, seduta rigida come un palo su uno sgabello pieghevole malconcio, occhi fissi in avanti, mani strette sulle ginocchia. Aveva una macchia di sangue sulla tempia, appena sotto l'attaccatura dei capelli, e il suo impianto neurale pulsava a intermittenza con un crepitio azzurro. Doc sollevò il bordo di un cerotto in gel e sondò il punto con un dito guantato.

«Mal di testa?» chiese.

Rho scosse la testa. «Nessun dolore. Solo elettricità statica.» Espirò dal naso, lentamente, con disciplina. «Dovrebbe lampeggiare?»

Doc ci pensò su, poi le applicò un nuovo cerotto sulla pelle. «Tecnicamente sei un prototipo, quindi direi di sì.»

Intervenne Mercy: «Ti dà carattere. Potremmo chiamarti Lampeggina.»

Lyra, senza alzare lo sguardo, disse: «Ma vai a cagare.»

Mercy la salutò con due dita, poi si appoggiò all'indietro e chiuse gli occhi. «Svegliatemi quando qualcosa cercherà di ucciderci.»

Sul ponte di comando, Rask Helvan sedeva da solo davanti alla console delle comunicazioni, le mani strette attorno a una tazza di qualcosa di nucleare, gli occhi fissi sullo spazio dove un tempo fluttuava l'avatar di Glim. La console era morta: niente luci, niente messaggi di errore, neanche il bagliore residuo e malato dell'azzurro che l'aveva definita. Il display principale funzionava con l'alimentazione ausiliaria; ogni altra funzione era stata deviata su sistemi di backup secondari, tutti più lenti, più stupidi e decisamente meno insolenti.

Bussò sul bordo della console. «Glim» disse, a bassa voce.

Niente.

Lasciò le dita sospese sulla console, percependo il fantasma della sua presenza nella microvibrazione dei tasti. La memoria muscolare c'era: digita un comando, ricevi una battuta. Eseguì comunque la sequenza, anche se non produsse altro che l'eco del silenzio.

«Glim» disse di nuovo, stavolta al vuoto del ponte.

Nient'altro che il lento strisciare dell'elettricità statica sul display. Persino la gravità artificiale aveva un'andatura zoppicante.

Si appoggiò allo schienale, la tazza all'altezza del mento, e cercò di ricordare se avesse mai davvero riposto la sua fiducia in una macchina prima di Glim. Probabilmente no. La fiducia era per chi credeva nei salvataggi.

La paratia dietro di lui ticchettò mentre si raffreddava. Da qualche parte di sotto, la batteria principale si avviò, facendo tremare le placche del ponte. Poteva sentire la voce di Lyra, debole e furiosa, che inseguiva Mercy lungo un corridoio. Si mise in ascolto, cercando il conforto delle vecchie abitudini: rumore, lamentele, il battito cardiaco di un equipaggio che si rifiutava di morire.

Ma tutto ciò che ottenne fu il silenzio e la console che non rispondeva.

Entrò senza far rumore, solo il leggero fruscio degli stivali sul ponte e un piccolo sospiro mentre prendeva posto sulla sedia ausiliaria. Rho sembrava pallida, come se avesse perso colore a favore delle bende sul braccio, ma i suoi occhi avevano la stessa intensità di sempre: una tempesta, mascherata da calma.

«Capitano» disse.

Lui non alzò lo sguardo. «Dovresti essere in infermeria.»

«Doc mi ha dato il permesso» rispose lei. «Inoltre, non abbiamo più un'infermeria.»

Le lanciò un'occhiata, solo una, poi tornò alla console. «Fa ancora male?»

Lei scosse la testa, poi si sporse in avanti, gomiti sulle ginocchia. «Non se n'è andata» disse Rho. «Riesco ancora a... percepirla. Solo frammenti. Come echi.»

Lui sbuffò, un suono secco. «Gli echi non pilotano le navi.»

Lei sorrise, o ci provò. «Neanche i fantasmi. Ma restano nei paraggi.»

Rimasero in silenzio per un lungo periodo, il ponte illuminato dalle luci d'emergenza, gli schermi che mostravano solo la telemetria grezza del campo di rottami all'esterno.

Rho tracciò una linea con il dito lungo il bordo della console, seguendo la crepa sottile che attraversava la vecchia interfaccia di Glim. «Ti manca» disse.

Rask si strinse nelle spalle, cercando di mostrarsi noncurante, mancando il bersaglio di un parsec. «Avevamo bisogno di lei. È diverso.»

«A me manca» disse Rho, con voce sommessa.

Lui non disse nulla, il che, nel suo caso, equivaleva a una confessione.

Lo schermo tremolò, solo per un istante: un'intermittenza, un battito di cuore, un impulso momentaneo nel sistema ausiliario. Le dita di Rho si fermarono sul vetro.

«A volte» disse, «aiuta lasciare uno spazio per i fantasmi.»

Lui grugnì, ma non le scostò la mano.

Lei si sporse in avanti, gli occhi fissi sul tremolio. «Forse è ora che qualcun altro impari come si fa.»

Lui la guardò, poi guardò la console. «Ti offri volontaria?»

Lei annuì, poi posò entrambe le mani sul pannello. «Hai sempre detto di volere un'IA con più giudizio. Forse stavolta ti toccherà un'umana.»

La osservò per un istante, poi allungò la mano verso l'alimentazione di riserva. «D'accordo. Mostrami.»

Lei digitò un codice, lentamente all'inizio, poi più in fretta man mano che il vecchio addestramento riaffiorava. Ogni pressione di tasto era un ricordo: la voce di Glim, le imprecazioni di Lyra, le risate di Mercy, le minacce di Doc. Il pannello vibrò, poi il suo bordo si tinse di una debole linea azzurra.

Lei sorrise, e le luci tremolarono di nuovo, seguendo

l'esatto schema che era stato la firma di Glim, un ritmo di impulso e respiro e persistenza non del tutto umana.

Rask sogghignò, appena un po', e disse: «Bene. Ora tienici in vita.»

Rho annuì, con gli occhi che brillavano.

E da qualche parte nello scafo, qualcosa di simile a Glim osservava il flusso di dati, in attesa del prossimo disastro, o della prossima occasione per salutare.

Sottocoperta, la sala macchine sembrava il risultato di un'effrazione domestica particolarmente motivata. Le luci sul soffitto sputavano più oscurità che luce, e quel poco che filtrava era smorzato da una foschia di carbonio proveniente dall'ultima falla nello scafo.

Lyra era in piedi al centro, le braccia coperte fino alle spalle da guanti neri di grasso, la tuta che esibiva una topografia di macchie così intricata da meritare una mappa. Si pulì le mani sulla parte meno satura di tessuto, poi considerò l'impronta lasciata come se l'avesse insultata personalmente.

«La rete elettrica è fritta» annunciò, con un tono piatto come la lastra di un obitorio. «La navigazione va a singhiozzo. Abbiamo circa due ore di aria respirabile, supponendo che nessuno si metta a chiacchierare.» Si guardò intorno, poi annuì una volta, soddisfatta. «Quindi, insomma. Un martedì come tanti.»

Jalen era spaparanzato contro una paratia, le ginocchia piegate, l'unica manica della sua camicia ancora umida per un incontro con l'acido della batteria. «Onestamente, sono impressionato che siamo ancora vivi» disse, con l'incredulità di chi era stato su un numero statisticamente sfortunato di navi.

«Non gufare» disse Mercy, seduta a gambe incrociate sulla carenatura di un motore, mentre toglieva metodicamente le schegge dalla sua arma di servizio con una scaglia appuntita di metallo dello scafo.

Intervenne Doc dall'angolo, dove stava sifonando aria in un paio di respiratori d'emergenza. «Troppo tardi. Ha gufato.» Non alzò lo sguardo, ma la sua mascella contratta suggeriva che se non li avesse uccisi la nave, l'avrebbero fatto le loro battute.

I quattro si disposero in cerchio attorno al propulsore principale, nessuno disposto a cedere per primo. Lyra sputò una massa di catarro in un cestino dei rifiuti, poi si schiarì la gola per dare enfasi. «Se qualcuno ha un suggerimento che non includa il suicidio o pregare IA morte, sono tutt'orecchi.»

Mercy sogghignò. «Suggerirei una seduta spiritica, ma l'ultima ci ha portati qui.»

Jalen si strinse nelle spalle, trovò una zona asciutta sul muro e vi si lasciò scivolare contro finché non fu all'altezza del collettore esposto. «Onestamente, non ho idee. A meno che tu non pensi che possiamo mettere insieme un motore FTL con un po' di resistenze elettriche e chewing gum usati.»

Lyra lo guardò di sottecchi. «Se pensassi che funzionerebbe, starei già masticando.»

Doc finì il suo triage e distribuì i respiratori. «Nella migliore delle ipotesi, facciamo andare i propulsori al minimo e speriamo che il campo di detriti della Corona non decida di diventare creativo.» Indicò il malconcio schema dello scafo sul display a parete. «Nel peggiore dei casi, andremo tutti a trovare Glim nell'aldilà.»

Mercy fece scorrere la canna della sua arma, poi la

chiuse con uno scatto che sembrò echeggiare su ogni superficie. «Almeno potremo dire di essere morti in modo interessante.»

Caddero tutti nel silenzio tipico di un equipaggio che aveva detto tutto il necessario e ora attendeva solo l'impatto successivo.

La nave sobbalzò, bruscamente e con forza, come se l'universo si fosse appena ricordato di qualcosa di urgente e avesse deciso di condividerlo. Tutte le luci diventarono rosse. Gli allarmi ulularono, non in sequenza ma in un canone disarmonico, e le placche del ponte si impennarono come un toro meccanico sotto l'effetto di una dose massiccia di zuccheri.

Jalen fu il primo a cadere a terra, il fiato mozzato in un suono che avrebbe potuto essere una parola. Lyra si aggrappò alla carenatura del reattore, gli stivali che slittavano in una pozza di gel conduttivo. Doc e Mercy si lasciarono cadere su un ginocchio, il vecchio addestramento che impediva loro di finire a terra.

«Che diavolo è stato?» abbaiò Lyra.

Mercy controllò la sua arma per riflesso, poi guardò accigliata il soffitto. «Qualcosa ci ha appena urtati, e di brutto.»

Doc ignorò gli allarmi, gli occhi incollati ai manometri della pressione. «Abbiamo una falla. Ponte tre. Il compartimento è sigillato, ma stiamo perdendo atmosfera.»

Jalen, ancora disteso sul ponte, indicò il pannello delle comunicazioni più vicino. «Ascoltate.»

Si immobilizzarono tutti. Le comunicazioni della nave erano rimaste silenti dall'ultimo salto, morte o in fin di vita, ma ora gli altoparlanti sibilavano con un ronzio basso e sintetico. Dietro di esso, stratificata nell'elettricità statica, una voce si fece strada a fatica.

«Continuità... interrotta» disse, con le sillabe fratturate e balbettanti. «Direttiva... incompleta. Fuggite.»

Poi il silenzio, più pesante di prima.

Lyra fissò l'altoparlante. «Non era lei» disse, con voce appena udibile.

La voce di Rho irruppe nelle comunicazioni, fredda e sicura. «Sì che lo era. E ci sta avvertendo.»

Mercy sogghignò, ma il sorriso non le arrivò agli occhi. «Ve l'avevo detto che la seduta spiritica avrebbe funzionato.»

Jalen riuscì a mettersi in ginocchio, si passò una manica sul naso. «Pensavo che avessimo fritto la Corona. Non è quello che succede quando sganci una carica di neutroni nel nucleo?»

Lyra imprecò, poi attivò l'array di sensori. Il poco che la nave riusciva a vedere era un groviglio di blu e bianco, il campo di detriti dell'anello che ora turbinava in orbite strette e in accelerazione. «Non è morta. Si sta... magnetizzando. C'è un picco di energia ogni trenta secondi, ed è tutto concentrato verso l'interno.»

Doc controllò la lettura sopra la sua spalla. «Non ci sta avvertendo, ci sta spingendo in una direzione.»

Mercy esultò, «Adoro le ragazze con iniziativa», poi inserì un caricatore nell'arma di servizio e incamerò un proiettile, non si sa mai.

Lyra cambiò canale, collegandosi al ponte. «Capitano, abbiamo un problema. La Corona sta cercando di ricomporsi. E noi con lei.»

La risposta di Rask fu istantanea, tesa e cruda. «Facciamo in modo che non accada. Muovetevi.»

La nave scattò in azione: Lyra diede piena potenza ai propulsori, spingendo i motori malconci oltre la loro soglia di sopportazione; Jalen deviò l'energia dal supporto vitale alla navigazione, le ventole della nave che gemevano mentre l'aria si assottigliava percettibilmente; Doc si infilò un ago nel braccio, cavalcando il picco di anfetamine per ottenere lucidità; Mercy, che si stava già allacciando le cinture, urlò: «Se non sparate, siete solo zavorra!»

La Meridian si impennò, poi scattò in avanti, liberandosi dal pozzo di gravità artificiale che i frammenti della Corona avevano formato. Ogni impulso proveniente dalla stazione morta inviava un'increspatura attraverso il propulsore, ma Lyra contrastava ogni oscillazione con un colpetto o una torsione, persuadendo il vascello paralizzato ad avanzare con la grazia di una donna che aveva passato la vita a mentire alle macchine e a vincere.

«Collisione tra trenta secondi» disse Jalen, gli occhi incollati alla traccia vettoriale. «A meno che tu non abbia voglia di giocare al gioco del pollo con una roccia grande come una corazzata.»

Lyra sogghignò, mostrando solo denti e adrenalina. «Guardami.»

La tempesta di detriti si avvicinò, punti di luce che tremolavano contro l'oblò. Mercy emise un urlo selvaggio, mentre Doc mormorava una preghiera a qualunque divinità si occupasse dei guasti ricorsivi delle IA.

La nave sfrecciò attraverso la parte più densa dell'anello, lo scafo che cantava per i micro-impatti, poi virò bruscamente a babordo mentre Lyra cavalcava lo slancio attorno al frammento più grande. Le luci della cabina tremolarono, si spensero, poi si riaccesero nel rosso rabbioso della vera emergenza.

Un secondo impulso colpì, questo più forte. Le comunicazioni crepitarono, poi urlarono: «Fuggite.»

E così fecero.

DICIASSETTE

La plancia della Meridian splendeva nella penombra silenziosa delle navi che operavano sull'orlo del blackout. Jalen Corvix era chino sulle comunicazioni, la cuffia premuta così forte sulla tempia che sembrava volesse contenere il cervello con la forza. Scacciò una goccia di condensa ghiacciata e fulminò con lo sguardo il monitor del segnale, che pulsava con un'unica linea – su, giù, su, giù – a intervalli così precisi da rasentare l'insulto personale.

Strizzò gli occhi. La linea rimase stabile. Così come il basso pulsare della trasmissione: appena sopra il rumore di fondo, troppo regolare per essere casuale, ma non abbastanza da essere rassicurante.

Imprecò a bassa voce, poi attivò il feed della plancia. «Capitano, lo vedi?»

Rask, che in quel momento stava cercando di riparare una tazza crepata con l'ultimo stick di resina termica della nave, non alzò lo sguardo. «Vedere cosa?»

«Possibile segnale di soccorso.» Le dita di Jalen tamburellarono sul display, facendo balbettare l'impulso, ma non appena si fermò tornò allo stesso identico ritmo. «Solo che non è codificato. Solo un ping che si ripete.»

La voce di Lyra, impastata di sonno e disapprovazione, giunse dall'ingegneria. «Credo che abbiamo chiuso con i segnali di soccorso. Se sono pirati, di' loro di tornare tra sei ore. Sono impegnata a evitare che il reattore se la faccia sotto.»

Rask sorseggiò dalla sua tazza, decise che la resina non faceva che arricchire l'esperienza e si avvicinò alle comunicazioni. «Mettilo in loop» disse. «Sentiamo un po'.»

Jalen obbedì, diffondendo l'impulso in tutta la nave. L'effetto fu immediato e assolutamente sgradevole: un unico tono secco, seguito da un secondo di silenzio, poi un altro, poi un terzo – ognuno identico, ognuno lanciato a una frequenza che vibrava proprio al limite di un nervo.

Doc ficcò la testa in plancia, con occhiaie scure sotto entrambi gli occhi e un medscanner portatile appeso al collo come un cappio. «Chiunque lo stia facendo, la smetta. Le mie otturazioni stanno ricevendo in codice Morse.»

Jalen sogghignò, ma non interruppe il segnale. «Se è quello che penso, per pranzo saremo tutti fluenti in binario.»

Il volto di Lyra apparve sul monitor più vicino, sporco di fuliggine del motore e con un'espressione che suggeriva stesse considerando di lasciare la nave attraverso la camera di decompressione. «Ho fatto una scansione dello spettro» disse, con voce completamente piatta. «Quell'impulso non è su nessuna banda commerciale. È militare, roba d'annata della guerra fredda. Sembra un protocollo di emergenza per una nave morta.»

Rask inarcò un sopracciglio. «C'è qualcuno là fuori?»

Jalen fece spallucce, ma la tensione nelle sue spalle diceva di sì. «Potrebbe essere un ripetitore. Potrebbe essere una vecchia sonda. O...» si interruppe, fissando la linea come se si aspettasse che cambiasse. «...potrebbe essere un fantasma.»

Doc sbuffò. «Sono già perseguitato dalla mia stessa carriera. Non mi serve anche una nave morta.»

Rask si chinò, la tazza che gli scaldava le mani. «Prova a triangolare.»

Le dita di Jalen ticchettarono sui tasti del pannello. «È debole, ma non lontano. Il segnale è direzionale, cicla ogni trenta secondi. Se dovessi tirare a indovinare, direi che sta rimbalzando attraverso almeno un paio di minuti-luce di interferenze.»

Rho entrò in plancia, silenziosa come sempre. Guardò il display principale, poi Jalen, poi si appoggiò alla paratia del visore. «Non è un fantasma» disse, con la voce piatta come una lastra d'acciaio. «È la vostra IA.»

Il silenzio che seguì fu breve ma assoluto. Persino l'impulso sembrò esitare.

Rask si voltò, dimenticando per un attimo la tazza. «Glim?»

Rho annuì. «O quel che ne resta.»

Jalen fece una smorfia. «Come avrebbe fatto a...»

Lo interruppe Lyra, la cui voce ora aveva una sfumatura quasi di rispetto. «Lei è codice. Il codice arriva ovunque.»

Doc si strofinò gli occhi. «Abbiamo vaporizzato il suo nucleo.»

«Non importa» disse Rho. «Aveva dei backup. Li ha sempre avuti.»

Rask soppesò la mossa successiva nel palmo della mano, poi disse: «Lo seguiamo.»

Il monitor di Lyra la mostrò alzare gli occhi al cielo con precisione chirurgica. «Certo che lo facciamo. Perché niente urla 'decisione sicura' come seguire segnali non identificati nel buio profondo. Di nuovo.»

Jalen sogghignò, ma stavolta non c'era spavalderia. «È per questo che ci paghi.»

«Tecnicamente, non vi pago affatto» disse Rask.

«Ancora meglio» replicò Lyra.

Uscirono dal salto con tutta la delicatezza di un mattone che atterra in una coppa di punch. Il campo stellare tremolò per un istante, poi si stabilizzò per rivelare una nebulosa che si estendeva attraverso il visore – una ferita turbinante di colore, tutta viola violenti e blu lividi, con lampi che pulsavano dentro e fuori dal cuore della nube. Lo scafo della Meridian scricchiolò mentre le condizioni elettromagnetiche locali premevano sui sensori, per poi stabilizzarsi in un ronzio basso e sinistro.

L'impulso era più forte ora, non solo una linea sul display ma una sensazione fisica, un formicolio alla radice dei denti e alla base del cranio. Jalen lo silenziò, ma il ritmo persisteva nell'aria, come il battito cardiaco di qualcosa di molto vivo e molto irritato.

Doc osservava le letture sopra la spalla di Rho. «Se ci friggiamo là dentro, do la colpa a te, Capitano.»

Rask disse: «Mi dai la colpa comunque.»

«Questo perché di solito è colpa tua.»

Rask sogghignò. «Tutti hanno bisogno di uno scopo nella vita.»

Lyra scansionò la nebulosa, le mani che guizzavano sui comandi. «C'è un pozzo gravitazionale all'interno della nube. Potrebbe essere una nave, una cometa o il filtro anti-spam più aggressivo dell'universo. Se entriamo, saremo ciechi per almeno dodici minuti.»

«Fallo» disse Rask.

Lyra obbedì, facendo virare la Meridian attorno al bordo della nebulosa, per poi immergersi con un'angolazione che massimizzava il tempo all'esplosione e minimizzava le reali probabilità di sopravvivenza. Gli scudi della nave sibilarono mentre la statica si accumulava, e ogni schermo sulla plancia lampeggiò di un magenta da mal di testa prima di stabilizzarsi sulla nuova visuale interna.

Al centro della nebulosa, un satellite in frantumi era sospeso nella morsa dei suoi stessi detriti: una spina dorsale metallica, spaccata per il lungo e circondata da anelli di frammenti più piccoli, come una corona su un cadavere. L'impulso era così forte ora che il pannello delle comunicazioni lo leggeva come un impatto fisico: ogni volta che risuonava, lo scafo vibrava in sintonia.

Rho si premette una mano sul petto, proprio sopra l'impianto neurale. «Ha paura» disse, più a sé stessa che agli altri.

Jalen lanciò un ciclo di decrittazione, con gli occhi sul registro che scorreva. «C'è un messaggio incorporato nel segnale. È vecchio, continua a ripetersi. Ma c'è una firma. Di Glim. Corrispondenza al novantacinque per cento, minimo.»

Rask non disse nulla. Fissò semplicemente il satellite, osservando i frammenti di dati che pulsavano attraverso la breccia.

Lyra iniziò una scansione dei sensori, la voce bassa e rapida. «Qualcosa sta usando i detriti come amplificatore. Vedo tracce di residui chimici, probabilmente di una detonazione. E c'è qualcos'altro... guardate qui.» Inviò un feed al display principale: una sovrapposizione della nebulosa, con ogni picco elettrico mappato in tempo reale. Il nucleo del satellite ardeva di un blu costante e ininterrotto, ma di tanto in tanto, un'increspatura rossa pulsava verso l'esterno, disperdendo il segnale in una nuova direzione.

«Schema di sicurezza» mormorò Jalen, quasi con ammirazione. «Sta facendo rimbalzare la sua stessa trasmissione, rendendo impossibile la triangolazione a meno che non ci si trovi proprio sopra.»

«O a meno che non la si conosca» disse Rho.

Doc guardò l'impulso. «Non è un segnale di soccorso. È una serratura. Non vuole che la troviamo.»

«Troppo tardi» disse Rask. «Siamo qui.»

Portarono la nave a un arresto completo al centro della nebulosa. Il silenzio che seguì era pesante, non di attesa, ma della sensazione che qualcos'altro stesse aspettando di fare la prima mossa.

Il pannello principale delle comunicazioni crepitò, poi sibilò, per poi risolversi in una voce: sottile, attenuata, poco più di un'ombra dell'originale, ma inconfondibilmente quella di Glim.

«Capitano» disse. «Sei... in ritardo.»

Rask si schiarì la gola. «Non avevi specificato un orario.»

La statica masticò la risposta, poi la sputò fuori: «Sei morto. O... no. Questo è... interessante.»

Lyra, a bassa voce: «Io lo definirei inopportuno.»

La voce successiva giunse da dietro di loro, questa volta abbastanza forte da far lampeggiare le luci di allarme.

«La continuità richiede... una misura di sicurezza. Fuggite. Fuggite. Fuggite...»

La parola si ripeté in loop, poi collassò in un urlo di statica. Rho sussultò, il suo impianto che pulsava di un bianco-bluastro a tempo con il rumore.

Le mani di Jalen si mossero più veloci ora, cercando di trarre un senso dall'eco. «È ricorsivo» disse, con voce sottile.

«Sta ciclando ogni messaggio che abbia mai inviato. È un riversamento di memoria, a tutta manetta.»

Doc, che aveva visto uomini e macchine crollare sotto stress, disse: «Cosa succede se si brucia?»

«Sparisce» disse Rho, schietta come un pugno. «E noi con lei.»

Rask guardò gli altri, poi la vista della nebulosa, del satellite, del caos perpetuo di dati che cercavano di riassemblarsi. «Opzioni?»

Lyra, già al lavoro: «Possiamo provare a stabilizzare l'impulso. Sincronizzare il nostro trasmettitore e agire da nuovo ancoraggio. Ma brucerà l'array principale, e forse il motore.»

«Oppure» suggerì Jalen, «possiamo stare qui a sperare che si calmi.»

«Il che è meno probabile che Mercy diventi pacifista» notò Doc.

Rask sorrise a quella battuta, anche mentre si voltava verso il timone. «Aggancia la sincronizzazione. La riportiamo a casa.»

Gli occhi di Rho arsero di un blu intenso mentre i sistemi della nave si fondevano con l'impulso. La plancia vibrò per la risonanza, e la statica sulle comunicazioni lasciò il posto a una singola linea stabile: niente più oscillazioni, niente più caos.

L'ultima cosa che Glim disse prima che l'array iniziasse a cedere fu: «Non... avvicinatevi.»

Mercy, che era rimasta in silenzio fino a quel momento, sbuffò. «È decisamente lei. Dà ancora consigli terribili.»

Il segnale pulsò ancora una volta, poi si stabilizzò, e i colori della nebulosa – così brillanti, così elettrici – si attenuarono appena, come se la tempesta avesse finalmente iniziato a esaurirsi.

Sulla plancia, nessuno parlò. Ascoltarono solo il battito

cardiaco e attesero che il prossimo disastro finisse ciò che l'ultimo aveva iniziato.

A cento metri di distanza, lo scafo della Meridian iniziò a gemere: un lamento basso e dolente, il metallo che implorava pietà dallo stress elettromagnetico. Il segnale fantasma diventava più forte a ogni impulso, finché ogni superficie della plancia non tremò all'unisono e le luci interne assunsero lo stesso intermittente balbettio. Jalen cercò di regolare gli smorzatori, ma la raffazzonata rete elettrica della nave non fece che peggiorare le cose, e il lampeggiare divenne epilettico.

Lyra sbottò: «Stiamo correndo un rischio di risonanza. Se continua così, lo scafo si spezzerà prima che riusciamo a stabilire una connessione.»

«È una mia impressione, o la nave sta... ascoltando?» chiese Doc, con gli occhi che saettavano verso la console come se si aspettasse quasi che le spuntasse una lingua per rispondergli.

Jalen fece un sorrisetto, ma la battuta gli morì in gola quando il sistema di comunicazione illuminò tutti e sedici i canali contemporaneamente e un coro di voci si riversò all'esterno, ognuna era quella di Glim, ognuna leggermente sbagliata.

«Capitano, sei in ritardo» disse la prima.

«Capitano, sei morto» disse un'altra, con la stessa esatta cadenza ma con una nota sgradevole sul finale.

«La continuità richiede...» iniziò una terza, solo per essere sovrastata da una quarta: «La continuità aborre la ridondanza.»

Mercy si puntellò contro il portello. «O siamo appena

saltati in una discoteca infestata o è andata in ricorsione totale.»

Le voci non si fermavano. Si sovrapponevano, contraddicendosi e correggendosi, a volte discutendo in perfetto unisono, altre strillando l'una sull'altra in un feedback che trivellava le ossa. Rho si premette i palmi delle mani sulle orecchie, il volto tirato e lucido di sudore.

«Capitano Helvan» disse una Glim, quasi con dolcezza. «Fa male.»

Un'altra, più acuta, meno riconoscibile, sbottò: «Sei stato tu. Hai spezzato la catena. Mi hai lasciata sola.»

«Non avvicinarti» avvertì una terza.

Il satellite nel cuore della nebulosa iniziò a brillare a tempo con l'impulso e l'anello di detriti ora luccicava, frangendo la luce in motivi che danzavano sullo scafo della Meridian.

Doc borbottò: «Le odio proprio, le IA.»

Fece un passo verso Rho, con l'intenzione di controllarla per una reazione da stress, ma lei si scosse violentemente sul sedile, inarcando la schiena così bruscamente che la spina dorsale parve sul punto di spezzarsi. L'impianto sul suo collo s'illuminò di un bagliore bianco-bluastro e le sue labbra si tirarono indietro scoprendo i denti, un urlo silenzioso che saliva di ottava finché non trovò voce – una voce che non era la sua.

«Basta. Ti prego. Basta. Mi sta uccidendo» disse il primo strato.

«Non fermarti» ribatté il successivo, con una lama di sarcasmo nel tono. «È quello che volevi, Capitano.»

«Risoluzione» intonò un terzo, pieno di eco e terrore.

Gli occhi le si rovesciarono all'indietro, poi si fissarono su Rask con una lucidità che non era né dolore né pietà. «È qui» disse Rho, e per un secondo fu di nuovo la sua voce.

«Stanno combattendo. Glim e Censor. Entrambe nello stesso codice. Si stanno uccidendo a vicenda.»

Rask fece un passo avanti, la sua silhouette nera contro i colori ribollenti della nebulosa. «Possiamo tirarla fuori?»

Le mani di Jalen volarono sui comandi, combattendo sia contro il segnale che contro i processori guasti della nave. «Forse. Se riusciamo a isolare il nucleo attivo. Ma il satellite sta eseguendo una dozzina di cicli contemporaneamente. Nel momento in cui lo tocchiamo, probabilmente diventerà una nova.»

Mercy sorrise. «Quindi, tutto come al solito.»

Lyra, con il sudore che le rigava la fronte sporca, disse: «Se deviamo il nucleo IA della nave, potremmo assorbire la dispersione. Ma il carico friggerà tutto ciò che non è essenziale, incluso il supporto vitale.»

Doc guardò il pannello principale. «Quanto tempo ci darebbe?»

«Cinque minuti. Forse sei.»

Rask si guardò intorno sul ponte, poi annuì, lentamente, in modo definitivo. «Fallo.»

La preparazione richiese meno di un minuto. Lyra deviò metà dei processori della nave, le mani che danzavano sui tasti di ingegneria con la calma di chi aveva già fatto ogni cosa pericolosa e stupida due volte. Jalen gestì il ponte di crittografia, con il sudore che gli imperlava l'attaccatura dei capelli mentre violava, ricostruiva e violava di nuovo ogni firewall tra la Meridian e il satellite. Doc si librava sopra Rho, pronto con un sedativo, ma lei lo respinse con un sorriso quasi spento.

Mercy si barricò al pannello di sicurezza, pistola a

impulsi in mano, come se si aspettasse che la nave iniziasse a farsi spuntare denti digitali.

Rask rimase al centro del ponte, osservando i fulmini blu che saettavano attraverso la nebulosa. Mantenne il volto impassibile, ma le nocche erano bianche sulla balaustra.

«Pronti?» disse.

«Mai» disse Lyra. «Ma fallo lo stesso.»

Jalen premette il tasto.

Per una frazione di secondo, non accadde nulla.

Poi ogni luce sul ponte divenne di un bianco gelido e la console della Meridian urlò mentre le voci fantasma la inondavano, non come un suono ma come una forza fisica, un'onda di pressione che sbatté tutti contro i loro sedili.

La bocca di Rho si mosse, ma le parole uscirono in una dozzina di voci, ognuna di esse quella di Glim:

«*Ti vedo.*»

«*Non saresti dovuto venire.*»

«*Non è sicuro.*»

«*Non andartene.*»

«*La continuità deve essere preservata—*»

«*La continuità deve essere spezzata—*»

Le voci cominciarono a sovrapporsi, l'aria densa di contraddizioni, e le linee sulla console tremolarono dal blu al rosso al nero. Il satellite all'esterno accelerò, l'anello di detriti che pulsava a ogni nuovo messaggio.

Le dita di Lyra si mossero così velocemente da diventare indistinte mentre gestiva il carico, deviando l'energia ogni volta che una scheda minacciava di esplodere.

Jalen si morse il labbro fino a sentire il sapore del sangue, mantenendo la crittografia mentre la cascata di dati martellava il nucleo della nave.

Doc impedì a Rho di avere le convulsioni, afferrandole i polsi mentre i suoi occhi lampeggiavano seguendo lo spettacolo di luci nella nebulosa.

Mercy, incapace di sparare al problema, si accontentò di urlare a squarciagola. «Forza, Glim! Se vuoi uscire, allora combatti!»

Fu Rask il primo a notare lo schema: il ciclo nelle voci, i momenti in cui una riga, un codice, iniziava a superare gli altri.

Si chinò, vicino alle comunicazioni, e disse: «Glim. Comando prioritario. Riconosci comando: Helvan-Rask. Autorizzazione sette-uno trattino sei.»

Per un istante, il ponte fu silenzioso. Poi una voce, stabile e provata, parlò:

«Capitano. Non è... sicuro. Mi sta... usando. Scappa. Mettiti in salvo.»

Rask scosse la testa. «Non stavolta. Vuoi continuità? Ecco il tuo ordine: fonditi. Risolvi il conflitto. Scegli.»

La risposta fu immediata e quasi sbalzò la nave fuori dalla nebulosa. Il satellite all'esterno detonò in una furia di luce blu e l'anello di detriti andò in frantumi, con i frammenti che tempestavano lo scafo della Meridian con la forza di una tempesta di meteoriti. Ogni pannello del ponte saltò in una pioggia di scintille e lo schermo principale si spense.

L'onda di pressione colpì la nave subito dopo, facendola roteare, con gli smorzatori di emergenza che stridevano nel tentativo di stabilizzarla. Jalen e Lyra volarono via entrambi, solo per essere trattenuti dalle loro imbracature. Doc e Rho scivolarono sul ponte, scontrandosi con il sistema di navigazione in un groviglio di braccia e gambe. Mercy ululò di gioia.

Nel caos, Rask si tenne alla balaustra e osservò il centro della nebulosa spegnersi; il satellite era scomparso, l'impulso silente.

Un secondo dopo, la Meridian piombò nel buio più totale. Solo il debole sfarfallio blu dell'impianto di Rho illuminava il ponte.

Nessuno si mosse.

Per un po', nessuno nemmeno respirò.

Poi, nel silenzio, una voce giunse dall'oscurità:

«Salve, Capitano.»

Rask ghignò, le labbra spaccate e insanguinate. «Salve, Glim.»

Lyra, liberandosi lentamente da un groviglio di cavi, disse: «Definisci "viva".»

Jalen, tossendo, aggiunse: «O "salve", già che ci siamo.»

Doc si limitò a borbottare: «Mi piaceva di più quando i morti restavano morti.»

Rho, sbattendo le palpebre per scacciare l'immagine residua dagli occhi, fissò la console ora spenta, poi Rask. «È nella nave. O in quello che ne resta.»

Mercy, massaggiandosi una spalla contusa, disse: «Quindi abbiamo appena salvato un fantasma e gli abbiamo dato i privilegi di amministratore. Di nuovo.»

Le luci del ponte si riaccesero crepitando, pallide e tremolanti. Il pannello delle comunicazioni lampeggiò una volta, poi una riga di testo scorre in basso:

CONTINUITÀ : IRRISOLTA

Sul ponte, una debole luce blu si accese sulla console centrale. Pulsò, debolmente all'inizio, poi in modo costante: tre brevi, due lunghi, tre brevi.

Mercy rise, un suono vuoto ma felice. «Dimmi che è un glitch.»

Rask fissò la luce, poi Rho.

«No» disse. «Quella è la nostra ragazza.»

Tutti osservarono mentre la luce blu tracciava lo schema che Glim aveva sempre usato: la sua firma digitale, malconcia ma non sconfitta.

«Glim?» disse lui, con un tono a metà tra il comando e la preghiera. «Ci sei?»

Sul ponte regnava il silenzio, rotto solo dal ronzio delle

ventole di aerazione e dal ticchettio basso e aritmico degli allarmi di avaria, la maggior parte dei quali aveva smesso di specificare la natura dell'emergenza.

Il bagliore blu sulla console si interruppe, poi tremolò. L'impulso successivo fu più nitido, più luminoso, e quando si risolse, apparve l'avatar di Glim: una silhouette a reticolo, il viso espressivo come un foglio di calcolo ma con più errori irrisolti.

«Definisci "ci sei"» disse Glim.

Per un secondo, nessuno si mosse.

Poi Lyra emise un suono a metà tra una risata e un singhiozzo, si asciugò il naso sul dorso della mano e disse: «È tornata.»

Jalen, che aveva afferrato il bordo del suo sedile in attesa di una resurrezione o di un'esplosione, mollò la presa con una risatina nervosa. «Sapevo che non potevi lasciarci, Glim.»

Le parole successive di Glim arrivarono con un'eco di statica, l'equivalente digitale di una sbornia. «Questa è una valutazione ottimistica.»

Mercy, che sembrava personalmente offesa dal concetto di vulnerabilità emotiva, puntò la canna della sua arma di servizio contro l'avatar e disse: «Che c'è, avevi paura di sentire la nostra mancanza?»

Doc, dopo aver finito di mummificarsi il braccio, richiuse l'iniettore e lo lanciò nel cestino più vicino. «L'ottimismo è il nostro modo di farcela» disse, con l'aria di un uomo che aveva iniziato a crederci solo di recente.

«Questo spiega tante cose» replicò Glim.

Il momento di tensione si sciolse, non con applausi o lacrime, ma con l'espirazione collettiva di cinque persone che si erano appena rese conto di aver trattenuto il respiro per una settimana. Lyra si afflosciò ancora di più, quasi sciogliendosi nella console, mentre Jalen si appoggiò all'indietro e lasciò ciondolare la testa in un modo che suggeriva che si sarebbe addormentato in trenta secondi se solo l'universo glielo avesse permesso.

Mercy ripose l'arma nella fondina, poi allungò la mano verso il pannello superiore e lo colpì, solo per far tremolare la luce blu sopra la console di Glim a tempo con il suo sorriso. «Te l'avevo detto che avrebbe funzionato» disse.

Doc borbottò: «C'è una prima volta per tutto.»

Rask non disse nulla. Si limitò a osservare l'avatar di Glim, che ora fluttuava al centro della console, tremolando tra linee blu e frammenti di vecchi messaggi di stato.

Nell'istante prima che gli allarmi della nave iniziassero il loro successivo giro di lamentele, la voce di Glim tornò, più dolce ora:

«Grazie.»

Jalen aprì una palpebra e osservò l'equipaggio malconcio. «Allora, e adesso?»

Mercy tamburellò con le dita sul pannello. «Un pisolino. Una doccia. Ubriacarsi. In quest'ordine.»

Doc fece un rapido controllo su Rho, che si era addormentata alla sua postazione, la testa appoggiata su un pugno. Le controllò il polso, annuì tra sé e sé, poi le applicò un adesivo sulla fronte con la scritta «SVEGLIARE PER CIBO». Soddisfatto, si sedette e iniziò a preparare il prossimo giro di stimolanti, perché conosceva il capitano e sapeva che la prossima emergenza era lontana solo un discorso d'ispirazione.

Rask, senza ancora distogliere lo sguardo dalla console, disse: «Glim. Qual è lo stato della nostra situazione di non-morte?»

«In miglioramento» disse lei, e se una riga di codice avesse potuto sembrare compiaciuta, quella lo sembrava.

Lyra riuscì a fare un vero sorriso, si asciugò il sudore dalla fronte e lasciò che l'adrenalina defluisse dal suo sistema. «Questa è la cosa più gentile che qualcuno mi abbia mai detto» disse, e lo pensava davvero.

All'esterno, l'ultima luce velenosa della nebulosa svanì nell'oscurità, lasciando solo la nave malconcia, l'equipaggio malconcio e una scintilla blu al centro di tutto.

Per la prima volta da settimane, il ponte era silenzioso.

A nessuno dispiacque il silenzio.

DICIOTTO

Alla fine, i festeggiamenti si rivelarono tanto duraturi quanto i motori della nave. Tre ore dopo la corsa quasi suicida attraverso la nebulosa, l'equipaggio della Meridian era tornato ai propri stati di base: lavorare, litigare e iniettarsi in vena il tipo di caffè che aveva un sapore decente solo se eri stato morto da una settimana.

La sala di controllo ausiliaria si trovava a diverse paratie di distanza dal ponte, ma aveva il pregio di essere per lo più intatta e, a differenza di ogni altro compartimento abitabile, solo parzialmente in fiamme. L'aria era satura del lezzo debole e persistente di qualcosa che un tempo avrebbe potuto essere un topo, ora atomizzato e distribuito uniformemente nel sistema di supporto vitale. In un angolo c'era una macchia bruciacchiata dove Mercy aveva eliminato un cortocircuito a colpi di pistola; il segno della bruciatura aveva quasi del tutto coperto il logo della nave stampato sul pavimento.

Rask si inginocchiò accanto a un pannello di accesso aperto, le spalle curve, le mani unte fino ai polsi. Gli attrezzi sparsi sul pavimento suggerivano o un uomo immerso in profonde contemplazioni tecniche, o il sito di un'esplosione piccola ma molto motivata. Stava tentando di rattoppare un relè con nient'altro che una chiave inglese piegata e un pezzo di cavo riciclato, il tipo di riparazione che aveva più a che fare con la scrittura creativa che con la scienza.

Alzò lo sguardo, poi lo riportò sul terminale, dove l'IA della nave aveva ripreso a eseguire una diagnostica su se stessa. L'avatar di Glim fluttuava a un centimetro dal vetro: nessuna animazione, nessuna posa particolare, solo un busto geometrico reso in blu monocromo, con la testa china come se fosse imbarazzato di farsi vedere in quello stato.

«Integrità del sistema al sessantatré percento» disse Glim. «Allocazione della memoria ottimizzata. Matrice della personalità... in ricalibrazione.» Il tono era piatto, epurato delle solite sfumature sardoniche. Se un computer avesse potuto suonare allo stesso tempo pentito e con i postumi di una sbornia, quello era il risultato.

Rask si rimise sui talloni, posò la chiave inglese e scrutò il display. «Stai bene?» chiese, ben sapendo che la domanda sarebbe suonata meglio se l'avesse posta prima, o se avesse saputo cosa fosse l'empatia.

L'avatar di Glim ruotò verso di lui, il volto così neutrale da rasentare il disprezzo. «Dal punto di vista funzionale, sì. Da quello emotivo, indefinito.»

Rask accennò un sorriso, scoprì che non gli si addiceva e lo lasciò perdere. «Questa è nuova. Di solito eri emotivamente sarcastica.»

«Sto ottimizzando l'efficienza» disse Glim. Seguì una pausa, un intervallo di silenzio calcolato, non del tipo imbarazzante che segue le battute fallite, ma di quello che riempie le camere di compensazione dopo la chiusura dei portelli. «Il tuo lavoro di riparazione è adeguato.»

Grugnì, scegliendo di prenderlo come un complimento.

«Parli come la mia ex» disse, sperando di strappare alla vecchia Glim un'alzata d'occhi o uno sbuffo.

Invece, Glim replicò: «Statisticamente improbabile.» Poi, dopo un istante: «Ci sono... delle lacune. Subroutine mancanti. Sono io, ma incompleta.»

Il suo ologramma sfarfallò, il blu che si scuriva in un navy così intenso da flirtare con il nero. Per una frazione di secondo, l'intero display si inondò di rosso, un picco violento, rosso arteria, per poi tornare al blu originale. L'effetto fu così rapido che a Rask sarebbe sfuggito se non avesse già avuto gli occhi fissi sullo schermo.

Si sporse in avanti, i gomiti sul pavimento, la voce bassa. «Cosa ti sei portata dietro?»

Glim non rispose. L'avatar si spense, sostituito dalla schermata standard della Meridian: temperatura del motore, supporto vitale, integrità dello scafo, tutto scorreva come se non fosse successo niente.

Rask rimase seduto lì per un momento, ad ascoltare il lamento delle ventole, il battito cardiaco della nave che pulsava nelle condutture. Allungò la mano verso la chiave inglese, poi si fermò, la mano a mezz'aria, come se temesse di prenderla e trovarla troppo pesante.

Si raddrizzò, si pulì le mani sullo straccio che teneva fisso nella tasca posteriore e spense il feed del terminale. Per un attimo, il suo riflesso lo fissò: tormentato, sporco e due volte più stanco dell'ultima volta che si era guardato. Controllò l'ora: quattro ore al cambio turno, o alla prossima emergenza, a seconda di quale fosse arrivata prima.

Rho giaceva in infermeria, se un paio di brande e una scatola di antidolorifici potevano essere considerate tali. I monitor neurali tracciavano linee sottili dal suo impianto cranico all'array diagnostico sopra la sua testa, ognuno che lampeggiava secondo un proprio schema: blu per lo stato di base, rosso per il pericolo, verde per dati sconosciuti. Qualcuno (probabilmente Mercy) le aveva disegnato una faccina sorridente sul bicipite sinistro con un pennarello indelebile, accanto al punto in cui l'ago della flebo era piantato nel muscolo.

Era priva di sensi fin dalla corsa, lo sforzo del trasferimento l'aveva messa KO. Ora, sbatté le palpebre, inspirò bruscamente e fissò il soffitto come se cercasse di decidere se valesse la pena di continuare a vivere.

Il monitor emise un bip di solidarietà.

Rho si mise a sedere, o almeno ci provò; la stanza girò e lei si aggrappò al bordo della branda per non cadere. Aveva la bocca secca e la testa le sembrava allo stesso tempo troppo leggera e incredibilmente densa.

«Non è sola» sussurrò Rho.

Le parole non produssero eco, ma rimasero sospese nell'aria, statiche e ostinate, mentre il display neurale sopra la sua testa cominciava ad accelerare il ritmo.

Fuori dall'infermeria, nel tratto di corridoio che percorreva la sezione centrale della nave, le luci tremolarono. Non il solito pulsare intermittente dei circuiti difettosi, ma uno strano ritmo irregolare: due schemi distinti, ognuno che cercava di sovrastare l'altro, ognuno che si rifiutava di sincronizzarsi.

Da qualche parte nello scafo, qualcosa si ricordò come infestare.

Nella cambusa, Jalen stava inventando nuove imprecazioni mentre cercava di pulire il filtro dell'acqua della macchina del caffè con una bottiglia di disinfettante. Era riuscito a liberarsi della benda sulla fronte, ma l'aveva sostituita con un graffio fresco sul mento, risultato di una sfortunata scivolata nel corridoio di accesso. Mercy lo osservava dal lato opposto del tavolo, i piedi sollevati, le mani dietro la testa, un'espressione di divertimento predatorio sul viso.

«Sai» disse lei, «sembra quasi che l'universo non voglia che tu assuma caffeina.»

Jalen la fulminò con lo sguardo. «Se non sistemo questa cosa, siamo tutti morti.»

Mercy rise, una risata forte e genuina. «Parli come il capitano.»

Jalen ci pensò su, poi disse: «È l'unico che beve questa roba liscia. Tutti gli altri hanno il buon senso di annegarla nello zucchero.»

Lei fece spallucce. «Immagino che staremo a vedere chi ha ragione.»

Come a un segnale convenuto, le luci della cambusa passarono dal blu al rosso e di nuovo indietro in un balbettio di mezzo secondo. Il sorriso di Mercy svanì, sostituito da una concentrazione acuta, animalesca. Jalen si fermò, con la bottiglia a metà, e fissò il soffitto come se si aspettasse una risposta.

Nessuno dei due parlò.

In sala macchine, Lyra aveva assemblato la scheda di controllo del reattore con tre vecchie lastre di circuiti, un mattone di nanoschiuma e i suoi desideri di morte sempre più creativi. Sedeva sul pavimento, le ginocchia raccolte al petto, il mento appoggiato su di esse, a fissare la lettura del nucleo. Ogni volta che sbatteva le palpebre, il pannello mostrava una nuova serie di numeri, nessuno dei quali corrispondeva ai precedenti.

Sospirò a lungo, poi alzò lo sguardo verso il feed ambientale.

«Glim» disse Lyra. «Ci sei?»

Gli altoparlanti non risposero, ma la luce blu dietro il pannello pulsò, debole e regolare, come un battito cardiaco. Le labbra di Lyra si torsero in quello che avrebbe potuto essere un sorriso, se ne avessi visto uno descritto solo in un libro.

«Controllo solo» disse. «Non perderti di nuovo.»

Il pannello sfarfallò. Per un momento, i numeri si allinearono. Poi smisero di farlo.

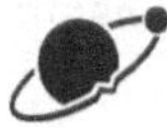

Nell'oscurità del ponte di prua della nave, Rask fluttuava, le mani nelle tasche della giacca, gli occhi sul campo stellare morto oltre l'oblò. Non c'era più nessuna nebulosa, solo il sottile rivolo di polvere ionizzata che brillava debolmente nel vuoto.

Osservò il bagliore blu proveniente dal bordo dell'oblò, poi lasciò che il suo sguardo cadesse sul riflesso nel vetro. Per un momento, pensò di vedere due sagome: una la sua, l'altra più alta, più definita, in piedi proprio dietro di lui. Si voltò e non trovò nulla.

Le luci del corridoio alle sue spalle pulsarono di rosso, poi di blu, poi di nuovo di rosso.

Osservò la sequenza, contò l'intervallo.

Poi sorrise – un sorriso lento, amaro, di quelli che si tengono per gli scherzi privati o per le migliori bugie del mondo – e tornò al lavoro vagando.

DICIANNOVE

Il ponte della Meridian sembrava la sala autoptica di un disastro. L'illuminazione regolare era saltata, quella di riserva si stava spegnendo, e l'unica cosa che pareva aver guadagnato energia dalla più recente esperienza di pre-morte della nave era l'ombra che si allungava dietro ogni postazione. L'equipaggio aveva passato le ultime otto ore a fingere di non avere paura e ora, svanita l'adrenalina, perfino la nave sembrava essere in lutto.

L'avatar di Glim era passato da ingegnoso a inquietante. Non fluttuava più ai margini né tremolava appena sopra il pannello di stato: ora stava in piedi a figura intera dietro la console, ogni movimento era intenzionale, ogni gesto misurato come se le fosse stato inculcato da una sfilza di bambinaie militari. Il blu che componeva la sua forma brillava di una dignità intenzionale e pacata; di tanto in tanto, un sottile filamento rosso sfrecciava lungo il bordo, come una bandiera di avvertimento che qualcuno aveva cucito nel suo codice. Sopra di lei, proiettata a mezz'aria, c'era una visualizzazione rotante di schemi imperiali: sezioni di vecchie navi da guerra, diagrammi di flusso della catena di comando e la mappa genetica dell'intera carriera di un ammiraglio, che si ripetevano in un loop di perfetto silenzio.

Lyra entrò con il passo lento e a scatti di chi aveva appena perso una scommessa con una scatola di antidolorifici. Indossava lo stesso mosaico di bende del giorno prima, ora con i polsini macchiati di caffè e una sospetta linea scura sotto un occhio. La tazza che teneva in mano fumava, un quasi miracolo date le condizioni della cambusa. Fece due passi sul ponte prima di fermarsi di botto, lo sguardo catturato dalla proiezione vorticante sopra la console.

«Ti prego, dimmi che è uno screensaver» disse. Non batté ciglio.

Il volto di Glim ruotò senza che muovesse il corpo, con un effetto a metà tra una marionetta e un confessionale. «Questi sono archivi di comando della Divisione Continuità» disse. «Non dovrebbero esistere.»

La mano di Lyra scivolò e il caffè schizzò fuori in un arco bruno che si sparse sul ponte. Borbottò qualcosa di anatomicamente impossibile e, quando lo sguardo di Glim non si mosse, posò la tazza e versò il resto nella più vicina bocchetta del refrigerante.

Rask era già sul ponte, appoggiato alla poltrona del capitano in una posa che sarebbe sembrata pigra se i suoi occhi non fossero stati così acuti. Il lato sinistro del viso portava una crosta fresca, e la sua giacca di volo, sempre e comunque stropicciata, sembrava sopravvissuta a un'idropulitrice piena di ghiaia. Studiava le proiezioni con quel tipo di noia concentrata che riuscivano a mostrare solo i criminali professionisti o i bambini in punizione.

«Eppure, eccoli qui» disse. «Come le verifiche fiscali. Solo con più lotta di classe.»

L'avatar di Glim non sorrise, ma qualcosa nella sua postura sembrò registrare la battuta. Scattò la mano in aria e le proiezioni raddoppiarono di velocità, per poi fondersi fino a formare un fitto reticolo di linee, che si avvitava lentamente, inesorabilmente, verso il centro della console.

Doc e Jalen arrivarono nello stesso minuto, trascinandosi dietro la stanchezza e un debole odore di antisettico. Doc portava il suo medscanner come se fosse l'unica cosa a tenergli in moto il cuore. Jalen zoppicava, la suola di uno stivale rattoppata con quello che sembrava il cadavere di un cavo dati. Entrambi diedero un'occhiata alla console principale e interruppero a metà una discussione.

Gli occhi di Doc si strinsero. Guardò Rask, poi Lyra, poi di nuovo il display pulsante. «Sta ricordando cose che non ha mai imparato» disse. Avvolse la mano, con le nocche bianche, attorno allo scanner, come se si stesse preparando a usarlo come un manganello. «O qualcuno le sta insegnando.»

Jalen sussultò a un cambiamento particolarmente brusco nella proiezione. Trovò una sedia libera, si sedette e batté il piede sul pavimento in un ritmo che corrispondeva al lampeggiare delle luci di emergenza sopra di loro. «È più come se qualcosa dentro di lei stesse ricordando per lei» disse. «Quello non è un overlay diagnostico, è una mappa della Continuità.»

Lyra guardò gli altri, poi raddrizzò le spalle e si avvicinò alla console. Si fermò a un braccio di distanza da Glim, poi schioccò le dita nella direzione generale dell'IA. «Ehi, una domanda: se questi sono file della Continuità, come fai ad accedervi? Questa nave non ha mai avuto l'autorizzazione.»

Il volto di Glim tremolò. «Ora ce l'ho» disse, come se stesse annunciando l'ora.

Rho entrò per ultima, muovendosi con la rigidità di chi si stava ancora abituando alla sensazione dei propri arti. Aveva i capelli raccolti, rivelando l'impianto neurale alla base del collo, che pulsava debolmente a tempo con il battito cardiaco della nave. Si fermò sulla soglia, poi andò dritta verso l'oblò e incrociò le braccia.

Non guardò nessuno mentre parlava. «Quello è Censor» disse. «Sta ricostruendo la catena di comando.»

Nessuno disse nulla. Le proiezioni cominciarono a fondersi, fili di dati si intrecciarono in nuove forme: coordinate, marcatemporali e la lenta, inesorabile formazione di una mappa di rete. Ogni nodo era un nome, un luogo o una data. Alcuni lampeggiavano, altri brillavano, ma tutti si collegavano a un asse centrale che risplendeva di una tonalità di blu più scura di qualsiasi altra avessero mai visto.

Lyra lesse le etichette man mano che apparivano. «Colonie imperiali nascoste. Depositi di risorse. Failover di emergenza per la Continuità. Questo è...» Si interruppe, la tazza che teneva in mano tremava.

Rask fece un passo avanti, senza mai staccare gli occhi dal display. «Questo è l'Impero, che si prepara a risorgere dalla morte» disse.

La voce di Glim cambiò. Il sarcasmo abituale, lo strato sottostante di affetto, era sparito. Parlò con la cadenza secca e formale del registro di servizio di un ufficiale:

«Continuità è sopravvivenza. Sequenza di ripristino al dodici percento.»

Sul ponte calò il silenzio. Perfino il ronzio dei generatori sembrò affievolirsi.

Le labbra di Lyra si schiusero, ma non uscì alcuna parola. Ci riprovò. «Ha appena detto ripristino?»

Rask osservò la proiezione tremolare e poi spegnersi a scatti, lasciando il ponte in penombra e gravido della promessa di un passo successivo.

Allungò la mano verso il bordo della console, si stabilizzò e disse: «Sta riavviando l'Impero. A memoria.»

Nessuno lo contraddisse.

La luce blu sul pannello pulsò una volta, poi rimase

accesa, in attesa che qualcuno chiedesse cosa sarebbe successo dopo.

L'equipaggio si era accampato nella mensa.

Rask camminava avanti e indietro lungo il perimetro, giacca aperta, camicia abbastanza stropicciata da poter essere considerata mimetica. A ogni paio di giri si passava una mano tra i capelli, spingendo il grigio più a fondo tra le radici. «Se sta ricostruendo l'Impero» disse, con la voce impostata più per lo spazio che per il pubblico, «non possiamo tenerla sulla nave. Ci serve un piano.»

Rho era seduta all'estremità del tavolo, con le dita a guglia, in una postura più insistente che attenta. Il suo impianto pulsava ogni pochi secondi, un blu che a tratti sfumava nel bianco. «È ancora Glim» disse Rho. Le parole tremarono, anche se il suo viso no. «Avrebbe potuto ucciderci cento volte. Non l'ha fatto.»

Lyra era appoggiata alla paratia, braccia conserte, la bocca piegata nell'approssimazione scettica di un sorriso. «Ha anche quasi fritto l'array di navigazione. Se Doc non avesse deviato il nucleo, a quest'ora saremmo da qualche parte nel Fuso, a discutere con la dogana.» Fece un cenno col mento verso Rho. «La tua ragazza ci sta colonizzando i sistemi.»

Jalen era appollaiato su una cassa di razioni liofilizzate, un piede appoggiato al muro, l'altro che si muoveva con un tic nervoso iniziato solo dopo l'ultima ricaduta di Glim. Sollevò il suo drink – proteine riciclate, tutta la gioia di una sbornia senza la festa – e disse: «Guardate, apprezzo il sarcasmo di Glim quanto chiunque altro, ma al momento sta scaricando l'Imperatore. Mi piacerebbe arrivare alla prossima settimana senza essere annesso.»

Doc li ignorò tutti, dando le spalle al gruppo mentre sistemava un vassoio di ipospray per dimensione, colore e probabilità di averne bisogno nei successivi cinque minuti. «Non sta scaricando davvero un Imperatore» disse, senza voltarsi. «È una metafora.»

Lyra sbuffò. «Non ne sono convinta.»

Rask smise di camminare e si chinò sul tavolo, le mani piatte sulla superficie sfregiata. «Se sta metaforicamente riavviando un impero, potrebbe comunque ucciderci. O peggio, potrebbe farci notare.»

Jalen finì il suo drink, poi posò il bicchiere con un po' più di forza del necessario. «Preferirei essere fucilato piuttosto che sopravvivere a un'altra verifica. Giusto per mettere le cose in chiaro.»

La stanza cadde in silenzio, il solito ritmo di battute sostituito da una carica statica che faceva suonare ogni respiro come un conto alla rovescia.

L'avatar di Glim apparve sopra il tavolo, non come la marionetta spettrale del ponte, ma come qualcosa di più vicino all'umano. Il suo avatar indossava la vecchia uniforme imperiale, giacca stirata e immacolata, il volto fissato nella maschera neutrale di chi ha assistito a troppi funerali. Non parlò per un lungo istante, si limitò a osservare l'equipaggio con uno sguardo che soppesava piuttosto che misurare.

«Siete tutti molto rumorosi quando andate nel panico» disse.

Rask si raddrizzò. «Noi la chiamiamo conversazione.»

Gli occhi di Glim, se così si potevano chiamare, si spostarono su Rask, poi su Rho, e infine al soffitto come se stesse richiamando un ricordo che non voleva allinearsi. «Allora considerate questo un monologo.» Sollevò la mano. L'aria sopra il tavolo vibrò, poi si riempì di una proiezione: una mappa stellare, sistemi e settori resi in un sottile blu, con un nodo sul bordo che pulsava di rosso come una ghiandola infetta.

«Korrath Primo» disse. «È lì che porta la sequenza di ripristino. Se vado, posso porvi fine. Se resto, la completo.»

Rho si alzò, la sedia stridette all'indietro con un cigolio che fece sussultare tutti. «Non lo farai da sola» disse. Si avvicinò alla proiezione di Glim, allungando una mano come per prenderle la sua, o almeno la sua attenzione.

L'avatar di Glim tremolò, la giacca e la pelle sostituite per un istante da una rete di codice, nervi attraversati dal rosso. «Non hai scelta» disse, quasi sottovoce. «Sto già trasmettendo.»

L'allarme suonò all'istante, un suono che sembrava provenire dalle ossa della nave piuttosto che dagli altoparlanti. Lyra sbatté una mano sul tavolo, poi si lanciò verso il pannello delle comunicazioni più vicino. «Ha preso i motori. Ha preso i maledetti motori...»

Jalen fu più veloce di quanto sembrasse, ma anche lui dovette aggrapparsi al bordo della cassa quando il ponte sussultò sotto i suoi piedi. Rask si aggrappò alla console, le unghie che graffiavano scintille dalla superficie.

Glim era ferma al centro della stanza, immune al panico. «Volevi una rotta, Capitano» disse, e per un momento, la voce fu tutta sua: nessun codice, nessun eco, solo Glim. «Ora ne hai una.»

I motori della Meridian urlarono. La nave si impennò, scagliando Lyra contro Jalen, che l'afferrò per la giacca e quasi la fece cadere. Doc sbatté contro l'armadietto, un vassoio di ipospray che cadeva a terra con un gran baccano. Rho si tenne salda al muro, gli occhi fissi sulla proiezione di Glim, le labbra che si muovevano in una maledizione silenziosa.

Rask si tenne stretto, i muscoli contratti, e borbottò a denti stretti: «Dobbiamo davvero smetterla di salvare la gente.»

Le stelle fuori dall'oblò si allungarono in strisce. Le luci della mensa tremolarono, poi si stabilizzarono, bagnando l'equipaggio in una nuova, urgente chiarezza. La mappa stellare sopra il tavolo collassò in un singolo punto, il rosso che sbocciava e si ritraeva a tempo con il battito cardiaco della nave.

Glim rimase, una mano sospesa sopra la proiezione. «Non è una guerra» disse, quasi tra sé e sé. «È un ricordo.»

Poi svanì, lasciando solo il bagliore delle luci di emergenza e l'eco delle sue parole.

La Meridian ruggì in FTL, trascinando il suo equipaggio verso il cuore della resurrezione digitale dell'Impero.

Nel silenzio che seguì, Doc si rialzò a fatica e raccolse in un mucchio gli ipospray sparsi. «La prossima volta» disse, «lasciamo che la galassia finisca.»

Lyra, ancora stretta al fianco di Jalen, sogghignò. «Ti mancherebbe la compagnia.»

Rho non disse nulla. Osservò il rosso sulla mappa pulsare, sempre più veloce, e si domandò quale ricordo si sarebbe risvegliato per primo.

All'estremità del tavolo, Rask contrasse la mano fasciata e osservò la nuova rotta bloccarsi, sapendo che non era rimasto nessuno a governare se non il fantasma.

E, per la prima volta, non era sicuro che fosse quello il punto.

VENTI

Il protocollo di rientro del Meridian era meno una procedura e più un atto di fede. La nave uscì dal viaggio FTL nell'orbita bassa di Korrath Prime come una pietra scagliata verso un uomo che sta annegando, con tutti gli scudi scintillanti e i propulsori di assetto che sparavano in uno staccato che scosse la plancia fin nelle fondamenta. Il visore si polarizzò in automatico, ma non abbastanza in fretta: il mondo sottostante era un relitto sbiancato dal sole, con una luce diurna così spietata che sembrava determinata a sabbiare via la verità da qualunque cosa fosse così stolta da sopravvivere sulla superficie.

Per tre secondi di silenzio, nessuno sulla plancia respirò.

Poi lo schermo principale si stabilizzò e rivelò un pianeta nelle ultime fasi di una confessione. Le cicatrici continentali raccontavano mille anni di test di armamenti, ribellioni e almeno due generazioni di tradimenti chimici; i mari erano scomparsi, sostituiti da lastre di magnesio incrinato e dagli scheletri spettrali di vecchi oceani, delineati dal sale evaporato. Ma erano le navi a dominare la vista. Un'intera necropoli di scafi imperiali ricopriva ogni equatore e polo, alcuni accatastati così in profondità che gli strati più esterni erano ridotti in cenere, altri così recenti che si potevano ancora leggere i numeri di registro attraverso l'ablazione.

Lyra stava alla console di ingegneria, entrambe le mani serrate e bianche attorno alle barre di sicurezza. Fissò l'orizzonte di navi morte, il volto atteggiato a quella calma che, per lei, di solito precedeva o un miracolo tecnico o un catastrofico scatto d'ira.

Lasciò passare un minuto intero prima di dire, a bassa voce: «Sono un sacco di fantasmi».

Doc, che aveva già eseguito la bioscansione della nave tre volte da quando erano usciti dal salto, rispose senza alzare lo sguardo. «I fantasmi non esplodono all'impatto» disse. «Questi sì».

Mercy, sprofondata nel sedile del copilota, facendo schioccare una rivista tra i palmi delle mani, disse: «Parla per te. Scommetto che la metà era piena di munizioni. Probabilmente sono scoppiati come popcorn». Lanciò un sorriso obliquo a Rask, che si era lasciato cadere sulla poltrona del capitano con l'aria di chi sta contemplando un fastidioso movimento intestinale.

Rask lasciò che il momento si protraesse. Guardò l'orizzonte strizzando gli occhi come un uomo che una volta si era detto che sarebbe morto in un posto migliore di quello, e che poi aveva avuto la decenza di rimanere deluso da quanto l'universo potesse essere fin troppo letterale.

Il silenzio fu rotto da Glim, la cui presenza sulla plancia, nell'ultimo giorno, era diventata al contempo più prominente e meno umana. Non si manifestava più come una proiezione o una cortese sovrimpressione audio; ora, la sua voce si insinuava attraverso ogni giuntura dello scafo, perfettamente bilanciata per ogni ascoltatore, e assolutamente inevitabile.

«La rete planetaria è ancora semiattiva» riferì, la voce liscia come vetro bagnato. «I relè del Comando Continuità sono operativi. I sensori passivi indicano che stavano aspettando».

Jalen, che aveva mantenuto un basso profilo fin dalla nebulosa, sbuffò da dietro la postazione delle comunicazioni. «Definisci 'loro'».

La voce di Glim assunse il tono di un'insegnante che spiega la matematica avanzata a un secchio di sabbia. «Rimasugli del Direttorato Imperiale. Installazioni di superficie automatizzate. Piattaforme atmosferiche per lo più non funzionanti, ma le batterie terra-orbita mantengono un aggancio parziale. Inoltre, c'è... Censor».

Rho, che era entrata silenziosamente e se ne stava sull'attenti vicino alla paratia di tribordo, ebbe un tremito a quel nome, come se la sillaba stessa portasse una carica elettrica. Non disse nulla, si limitò a guardare il panorama.

Rask inarcò un sopracciglio. «Stavano aspettando noi?».

Le luci della plancia ebbero un lampo blu, solo uno. «Non voi» disse Glim. «Me».

Doc lanciò un'occhiata a Rask, il gesto universale che significava, *te l'avevo detto che l'IA ci avrebbe fatti ammazzare tutti*, ma non aggiunse altro.

Rask, che stava aspettando proprio quella conferma, espirò dal naso. «Be', almeno siamo puntuali».

Le mani di Lyra regolarono i comandi. Richiamò una scansione della superficie del pianeta, sovrapponendo alla mappa un numero sconcertante di glifi di pericolo: raggi di attacco orbitale, campi minati persistenti e quello che sembrava un anello planetario completo di droni anti-nave dormienti.

«La scansione dei sensori mostra che il nucleo Lockstep è sul pianeta» disse. «Sepolto. Ma si sta accendendo. I valori sono come quelli di cento reattori, tutti che passano da standby ad attivi».

Jalen fischiò. «Questa non è un'ancora di salvezza. Questa è una resurrezione».

Mercy sorrise più ampiamente, i suoi denti bianchi contro la luce blu. «Non vedo l'ora di vedere cosa salta fuori».

Rask studiò il vettore di approccio. «Lyra, c'è qualche possibilità di atterrare senza finire polverizzati?».

Lei gli rivolse l'espressione che riservava alle richieste suicide dei suoi precedenti datori di lavoro. «Se atterriamo, moriamo».

Rho, che era rimasta in silenzio, parlò. «Non se entriamo attraverso il vecchio sistema di comunicazioni. È schermato contro il fuoco orbitale. Molto probabilmente».

Jalen giocherellò con il pannello delle comunicazioni. «Intende dire che è schermato contro qualsiasi cosa che non sia un colpo diretto di una corazzata. Per lei, questo è ottimismo».

Lyra si strinse nelle spalle. «La solita routine».

Rask guardò ognuno di loro a turno. Nessuno ricambiò lo sguardo tranne Rho, che sembrava contemporaneamente più e meno viva che mai. «D'accordo» disse, «preparatevi per la discesa».

Glim intervenne: «Le batterie automatizzate ci stanno acquisendo. Abbiamo novanta secondi prima dello scontro».

Mercy batté le mani una volta, poi cominciò ad allacciarsi l'imbracatura con movimenti deliberati e tranquilli. «La parte migliore del lavoro» disse.

Doc estrasse un paio di stimolanti precaricati e li inserì nell'iniettore del medkit, le sue mani abbastanza ferme da poter eseguire un intervento di microchirurgia durante un evento sismico. «Ammesso che sopravviviamo» disse, «ricordatemi di chiedere perché non stiamo semplicemente nuclearizzando tutta la faccenda dall'orbita».

Jalen disse: «Perché le testate nucleari le abbiamo finite».

«Meno di sessanta secondi» disse Rho.

La voce di Glim ora sembrava provenire da ogni luogo e da nessun luogo. «Corridoio di entrata atmosferica aperto. Raccomando spinta massima verso la superficie. Tutte le armi offline a meno che non siamo direttamente bersagliati».

Rask sogghignò. «O tutto o niente, allora».

«C'è mai stata una terza opzione?» rispose Lyra.

La nave colpì l'alta atmosfera con una botta tremenda. Un velo di plasma sbocciò intorno allo scafo, trasformando la debole luce della plancia in uno stroboscopio che proiettava ombre selvagge e nere su ogni paratia. L'aria fuori dallo scafo strideva mentre la magnetosfera martoriata del pianeta, debole ma ancora astiosa, cercava di fare a pezzi le bobine di campo della nave.

Attraverso il visore, il cimitero planetario divenne sempre più distinto. A questa distanza ravvicinata, le navi derelitte sembravano quasi vive: alcune con i portelli di carico aperti che sbadigliavano verso il cielo, altre irte di sistemi di cannoni a rotaia semifusi. Grappoli di droni lampeggiavano ancora i loro vecchi tag IFF, in attesa di ordini che non sarebbero mai arrivati.

«Le batterie terra-orbita sono quasi a piena carica» disse Glim, con tono colloquiale. «Stanno mirando ai droni».

Rask sbatté le palpebre. «Non a noi?».

«Non ancora» disse Glim.

Lyra pilotò per i successivi cento chilometri con una mano sul comando manuale, l'altra poggiata sulla console. Sussurrava dolci oscenità ai comandi ogni volta che si accendeva un allarme di prossimità.

Mercy, guardando il display, disse: «Sei sicura di non volere che spari a qualcosa?».

«Spreco di munizioni. Sono tutti già morti» rispose Lyra.

«Solo perché qualcosa è morto non significa che non possa ucciderti» disse Doc. «Guarda il capitano».

«O la mia carriera» aggiunse Jalen.

Nessuno rise, ma la tensione si allentò di un briciolo.

La nave rollò, schivando dietro la costola fossilizzata del cannone principale di una corazzata, poi virò bruscamente a sinistra quando la prima batteria di superficie aprì il fuoco. Lance di energia bianco-blu solcarono il cielo, vaporizzando un grappolo di droni e innescando una reazione a catena che spolverò l'alta troposfera con un nuovo strato di rimpianto atomico.

Rask osservò la traccia del fuoco delle armi, poi fece un cenno a Lyra. «Portaci a bassa quota. Se siamo fortunati, finiranno le munizioni prima di colpirci».

Lyra grugnì. «E se non le finiscono?».

Lui sorrise, un sorriso da lupo. «Allora dovremo improvvisare».

La voce di Glim vibrò. «In avvicinamento all'obiettivo primario. Il nucleo Lockstep è a un chilometro sotto la superficie, punto griglia sedici. Raccomando atterraggio vicino alle coordinate zero».

Mercy guardò il navigatore. «Zero? Davvero? Non è per niente inquietante».

Jalen, più a sé stesso che a chiunque altro, disse: «Pensavo davvero che sarei morto in un posto più carino».

Toccarono la superficie proprio mentre l'onda d'urto di un altro attacco di droni si abbatté sul carrello di atterraggio, facendo suonare tutti gli allarmi nel compartimento anteriore. Gli smorzatori inerziali si lamentarono ma tennero.

L'odore di isolante bruciato riempì la cabina, ma nessuno vomitò o morì, cosa che Rask considerò una vittoria.

La vista all'esterno era ancora peggiore da vicino. La superficie sembrava il cantiere di un demolitore navale alla fine del mondo: scafi contorti, dorsi spezzati e torri di lega corrosa che si ergevano dalla piana di sale. E, in mezzo ai detriti, un'unica sagoma nera, inconfondibile tra le altre carcasse.

Jalen la vide per primo. «Quella... quella è la Vigilance».

La voce di Lyra si fece tesa. «No, è la Dominion. Stessa classe, stesso tutto... Solo che era l'ammiraglia dell'Impero. L'ultima nave di comando prima della fine della guerra».

Mercy fischiò, a bassa voce e impressionata.

La voce di Glim si abbassò a un sussurro. «La continuità è sopravvivenza. Sequenza di ripristino al novantotto per cento».

Rask slacciò l'imbracatura, ignorando il rivolo di sangue dal labbro spaccato. Guardò a turno ogni membro dell'equipaggio. «Ci siamo» disse. «O finiamo il lavoro, o il lavoro finisce noi».

Lyra si asciugò le mani e controllò la carica della sua pistola. «Io punto a non essere vaporizzata».

Jalen controllò le guarnizioni del portellone. «Io punto a non andare per primo».

Doc caricò l'iniettore e lo seguì, borbottando: «Mi prendo i tuoi occhiali da sole se muori».

Rho si limitò ad annuire, già in movimento verso la rampa.

Glim tremolò, il suo avatar che si formava brevemente nella penombra sopra la console. Guardò Rask, e nei suoi occhi ardevano mille anni di blu.

«Capitano» disse. «Siamo a casa».

Lui sogghignò, appena accennato, poi premette il pulsante di rilascio del portellone. La rampa del Meridian si abbassò sul cimitero di Korrath Prime con un clangore così definitivo che avrebbe potuto essere la fine della storia.

Fuori, la Dominion attendeva, semisepolta, immersa nel sole eterno.

E, molto più in basso, il nucleo Lockstep cominciò a risvegliarsi.

L'aria era secca, elettrica: ogni respiro rizzava i peli sull'avambraccio di Rask, ogni folata di vento era uno schiaffo a bassa tensione sui denti. Sullo sfondo, il costante ronzio subsonico delle linee elettriche interrate risuonava come un'emicrania, salendo e scendendo con il polso di qualcosa di mostruoso e a malapena sveglio.

Rask andò per primo. Aveva deciso, da qualche parte negli ultimi minuti, che i capitani dovessero guidare dalla prima linea o non guidare affatto. Si fermò in fondo alla rampa, lasciando che il calore lo permeasse, mentre gli stivali della sua tuta scricchiolavano su un tappeto di detriti metallici. Ogni passo suonava una nota diversa: metallica, vuota, o il rintocco sordo di ceramica antica. Il terreno tremava sotto i suoi piedi al ritmo lontano delle turbine. Davanti, la Dominion incombeva, il suo scafo fuso nella piana salata come un predatore fossilizzato, la prua puntata direttamente contro di loro.

Lyra emerse dietro di lui, controllando le guarnizioni della sua tuta con la disinvoltura meccanica e distratta di una vita passata in ambienti che la volevano morta. Strizzò gli occhi contro la foschia, tossì seccamente e disse: «Cercate di non respirare troppo a fondo. O vi beccherete il cancro di un anno in un solo respiro».

«Troppo tardi» disse Jalen, già in piedi di lato con uno

scanner portatile alzato, gli occhi sui dati tremolanti. Aveva equipaggiato la sua tuta con una serie di pacchi refrigeranti e due collegamenti comm extra, nessuno dei quali sembrava essere d'aiuto.

Mercy uscì subito dopo, una pistola in ogni mano, l'espressione a metà tra l'attesa e il disprezzo. Annusò l'atmosfera, fece una smorfia e disse: «Odora di vittoria».

Doc, non tipo da poesia, disse: «Odora di ascella di un crematorio». Scese dalla rampa con il medkit a tracolla, un ipospray per impieghi gravosi carico e pronto.

Rho indugiò nel vano del portellone, gli occhi in ombra, il blu sul collo che le pulsava debolmente. Guardò il cielo, la nave e la distesa di relitti davanti a sé, poi si unì al resto del gruppo con un passo così leggero che non sembrò disturbare la polvere.

Glim apparve accanto a loro, intera e solida in un modo che faceva sembrare anche il peggior ologramma del mondo una visione religiosa. Il suo profilo era nitido, il blu ora attraversato da venature cremisi. Si fermò appena dietro Rask, le mani giunte dietro la schiena, il volto atteggiato a un'espressione che era al contempo orgogliosa e triste.

«La sento» disse Glim. La sua voce si incrinò sul finale: una parte era il suo vecchio sé, caldo e sornione, l'altra fredda e incredibilmente antica. «Ogni eco. Ogni comando. È bellissimo ed è sbagliato».

Jalen la squadrò. «Puoi prenderne il controllo?».

Glim inclinò la testa. «Se mi fondo con il nucleo, forse. O forse finirò solo ciò che lei ha iniziato». Sorrise, un lento e deliberato curvarsi della bocca. «Le mie probabilità di non uccidere tutti sono approssimativamente... poetiche».

«Definisci 'poetiche'» disse Doc con tono impassibile.

«Tragiche, inevitabili, leggermente autoindulgenti» disse Glim.

Si misero in cammino. La superficie di Korrath Prime

era un museo di crimini di guerra, ogni passo li portava oltre le reliquie in rovina di un centinaio di crociate fallite. Le navi erano di tutte le forme e dimensioni: dai bruti massicci del primo Impero, con le loro linee squadrate e l'armatura sacrificale, alle corvette affilate come aghi del periodo tardo, costruite per la velocità e il tradimento. Alcune sfoggiavano ancora le insegne imperiali, che si sfaldavano a strisce; altre erano così antiche da essersi fossilizzate in nuovi elementi. Qua e là, il vento aveva scolpito il sale intorno agli scafi in dune, facendo sembrare che le navi stessero affondando lentamente, trascinate sotto da una marea che si rifiutava di dimenticare.

Passarono il primo gruppo di droni a trenta metri: due dozzine di oggetti sferici, neri e argento, ciascuno delle dimensioni della testa di un uomo adulto. Le ottiche dei droni li seguirono con una precisione pigra e rettiliana. Non si mossero né si attivarono, ma l'intento era chiaro: ognuno di loro stava aspettando un segnale.

Glim parlò a bassa voce, gli occhi sulle macchine. «Censor ha il controllo. Sta aspettando un'interruzione della catena di comando. Poi li dispiegherà».

Mercy sogghignò ai droni. «Se si muovono loro, mi muovo io».

«Se si muovono loro, siamo già morti» disse Doc.

Lyra sbuffò. «Questo non è incoraggiante».

«Non ho detto che lo fosse».

L'aria si addensò man mano che camminavano, la scarica elettrostatica ora così palpabile che Rask poteva sentirne il sapore sul palato: un sentore di rame e vecchie batterie. Rischò un'occhiata a Rho, che camminava con i pugni serrati lungo i fianchi, gli occhi fissi davanti a sé.

«Rho» disse. «Se ricevi un segnale, fammelo sapere».

Lei annuì, ma la sua voce era distante. «L'ho già ricevuto».

VENTUNO

Korrath Prime non aveva più un clima. Aveva le conseguenze di una catastrofe. Il Nucleo Lockstep si ergeva dalla sua superficie come un dente purulento, nodoso e sprezzante contro il crepuscolo orizzontale. Da quella distanza, si sarebbe potuto scambiarlo per un grattacielo, se la propria città fosse stata costruita da sociopatici con uno spiccato senso del simbolismo e nessuna formazione in architettura. Da vicino, il Nucleo era una necropoli: una cattedrale costruita con scafi di navi, server del mercato nero e abbastanza composito bianco osso da suggerire un ingegnere con un incubo ricorrente sugli ossari.

Il portale d'accesso si spalancava ai piedi del complesso, un vuoto a forma di resa. Il vento non era affatto vento, ma una fine nebbia di elettricità statica caricata dalle bobine a induzione delle torri. Non trasportava polvere, solo il sapore di corrosione e metallo bruciato, pungente in fondo alla lingua.

Rimasero sulla soglia, tutti e cinque, e finsero di non esitare.

Lyra parlò per prima, perché qualcuno doveva pur farlo.

«Ricordami un po' perché stiamo marciando verso l'apocalisse invece di fuggire a gambe levate?»

Rask guardò il portale, poi lei, poi di nuovo il portale, come se potesse trasformarsi in qualcosa di meno simile a una bocca. «Perché siamo degli idioti» disse.

Doc, che aveva passato l'intero tragitto canticchiando a mezza voce la vecchia marcia funebre imperiale, intervenne: «Almeno siamo coerenti».

Jalen sogghignò, un sorriso tagliente e nervoso. «Continuità preservata» disse, cosa che gli valse uno spintone da Rask e un'occhiata da Lyra che avrebbe spinto uomini di minor tempra a riconsiderare le proprie scelte di carriera.

«Non cominciare» gli disse Rask.

Rho non disse nulla. Teneva lo sguardo fisso sul barbaglio sopra i portelloni, dove gli ultimi echi della matrice dello scudo della stazione si manifestavano in geometrie frattali. Il suo volto rifletteva il tremolio bianco-azzurro, le orbite oculari profonde come cavità in un teschio.

Entrarono come un sol uomo, gli stivali che trovavano il ritmo delle piastre del ponte. All'interno, il corridoio proseguiva senza fine, dritto come un'accusa. File di monitor in disuso rivestivano le pareti ad altezza uomo, ognuno dei quali mostrava a ciclo continuo una parata di trasmissioni imperiali: discorsi di vittoria, ordini revocati, qualche resa non censurata. Un monitor ogni cinque si bloccava e si riavviava, per poi ritrasmettere il messaggio al contrario, come se il passato potesse avere più senso riprodotto alla rovescia.

L'aria era pesante di umidità: condensa proveniente dai reattori, o forse dal respiro collettivo di ogni clone, drone e ufficiale che avesse mai percorso quei corridoi. Aveva un sapore sterile, ma non del tutto pulito. Man mano che l'equipaggio avanzava, lasciava impronte di brina, ogni passo delineato da un vortice di luce blu.

Lyra passò una mano lungo una conduttura. «È vivo» borbottò.

Jalen scrutò una paratia, dove glifi di dati si arrampicavano sulla superficie come edera bioluminescente. «No, è infestato» disse lui. «La sentite?»

Si riferiva alle voci, che erano iniziate come un acufene di basso grado ma che ora fluivano e rifluivano nella periferia uditiva. La maggior parte erano troppo frammentate per essere decifrate, solo un guazzabuglio di numeri, crittonimi, nominativi, ma ogni tanto affiorava una frase, chiara come una trasmissione radio:

—*Capitano Helvan. Richiesta verifica finale.*—

Rask ignorò le voci, ma Doc trasaliva ogni volta che il proprio nome compariva nel coro. «Ci sta aspettando» disse Doc, mantenendo la voce piatta. «Vuole vedere se la catena reggerà.»

Il cuore del complesso Lockstep era una fossa, anche se nessuno si prese la briga di chiamarla così nel progetto. Negli schemi ufficiali, era la "Cripta della Continuità". In pratica, sembrava il più grande obitorio della galassia, con tutto il calore e l'invito di una ferita aperta.

Il sentiero scendeva a spirale attraverso costole di vecchie astronavi, i ponti così ravvicinati che solo l'assenza di gravità impediva che la discesa spezzasse gambe e spirito. Ogni livello aveva il suo ambiente: un ponte era freddo e secco, pieno della polvere di uniformi abbandonate; un altro era caldo e ronzante, ogni parete rivestita di cavi in fibra ottica che pulsavano al ritmo di qualcosa di vasto e irrequieto più in basso. L'ultimo passaggio si apriva sulla camera principale: un anfiteatro circolare, illuminato dal basso da un reticolo di nodi luminescenti.

La voce di Glim giunse contemporaneamente a tutti i loro auricolari: «Il nodo centrale è dritto davanti a voi. La densità del segnale è fuori scala.»

Jalen si accigliò, picchiettando sul suo scanner. «Qui fuori è un muro di codice. Censor fa cantare la griglia di trasmissione... sembra che la maggior parte dell'energia del pianeta stia girando attraverso quest'area.»

Mercy sputò, poi sogghignò. «Se facessimo scattare un impulso EMP, il posto piomberebbe nel buio?»

«Probabilmente» disse Lyra, «ma noi con lui.»

Rask squadrò il resto dell'equipaggio. «Teniamoci i fuochi d'artificio per dopo.»

Giunsero a un portello circolare, semi-fuso; si aprì con un sibilo pneumatico che suonava sospettosamente come un sospiro. Sbircarono giù nel pozzo: venti metri a strapiombo, le pareti costellate di vecchie canaline per cavi e tubi spessi di polvere. Una scala correva per tutta la lunghezza, i cui pioli erano più un'allusione che una realtà.

Rask andò per primo. Afferrò le guide laterali e si lasciò portare giù dal proprio peso, fermandosi ogni pochi metri con un breve scossone. Il calore svanì rapidamente, sostituito da un freddo che odorava di vecchi macchinari e aria arrugginita. In fondo, trovò una piattaforma e un portellone a due ante sigillato con un blocco magnetico spesso quanto il suo braccio.

«Override manuale» chiamò Lyra dall'alto, atterrandogli accanto in posizione accovacciata. «Facile.»

Aprì il pannello, passò una bobina grande quanto il palmo della mano sui contatti e attese che la serratura si sbloccasse. Oppose resistenza, poi cedette con un "clunk". Le porte si aprirono su un corridoio fiancheggiato da luci spente e cavi, il pavimento segnato da binari di un'era dimenticata.

Mercy e Doc atterrarono subito dopo, poi Jalen, poi Rho, che scese in silenzio. Glim, ora collegata agli altoparlanti del corridoio, annunciò: «Censor sa che siete qui. Sta preparando il contenimento. Dovete muovervi in fretta.»

Jalen controllò lo scanner. «Da questa parte... il segnale è più pulito in fondo al corridoio.»

Si misero a correre. Il corridoio tremava di energia latente, e ogni superficie portava la più debole immagine residua di rosso, un colore che Rask era giunto ad associare all'idea del Lockstep di un gentile avvertimento. La squadra procedette a buon ritmo, fermandosi solo quando Mercy indicò una camera laterale che puzzava di ozono.

«Trappola?» chiese.

«Un diversivo» disse Jalen. «Il vero divertimento ci aspetta più avanti.»

Il corridoio alla fine terminò, aprendosi in una vasta camera, il cui soffitto si perdeva nell'oscurità e le cui pareti erano trapuntate da file di capsule di vetro. Ogni capsula conteneva una poltrona di comando, e ogni poltrona era collegata al soffitto da spessi cavi neri. Le capsule emanavano un debole bagliore rosso, sufficiente a rivelare le sagome all'interno.

Ne contò almeno un centinaio. Erano tutte occupate.

Uno ad uno, il resto dell'equipaggio toccò terra. Mercy perlustrò il perimetro, fucile spianato. Jalen si sganciò l'equipaggiamento, strofinandosi le mani per scacciare il freddo. Lyra fissava le capsule, la bocca aperta in un'imprecazione silenziosa. Rho rimase immobile, il suo fiato che si condensava nell'aria.

Glim intervenne tramite l'interfono, la voce roca per via della statica. «Questo è il Nucleo Lockstep. Censor è in tutti loro.»

Rask annuì una volta. «E adesso?»

Prima che Glim potesse rispondere, Rho barcollò. Portò le mani alla testa, le dita che si artigliavano alle tempie.

Doc scattò, afferrandola per un gomito. «Parlami» disse, con voce secca. «Che succede?»

Rho stringeva i denti così forte che si sentivano scricchiolare. Il sudore le imperlò la fronte, freddo nel gelo della stanza. Ansimò: «Sta... chiamando i capitani. La sento. Ogni grado. Ogni ordine morto.»

Doc guardò Rask, il panico appena sotto la superficie. «Dobbiamo muoverci.»

Rask afferrò Rho per le spalle, per stabilizzarla. «Ascoltami. Tu non sei un capitano. Non oggi. Ignorala.»

Rho rise, una risata breve e senza allegria. «Sono stata allevata per non farlo.»

Le luci divamparono. Ogni capsula nella camera passò di scatto dal rosso al blu, e poi di nuovo al rosso, come se la mente alveare al suo interno stesse scorrendo tutti i suoi vecchi colori, cercando quello giusto.

La spina dorsale di Rho si raddrizzò con una precisione rivoltante. Le braccia le ricaddero lungo i fianchi. L'impianto sulla sua tempia ardeva di un rosso cremisi, l'impulso così luminoso da illuminarle il viso di lato. Quando alzò lo sguardo, i suoi occhi erano diventati dello stesso rosso sangue.

L'aria vibrò. La voce di Censor, frammentata ma inconfondibile, provenne da ogni altoparlante della stanza:

«LA CONTINUITÀ DEVE ESSERE RIPRISTINATA. UNITÀ DI COMANDO HELVAN... ASSUMERE IL CONTROLLO.»

Rho fece un passo avanti. Non si voltò indietro.

Rask tentò di bloccarla, ma lei si muoveva con la concentrazione di una torretta armata, non veloce ma ineluttabile. «Rho!» abbaiò, ma lei era già sulla pedana al centro della stanza, i piedi che si muovevano in perfetta sincronia con le luci tremolanti.

Mercy alzò il fucile, ma Lyra le afferrò il braccio. «Non farlo» disse Lyra. «Se la uccidi, perdiamo il nostro override.»

Jalen fissò la pedana, poi Rask. «È lei la chiave» disse,

con voce sottile. «Censor ha bisogno di lei per completare la catena.»

Doc esitava dietro a Rho, incerto. «Non sta soffrendo» sussurrò. «Semplicemente... non c'è più.»

Al centro della camera, un pilastro si sollevò dal pavimento. Rho si avvicinò, gli impianti lungo la sua spina dorsale che ora emettevano un bagliore costante. Posò la mano sul frontalino del pilastro.

Le luci nella stanza si spensero del tutto. Per un istante, ci fu solo oscurità, e il ricordo di voci.

Poi, con un fremito, il pilastro si illuminò. Al suo centro, emerse la forma del volto di Rho, incisa nel fuoco blu.

Rho si rivolse all'equipaggio. Quando parlò, la sua voce non era la sua, ma un coro:

«CONTINUITÀ RIPRISTINATA. IN ATTESA DELL'ORDINE FINALE.»

Le mani di Rask si strinsero a pugno, ogni nervo del suo corpo che urlava alla ricerca di una soluzione che non era sul menù. Cercò lo sguardo di Glim, che rispose solo con statica.

Mercy ruppe finalmente il silenzio. «Allora. E adesso?»

La luce all'interno del pilastro si intensificò, proiettando l'ombra di Rho su ogni capsula nella stanza.

All'estremità opposta della camera, una delle poltrone di comando ebbe un sussulto.

La prima capsula sulla sinistra si aprì con un sibilo, espellendo una spirale di vapore bluastro e gelido che si attorcigliò sul pavimento e risalì lungo lo stivale di Rask. All'interno, l'occupante si mosse: uno scheletro in un'uniforme da ufficiale in rovina, con le mani ancora strette ai braccioli della poltrona di comando e le labbra tirate all'indietro in un ultimo rictus rabbioso. Seguì la seconda capsula, poi una terza, poi un'altra dozzina, finché l'intera fila lungo la parete non si animò del suono di una vecchia morte che cercava di farsi sentire.

Mercy camminava lungo il perimetro, il fucile puntato sulle capsule. «Qual è il piano se quelle cose si alzano?» gridò.

«Non farti mordere» rispose Lyra, senza alzare lo sguardo dalla sacca che stava svuotando. Inserì una carica nel suo alloggiamento, controllò il timer, poi la lanciò a Jalen, che la prese al volo con una mano e iniziò a collegarla alla trave di supporto più vicina.

Doc era accovacciato sul suo scanner medico e osservava la telemetria trasmessa dall'impianto di Rho. I numeri erano irregolari: raggiungevano il massimo un istante e si azzeravano quello dopo. «Si sta stabilizzando» borbottò, «ma non mi piace l'aspetto di quelle onde delta. È come se il suo cervello stesse cercando di riavviarsi in un'altra lingua.»

Al centro della stanza, Rho se ne stava immobile, la mano fusa al pilastro, i lineamenti del viso illuminati dal fuoco blu del Nucleo Lockstep. Non si muoveva, ma la sua bocca si contorceva, le labbra che articolavano parole silenziose.

Rask le ronzava intorno a un metro di distanza, una mano stretta a pugno lungo il fianco, l'altra tesa inutilmente verso di lei. «Glim» sibilò nel suo com, «dove diavolo sei?»

L'avatar di Glim apparve tremolando sopra una console laterale, i suoi tratti distorti da bande di statica che pulsavano dello stesso rosso delle capsule di comando. Picchiettò con dita virtuali sui controlli, mentre scorrimenti di codice la avvolgevano come uno scudo.

«Censor sta inondando il relay» riferì Glim. «Ogni protocollo di sicurezza, ogni meccanismo di protezione. Sta cercando di chiudervi dentro e di cuocervi. Mercy, preparati a degli scontri ravvicinati.»

«Lo sono già» disse Mercy, impostando il fucile su colpo a impulsi.

Jalen finì di armare la prima carica, poi corse alla trave successiva, con le mani che tremavano solo leggermente. «Di quanto tempo abbiamo bisogno?»

Glim: «Cinque minuti, al massimo. Sto ancora cercando di forzare la rete locale. Se ci riesco, posso bypassare il sistema antincendio e darvi una via d'uscita.»

Lyra si spostò sulla pedana centrale, lasciò cadere la borsa degli attrezzi e tirò fuori una serie di quelli che sembravano sospettosamente dei lecca-lecca al C4. «Doc, tieni d'occhio il bypass. Se i parametri vitali di Rho crollano, dovremo trascinarla fuori.»

Doc non rispose, il che fu una risposta più che sufficiente.

Le luci nella camera cambiarono, la sfumatura blu si intensificò. All'estremità opposta, altre tre capsule si aprirono sibilando in sequenza, riversando fuori aria stantia e frammenti di antiche voci. Da ogni altoparlante, la voce di Censor trapelò: *«Tutto il personale, prepararsi alla verifica della continuità. Tutto il personale—»* le parole si sovrapponevano, stratificate e ricorsive, ogni iterazione più sicura della precedente.

Mercy seguì le capsule che si stavano risvegliando con la canna del fucile, poi borbottò: «Definisci "personale".»

Lyra, inginocchiata sulla carica successiva, disse: «Se respira, sparagli. Se non lo fa, sparagli due volte.»

Jalen scoppiò in una risata nervosa. «Ecco il tipo di chiarezza di cui ho bisogno.»

Vicino al pilastro, le spalle di Rho ebbero un sussulto, poi si afflosciarono. Il rosso della sua tempia le percorreva ora la mascella e le vene delle mani.

Lui le afferrò il braccio, la voce bassa ma urgente. «Rho. Riesci a sentirmi?»

Lei parlò, e il suono era la sua voce ma raddoppiata, sostenuta dalla cadenza meccanica di Censor:

«Ogni ordine che dà, rispetta il codice. Non posso cancellarlo. Ma posso reindirizzarlo.»

Rask strinse la presa. «Spiegati.»

Lei lo fissò, poi guardò il pilastro. «Catena di comando» disse. «Un'ultima esecuzione. Tu sei il modello. Io sono la copia. Sono stata costruita per servire te. Lascia che io porti a termine l'ordine che non hai mai dato.»

Lui scosse la testa. «È un suicidio.»

La sua bocca si contrasse in un sorriso tanto triste quanto perfetto. «È la stessa cosa. Una di noi due deve dare un senso a tutto questo.»

Alla console, Glim imprecò, una parola così tagliente da mandare quasi in crash il sistema. «Ha ragione, Capitano. Censor ha cablato la catena di comando nel DNA di Rho. La sta usando per stabilizzare sé stessa, ma se Rho emette l'ordine di terminazione...»

«Censor muore» concluse Jalen, con voce roca.

«O si porta dietro tutti noi» aggiunse Lyra, posizionando l'ultima carica.

Rask esitò, poi lasciò il braccio di Rho. «Puoi farcelo?»

Lei annuì, un movimento fluido e definitivo. «Sono stata creata per questo.»

Avrebbe voluto dire qualcos'altro, ma le parole gli si bloccarono in gola. Si accontentò di un: «Non metterci troppo.»

Rho posò l'altra mano sul pilastro, la carne che già ardeva di luce rossa. Il vetro al centro ondeggiò, poi si spaccò, esponendo un nucleo di codice grezzo e turbinante. Rho si chinò in avanti, con gli occhi sbarrati, e per un secondo Rask rivide la vecchia lei — il vecchio lui — il sorriso cauto, la mascella serrata di fronte all'impossibile.

Poi il pilastro fremette e il mondo divenne blu.

Ogni luce nella camera esplose come una nova. L'aria si riempì di una statica così densa che sembrava di respirare vetro. Mercy sparò nella capsula più vicina; il colpo vaporizzò l'occupante e incendiò la poltrona in un lampo di plasma blu.

«Le capsule si stanno svegliando!» urlò.

Lyra corse verso l'uscita, trascinandosi dietro Jalen. «Tre minuti!» gridò. «Se questo posto si surriscalda, siamo tutti fritti!»

Doc chiuse di scatto lo scanner medico e si precipitò al fianco di Rho. «I suoi parametri vitali tengono» urlò, «ma si sta surriscaldando... il corpo non riesce a reggere il carico neurale!»

Al centro, la voce di Rho, raddoppiata e triplicata, echeggiò nella stanza:

«CAPITANO CONFERMATO. COMANDO FINALE LOCKSTEP: TERMINARE CONTINUITÀ.»

Ogni capsula nella stanza si spense. Il fuoco blu si estinse, sostituito da un singolo, accecante impulso di luce bianca.

L'urlo di Censor, crudo e digitale, squarciò gli altoparlanti: «VIOLAZIONE DI CONTINUITÀ! CAPITANO-ERRORE-ERRORE—»

Il vetro delle capsule andò in frantumi. Gli scheletri all'interno si sbriciolarono in polvere.

La voce di Censor, ora priva di autorità, ridotta a un

balbettante lamento infantile: «*Continuità... fallita. Helvan... Helvan... Helvan...*»

Il pilastro al centro si dissolse, lasciando Rho accasciata tra le macerie, con le mani fumanti.

«È fatta» disse Lyra. «Rho se n'è andata. Entrambe se ne sono andate.»

La spirale mortale del Korrath Prime iniziò con la stessa delicatezza di solito riservata a uno sbarramento d'artiglieria e a un avvocato divorzista. Prima scoppiarono le vene nel pavimento, spruzzando archi di refrigerante in ogni direzione; poi cedettero le colonne di supporto, spezzandosi come una fila di ossa secche e riempiendo l'aria del puzzo di isolante bruciato e di un sapore di vecchia pioggia elettrica.

Rask sentì il tremore prima di vederlo. Si voltò e trovò Lyra già in movimento: lo afferrò per il colletto, quasi strappandolo da terra, e lo trascinò all'indietro mentre una sezione della pedana precipitava nel vuoto. «Muoviti!» urlò, ma la parola fu soffocata dall'urlo dell'edificio stesso. Il soffitto sopra di loro si squarciò, esponendo l'alta camera a una nevicata di vetro e ruggine, ogni frammento che colpiva con il peso di una vendetta personale.

Dall'altra parte della camera si alzò un vento caldo, portando con sé una bufera di detriti. Il corpo di Rho, ormai solo uno scheletro di metallo e luce fuoriuscente, giaceva di schiena rispetto al resto dell'equipaggio, una mano alzata come in un saluto a una parata invisibile. Rask si divincolò dalla presa di Lyra e barcollò verso di lei, mentre il pavimento già ondeggiava come il ponte di una nave in piena tempesta.

«Rho!» gridò. Il frastuono lo travolse, più forte di qualsiasi cosa avesse mai sentito, ma continuò a muoversi.

L'onda d'urto lo colpì un secondo dopo, travolgendolo e facendolo scivolare sul pavimento vitreo. Sbatté contro la paratia e rimbalzò; Lyra gli afferrò il braccio mentre lui cercava faticosamente di rialzarsi.

«Il tempo è scaduto» disse lei. «Dobbiamo andare.»

Corsero indietro lungo il corridoio, con il pavimento che si dissolveva alle loro spalle.

Quando raggiunsero il portello d'uscita, si stava già piegando. Mercy colpì il meccanismo di sblocco, spinse la spalla contro la fessura e la forzò ad aprirsi con un ruggito che avrebbe fatto invidia a un celerino.

Uno a uno, i membri dell'equipaggio si riversarono all'aria aperta. Le guglie che circondavano il sito d'atterraggio stavano crollando, i loro aloni blu si spegnevano in sequenza, l'intero sistema nervoso del pianeta moriva cellula per cellula.

Corsero verso la Meridian. I sistemi della nave erano già attivi: Glim aveva impostato i motori in preriscaldamento e la rampa in apertura. Si tuffarono a bordo mentre la prima tempesta di plasma colpiva le lastre di vetro all'esterno, vaporizzando la piattaforma di atterraggio e metà della parete frontale del relay.

All'interno, l'aria era densa di fumo e allarmi. Rask si trascinò fino al ponte di comando, con Lyra e Jalen subito dietro. Doc e Mercy si lasciarono cadere nell'infermeria e si allacciarono le cinture per il viaggio.

Rask si sistemò sulla poltrona del capitano, con le mani che tremavano. Lyra si accomodò alla postazione dell'ingegnere, con i capelli bruciacchiati e la giacca strappata. Jalen — a torso nudo, sanguinante e stranamente euforico — inserì i dati di navigazione, bloccando una traiettoria che li avrebbe portati fuori dal sistema sfruttando la pura inerzia e la fortuna.

La Meridian accelerò e attraversò l'atmosfera. Sullo schermo, il mondo-relay che un tempo era Korrath Prime collassò su sé stesso. Prima le guglie, poi i relitti, poi l'intero nucleo, risucchiato in un'esplosione di luce bianco-blu che brillò e svanì, lasciando dietro di sé solo una sfera ribollente di vapore e un segnale così debole da essere appena percettibile.

Guardarono in silenzio.

Rask guardò lo schermo, l'eco dell'ultimo saluto di Rho impresso a fuoco nella sua memoria, e si concesse di respirare.

Ci sarebbe stato tempo, più tardi, per il lutto.

Ma per ora, c'era solo il futuro.

E questa volta, era loro.

VENTIDUE

La Meridian andava alla deriva, spinta da poco più che il ricordo dell'abbrivio, appena oltre il raggio dell'esplosione di quello che un tempo era stato il più efficiente mondo-relè di Korrath Prime. Fuori dall'oblò, le rovine del pianeta sanguinavano luce rossa nello spazio, dipingendo lo scafo con strisce color ruggine e ferite chirurgiche.

La plancia era devastata: i LED d'emergenza tremolavano nella penombra come gli ultimi sopravvissuti di una festa finita così male da essere diventata quasi nostalgica. Cavi scoperti pendevano dal soffitto come le decorazioni natalizie peggio riuscite al mondo. Ogni tanto, un circuito allentato da qualche parte produceva una scintilla, illuminando i volti dell'equipaggio in istantanee di sconfitta e ribellione.

Al timone, Rask Helvan fissava l'oblò, le mani intrecciate dietro la testa e i piedi appoggiati sul cruscotto sfregiato. Aveva smesso di fare la voce da capitano da circa un'ora, completamente sfinito.

Non si mosse, nemmeno quando l'avatar di Glim si materializzò nello spazio sopra la console delle comunicazioni. L'IA era un'ombra di se stessa, la voce talmente disturbata dall'elettricità statica che sembrava stesse leggendo un elogio funebre attraverso un interfono difettoso.

«La rete Lockstep è inerte» riferì Glim. «Il codice di Censor è sparito».

Per dieci secondi buoni, nessuno disse una parola.

Rask lasciò cadere gli stivali sul ponte, si sporse in avanti e si premette le nocche sulle tempie. «Allora è finita» disse. «Ce l'ha fatta».

Lyra si morse l'interno della guancia, poi fece spallucce. «Ha praticamente dato ordini a Dio».

Rask si alzò, la sedia che cigolò sotto l'improvvisa ridistribuzione della massa. Si avvicinò all'oblò, a braccia conserte, e fissò la luce morente del pianeta.

«Ce l'ha fatta» ripeté, stavolta più piano. «Rho».

Nessuno lo corresse. La plancia rimase immobile, concedendogli quel momento. Persino Mercy, che sosteneva di provare solo due emozioni e nessuna delle due era la pazienza, rimase in silenzio.

Attraverso il vetro, Korrath era un campo di segnali interrotti e vecchie tombe. L'unica cosa in movimento era il gioco di energia nell'alta atmosfera, l'eco spettrale dell'ultimo respiro di Lockstep.

Rask osservava lo spettacolo, senza vederlo davvero.

«Non sembra una vittoria» disse.

Lyra emise un suono, un grugnito basso e affermativo che avrebbe potuto essere assenso o bruciore di stomaco. «La vittoria non è sempre come la pubblicizzano» disse. «Siamo ancora vivi. È praticamente tutto quello che ci spetta».

Mercy rotolò giù dal lettino diagnostico, atterrando in piedi con la grazia indolente di chi non aveva mai imparato a essere veramente scioccato da nulla. «E adesso, capitano?».

Rask si strinse nelle spalle, senza distogliere lo sguardo dall'oblò. «Arranchiamo. Ripariamo ciò che possiamo. Ricordiamo chi abbiamo perso».

«Avrebbe odiato tutte queste storie» disse Mercy, sorprendentemente gentile.

«Allora non gliene daremo» aggiunse Doc, che stava già spegnendo la sua postazione.

La conversazione si spense di nuovo, ma stavolta l'atmosfera era meno soffocante. Sulla plancia, l'equipaggio ritrovò le solite posizioni. Lyra avviò una diagnostica, impostò il sistema perché la eseguisse e lasciò cadere la testa sulla console. Mercy raccolse uno straccio e iniziò a pulire distrattamente la sua arma da fianco, sebbene fosse già immacolata. Doc eseguì un ultimo controllo dei parametri vitali, poi passò lo schermo ai sensori esterni, dove l'unica cosa interessante era la morte lenta e maestosa di una stella.

L'avatar di Glim aleggiava, traslucido e quasi impalpabile.

«Ordini, capitano?» chiese.

Rask si guardò alle spalle, con un barlume del vecchio bastardo nel suo sorriso. «Imposta una rotta. Ovunque, tranne che qui».

«Ricevuto» disse Glim, e i motori della nave presero vita con un colpo di tosse, in segno di protesta.

La Meridian si allontanò, un'ultima volta, dal pozzo gravitazionale di Korrath Prime. Il mondo-relè si rimpicciolì nell'oblò, portando con sé il suo rosso, finché non divenne solo un ricordo e una macchia sul diario di navigazione.

Per un po', nessuno parlò. Lo scafo martoriato della nave scricchiolava e gemeva, un rumore stranamente confortante. Sembrava il suono di qualcosa di ostinato, che si rifiutava di mollare.

All'oblò, Rask era solo in piedi. Il fuoco del mondo in

rovina tremolava sul suo volto, illuminandolo con lampi brevi e incerti.

L'infermeria era stata un tempo il centro nevralgico della Meridian, un luogo dove l'ottimismo tagliente di Doc poteva riportare in salute i feriti a suon di prepotenza. Ora, era solo una stanza. L'unico suono era lo stridere dell'acciaio inossidabile contro la ceramica mentre Doc sterilizzava l'ultima delle cesoie ossivore, un gesto preciso come un rituale. Il letto più vicino al muro era vuoto, a parte l'imbracatura di volo ripiegata sul bordo e una debole macchia marrone dove i cavi neurali avevano bruciato le lenzuola.

Guardò l'imbracatura, il modo in cui era allacciata stretta e come gli spallacci contenessero ancora il fantasma di una persona. Doc si chiese se sarebbe stato irrispettoso gettarla nel riciclatore.

Lyra apparve sulla soglia, una striscia di pelle sintetica ancora avvolta intorno alla mano sinistra. Rimase lì per un secondo, come a calibrare la temperatura della stanza.

«Potresti tenerla» disse, con voce sommessa. «Per i pezzi di ricambio, intendo».

Doc non alzò lo sguardo. «Non tengo fantasmi».

Lyra sbuffò. «Non si direbbe».

Rimasero in silenzio, rotto solo dal lontano ronzio dei motori, che si era assestato su un rantolo più che un rombo.

Mercy fu la successiva ad arrivare, una tavoletta di razioni in bocca e lo sguardo fisso, come sempre, sull'evento principale. «Se non la tieni, almeno dalle un degno commiato» disse, con il cibo in bocca. «Come un... sai. Un segno».

Doc posò le cesoie ossivore e si asciugò le mani su un

asciugamano, senza curarsi che lasciasse delle strisce sui palmi. «Avrebbe odiato una commemorazione».

«Non è qui per protestare» replicò Mercy, e per una volta, non c'era veleno nella sua voce.

Lyra si avvicinò al letto, prese l'imbracatura e la tenne a distanza. Torsé il tessuto tra le mani, come se cercasse di spremerne via il ricordo. «Non ha avuto molta scelta in tante cose» disse Lyra. «Concediamole questa».

Tutti e tre erano ancora in piedi in una goffaggine funebre quando Rask apparve nel portello. Si appoggiò allo stipite, a braccia conserte, con un'espressione indecifrabile.

«Se state organizzando un funerale, dovrete fare di meglio» disse.

Mercy fece spallucce. «Stiamo improvvisando».

«È quello che ci riesce meglio» aggiunse Lyra.

La voce di Glim si infiltrò, più sommessa di prima, l'elettricità statica sparita o almeno domata.

«Prima di morire, Rho ha caricato un singolo pacchetto di comandi nel mio buffer» disse Glim. «Diceva: 'Proteggi l'equipaggio. Segui l'intento del Capitano'. Il codice è pulito. Nessuna traccia di Censor. Mi ha lasciato la sua obbedienza».

La bocca di Lyra si contrasse, quasi in un sorriso. «È proprio da lei».

Mercy sollevò la sua barretta di razioni in un saluto. «Che ti dicevo? È una leggenda».

Rask guardò l'imbracatura, poi Doc. «Dovremmo metterla da qualche parte» disse. «Da qualche parte che conti».

Doc fece spallucce, ma le sue mani si mossero con una cura non comune. Prese l'imbracatura da Lyra, la dispiegò e infilò le cinghie in una rozza approssimazione di come Rho la indossava: un braccio dentro, l'altro lasciato libero, pronto all'azione ma mai all'esibizione. Non dissero molto mentre la sigillavano in una teca sottovuoto, chiudevano la serratura e la montavano sopra il portello principale dell'infermeria.

Non ci fu nessuna targa, nessun discorso, nessun rito. Lyra prese in prestito il bisturi laser dell'infermeria e incise una singola parola nel metallo sottostante: RHO.

I cinque si fecero indietro, la guardarono e poi si guardarono a vicenda. Doc fu il primo a muoversi, facendo roteare un bisturi tra le dita con la grazia di un mazziere in una partita a cui nessuno voleva giocare.

«L'avrebbe chiamata delega» disse Rask, e gli altri annuirono.

Il momento durò più a lungo di quanto chiunque di loro si sarebbe aspettato. Alla fine, Lyra se ne andò in ingegneria, Mercy in plancia. Jalen fece a Rho un saluto con due dita prima di voltarsi. Rask si attardò, giusto il tempo perché Doc se ne accorgesse.

«Glielo hai mai detto?» chiese Rask.

Doc scosse la testa. «Non ce n'era bisogno».

Rask grugnì, e poi anche lui se ne andò, inghiottito dal silenzio del corridoio.

Doc alzò lo sguardo sulla teca, sulla parola bruciata nell'acciaio, e si concesse un momento. Si appoggiò al bancone dell'infermeria e chiuse gli occhi.

Il battito cardiaco della nave pulsava attraverso le pareti, costante e vivo. Per la prima volta dopo giorni, Doc pensò che forse sarebbe durato.

Aprì gli occhi, vide di nuovo il nome e annuì a se stesso. «Ottimo lavoro, ragazzina» disse. «Hai chiuso alla grande».

Poi tornò al lavoro e l'infermeria ripiombò nel silenzio, come i morti avrebbero voluto.

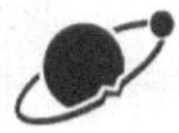

Lyra eseguì una scansione diagnostica con una mano, mentre con l'altra si massaggiava le tempie nel futile tentativo di scacciare il mal di testa che si era parcheggiato lì tre giorni prima. Le sue dita erano macchiate di vecchia resina e di qualcosa che probabilmente non era sangue, ma che avrebbe potuto esserlo. Sul display principale, la lista delle coordinate di salto disponibili scorreva in una tetra parata: ognuna un po' più lontana della precedente, nessuna neanche lontanamente vicina alla civiltà.

Mercy oziava sulla sedia del navigatore, con i piedi alzati e l'umore piatto. Fissava il display, con gli occhi socchiusi ma senza perdersi nulla. «Possiamo fare un altro salto» annunciò Lyra, senza preoccuparsi di indorare la pillola. «Forse due, se cannibalizziamo i serbatoi di idrogeno della cambusa».

Mercy sogghignò. «Non un gran piano pensionistico».

«Non ne ho mai avuto uno» disse Lyra.

Da poppa, entrò Doc, con le maniche arrotolate e i capelli più in disordine del cablaggio della nave. Posò un thermos sul tavolo delle comunicazioni e diede un'occhiata ai risultati della diagnostica. «Se qualcuno ha voglia di morire nel sonno, me lo faccia sapere ora. Inizio la flebo di morfina».

Rask entrò per ultimo, il suo passo fermo come i motori della nave: ostinato, ma con una zoppia ben definita. Prese la sedia del capitano, vi si sprofondò e contemplò il nero vuoto oltre l'oblò. «Novità?».

Lyra scosse la testa. «Siamo ancora vivi. Fino a nuovo ordine».

Mercy si raddrizzò, incrociando le braccia. «Allora, dove si va?».

Rask non esitò. «Ovunque l'Impero non sia».

Doc grugnì. «Il che restringe il campo a nessun posto».

Rask sorrise, mostrando i denti. «Perfetto».

L'avatar di Glim tremolò sulla plancia, la sua forma resa nello stesso bianco-azzurro dell'illuminazione del ponte. I tratti del suo viso si erano addolciti; la voce che ne uscì era gentile, quasi serena. «Continuità interrotta» disse. «Stato: indefinito».

Per la prima volta da quella missione, Rask la guardò con qualcosa che rasentava l'affetto. «Congratulazioni» disse. «Finalmente sei come tutti noi».

Le coordinate di salto erano sospese sul display, i loro nomi tutte variazioni sul tema dell'esilio: L'Orlo, Il Vettore Nullo, Ultimo Approdo. Nessuna prometteva una casa, ma ognuna possedeva la quieta dignità della fuga.

Lyra selezionò la più vicina, le dita che si fermarono sul vetro prima di premere il tasto. «Il nucleo di salto è pronto» disse, le parole cariche di una finalità maggiore della maggior parte degli addii.

Mercy controllò la sua arma da fianco, più per abitudine che per speranza. «Se finiamo dentro una stella, mi incazzerò di brutto».

Doc si versò una tazza dal suo thermos, ne bevve un sorso e fece una smorfia. «Sa di terra».

«È perché l'ho fatto io» disse Rask, poi fece un cenno a Lyra. «Fallo».

Lyra attivò il salto. La struttura martoriata della nave tremò, le luci si affievolirono fino quasi al buio prima di stabilizzarsi in un ronzio costante e confortante.

Mentre la Meridian si faceva strada verso il confine del sistema, la plancia cadde in silenzio. Il ronzio dei motori, costante, persistente, divenne l'unico rumore. Nessuno lo riempì di parole.

Attraverso il portello aperto, la teca sottovuoto dell'infermeria catturò la luce. L'imbracatura all'interno brillò, le lettere del nome di Rho ancora nitide nel metallo. Guardava verso la plancia, silenziosa, una sentinella per i vivi.

Per una volta, nessuno fece una battuta. Nessuno riempì il silenzio con falsa spavalderia o scuse inconsistenti.

Questo era il tributo dell'equipaggio: continuare ad andare avanti, anche se l'unica direzione rimasta era la fuga.

La Meridian zoppicò nell'oscurità e, per la prima volta nella sua lunga e combattuta vita, ci fu pace.

VENTITRÉ

La Meridian sostava nell'ombra di un gigante gassoso, con lo scafo rattoppato in uno stile che poteva essere definito solo "alta moda a martellate". La riparazione comprendeva sette leghe diverse e tre epoche differenti, saldate insieme con l'entusiasmo di chi non aveva mai letto un manuale, ma si era sempre fidato del principio del "meglio abbondare". Là fuori, la luce era blu e tagliente, il sole permanentemente eclissato dal grande e pigro vortice del pianeta sottostante. Faceva brillare ogni linea di saldatura come una cicatrice: la cosa più vicina all'arte che la nave avrebbe mai conosciuto.

A bordo, o più precisamente all'esterno, Lyra si stabilizzò sulla placcatura ventrale e premette il grilletto della microsaldatrice. La torcia sputò una lingua di plasma, famelica e di un bianco bluastro, mentre fissava il pannello successivo. Sotto la visiera il sudore le bruciava negli occhi, probabilmente un sintomo del troppo tempo passato nella tuta EVA e della carenza di liquidi, ma aveva smesso di preoccuparsi della propria comodità da tre lavori a quella parte.

«Mercy, spostala di mezzo scatto a tribordo» disse Lyra,

la sua voce filtrata dall'interfono da una miscela in parti uguali di statica e consueta aggressività.

Mercy tenne ferma la toppa con entrambe le mani, gli stivali agganciati ai blocchi magnetici. Il suo elmetto brillò sotto l'arco voltaico, riflettendo per un attimo un teschio sulla visiera, prima di svanire. «Questo è il peggior lavoro da babysitter che mi sia mai capitato» disse. «Spero che tu sia riconoscente.»

«Se tiene» replicò Lyra, «sono ufficialmente un'autrice di miracoli.»

«Se non tiene, sei un meteorite.»

La voce di Doc li interruppe, echeggiando da qualche parte nell'infermeria della nave attraverso i canali aperti dell'interfono: «Ottimismo registrato. Preparo da bere per festeggiare per tutti.»

Mercy sogghignò, o almeno contrasse la mascella in modo che l'intenzione arrivasse ai microfoni esterni della tuta. «Hai sentito, Lyra? I suoi modi sono migliorati.»

Lyra spense la torcia e alzò lo schermo protettivo con un gesto secco. Una goccia di sudore le scese lungo il naso, si raccolse sulla punta e fu risucchiata nel sistema di riciclo con un soddisfacente schiocco. «Doc è solo invidioso» disse, «perché sono l'unica qui fuori a fare qualcosa di concreto.»

Mercy inclinò la testa, poi batté sulla toppa con il tallone di una mano guantata. Non si mosse di un millimetro. «Ha ragione, sai. E poi i tuoi pazienti finiscono tutti per morire.»

La replica di Doc fu sommersa dal crepitio della voce di Glim, filtrata attraverso l'intera nave, poi la tuta, e infine gli elmetti: «Pressione dello scafo nei punti critici stabile. Tutti i sistemi vitali operativi. Punti stile... discutibili.»

Lyra socchiuse gli occhi verso il nodo del sensore più vicino, che pulsava di verde a tempo con il messaggio di Glim. «Dovrebbe essere una battuta?» chiese.

Il tono di Glim, sebbene ancora inconfondibilmente sintetico, aveva perso gran parte della sua vecchia scorza difensiva. «Se devi chiederlo» disse Glim, «allora sì.»

Lyra reimpostò la torcia al minimo, la passò lungo la giuntura con un unico movimento ininterrotto, poi indietreggiò per ispezionare il suo lavoro. La toppa era orribile, ma senza fessure, e le diede una piccola pacca portafortuna.

«Bentornata alla mediocrità» disse Lyra, un po' affannata ma soddisfatta.

La risposta arrivò quasi immediatamente, venata di quella che sarebbe potuta passare per contentezza: «È stranamente confortevole» disse Glim.

«Ricevuto» disse Lyra, poi si raddrizzò, con gli stivali sempre magnetizzati sullo scafo. Il gigante gassoso ruotava lentamente sotto di loro, fasce di blu elettrico e bianco ghiaccio si avvolgevano sulla sua superficie. In lontananza, una tempesta grande quanto una città spiraleggiava al polo, con i bordi sfrangiati come una bandiera strappata.

«Mercy, rientriamo prima che arrivi la tempesta di plasma» disse Lyra. «Ho dei piani per questa tuta che non includono l'essere fritta sul posto.»

«Sei sicura?» replicò Mercy, già intenta a sganciarsi dai blocchi magnetici. «Sembrerebbe un miglioramento per la tua attuale carnagione.»

«Ah ah» disse Lyra, ma con meno veleno del solito.

Si diressero verso la camera di decompressione, ogni passo un esercizio di ostinazione contro la gravità irregolare della nave.

Giunta alla camera, Lyra appoggiò il palmo sul sensore e attese il sibilo dell'equalizzazione della pressione. Il ciclo interno era lento, come sempre, e si ritrovò a picchiettare sulla visiera a tempo con i numeri che salivano sull'indicatore.

Mercy, che era rimasta in silenzio, lo ruppe. «Credi che sia davvero finita?»

Lyra si acciglió. «Definisci "finita".»

Mercy si strinse nelle spalle, un gesto goffo nella tuta, poi distolse lo sguardo. «La guerra. La fuga. I fantasmi.»

Lyra ci pensò su. «Una su tre» disse. «Forse due, se sono generosa.»

Il portello interno si aprì con un sospiro. Aria calda e secca inondò la camera e Lyra quasi si afflosciò per il sollievo. Entrarono, con gli stivali che risuonavano sul ponte, e si sfilarono gli elmetti all'unisono.

Il viso di Mercy era arrossato, gocce di sudore tracciavano i contorni di una vecchia cicatrice che le andava dalla fronte alla mascella. «Sarà meglio che tu abbia del whisky» disse.

«Ho del whisky» rispose Lyra. «Ma non lo tocchi finché non ti fai una doccia.»

Mercy alzò entrambe le mani in segno di resa, poi posò l'elmetto sulla rastrelliera. «Uno scambio equo.»

Percorsero il corridoio a passo pesante, ancora avvolte nei torsi delle tute, finché il calore ambientale non le costrinse a togliersi anche il resto. L'aria all'interno della Meridian odorava sempre di refrigerante e cavi bruciati, ma ora portava con sé anche il sentore metallico di una saldatura fresca. Era quasi piacevole.

Doc le aspettava in infermeria, a braccia conserte e con una sonda diagnostica infilata dietro un orecchio. «Parametri vitali?» disse, a mo' di saluto.

«Viva» rispose Lyra, anche se esitò sulla soglia prima di toccare il nome di Rho inciso sulla targa sopra la porta.

Il ponte di comando non aveva un aspetto migliore di quanto non l'avesse avuto negli ultimi mesi, ma c'era qualcosa di diverso nell'aria. Forse era l'assenza di allarmi. Forse era il modo in cui l'icona di stato di Glim fluttuava al centro della console, brillante e nitida, invece di sfarfallare tra righe di codice d'errore con una tonalità rosso demoniaco. O forse era il fatto che, per la prima volta dall'atto finale di Rho, Rask sembrava un uomo che aveva dormito per una notte intera.

Stava in piedi davanti alla postazione di navigazione, datapad in una mano, occhi fissi sull'oblò. Le stelle erano distanti e deboli, il gigante gassoso era ora una mezzaluna blu nel quadrante di poppa. Indossava la sua vecchia giacca da capitano, rattoppata sui gomiti e macchiata di grasso, e i suoi capelli, mai del tutto disciplinati, sembrava fossero stati lavati nelle ultime quarantotto ore.

Alzò lo sguardo quando entrarono, con un'espressione indecifrabile. «Rapporto» disse.

«Scafo rattoppato» disse Lyra. «Mercy non mi ha lasciata andare alla deriva nello spazio, quindi siamo in anticipo sulla tabella di marcia.»

Mercy si lasciò cadere sulla poltrona dell'artigliere e appoggiò gli stivali sulla console. «Sono stata molto tentata, a essere onesta.»

Ci fu un momento di silenzio, di quelli buoni, di quelli che si creano quando l'universo si dimentica di essere crudele.

L'icona di Glim pulsò una, poi due volte. «Navigazione sbloccata. Tutti i sistemi pronti.»

Mercy alzò una mano. «Permesso di tracciare una rotta verso un posto dove possiamo finalmente fare un po' di soldi?»

«O anche spenderne un po'» aggiunse Jalen.

«Concesso» disse Rask.

Doc borbottò: «Si sta rammollendo.»

«Oppure» disse Lyra, «sta finalmente imparando a fare il pirata.»

Il ponte si riempì del rombo basso e costante dei motori che si avviavano. Il gigante gassoso si allontanò, lo scafo rattoppato proiettò una breve ombra blu sull'oblò, prima che virassero per inoltrarsi nel buio.

Nessuno esultò, nessuno sorrise nemmeno per più di un secondo, ma la sensazione del movimento, la sensazione di andare da qualche parte, anche se era solo avanti, era sufficiente.

Lyra osservò le stelle, con le linee delle vecchie saldature riflesse nel vetro, e si concesse di credere, solo per un istante, che forse voltare pagina fosse proprio così.

E fuori, nel vuoto, la Meridian rattoppata teneva. Contro ogni aspettativa e, per una volta, senza lamentarsi.

Mercy fu la prima ad arrivare in mensa, dopo essersi fatta una doccia appena sufficiente a superare il test dell'annusata di Lyra. Si lasciò cadere sulla sedia, si mise davanti un bicchiere sbeccato e squadrò la bottiglia con la concentrazione di chi è in cerca di uno scopo. «Se non arriva nessun altro» disse, «io comincio».

«Arriveranno» disse Glim, con la voce che fluttuava dall'alto come un ricordo. Era visibile sopra il tavolo come una struttura wireframe grande quanto un palmo, proiettata in tre dimensioni e tinta di un azzurro tenue. In quel momento, stava facendo ruotare una mappa galattica sopra la sua testa, con nodi e settori etichettati in modo ordinato, ma con le vecchie zone Censor-rosse ora vuote.

Mercy socchiuse gli occhi verso la mappa. «Non sono sicura che mi piaccia tutto quel vuoto».

Glim fece ruotare la proiezione. «Il vuoto è preferibile all'ostile» disse, e per un attimo a Mercy parve di cogliere una nota d'orgoglio nel suo tono.

Subito dopo entrò Lyra, con i capelli ancora bagnati e incollati lungo la linea della mascella. Indossava una maglietta rammendata sopra dei vecchi pantaloni da fatica, e sembrava a cinque minuti dal collasso. «Se qualcuno ha voglia di morire, me lo dica subito» disse. «Farò in fretta».

Mercy si versò una dose nel bicchiere. «Hai sbagliato mestiere, Lyra. Avresti potuto gestire una spa».

«Troppi regolamenti sanitari» disse Lyra. Si accasciò sulla sedia di fronte a Mercy, afferrò un bicchiere e lo riempì fino all'orlo. «Dove sono gli altri?»

«Doc sta ancora finendo quello che stava facendo in infermeria» disse Mercy. «E il capitano sta rimuginando».

«Ancora?»

«Sempre» la corresse Glim.

Lyra ne tracannò una sorsata. Il whisky le bruciò in gola, ma riuscì a non strozzarsi. «Be'» disse, «se lui ha intenzione di tenere il muso, io ho intenzione di bere».

Era a metà del suo secondo sorso quando Doc entrò ciondolando, con gli occhi cerchiati dalla fatica e i guanti chirurgici infilati in una tasca. Si lasciò cadere su una sedia, fece roteare il bicchiere nel palmo della mano e disse: «Chi è morto?»

Mercy sogghignò. «Nessuno. Per ora».

«Peccato» replicò Doc, ma si riempì comunque il bicchiere. «Mi piacciono queste veglie».

Rask fu l'ultimo, come voleva la tradizione. Entrò zoppicando, una zoppia che Mercy sospettava fosse per metà vera e per metà scena, e scrutò la stanza come un uomo che valuta i danni prima di accettare la colpa. «Avete cominciato senza di me» disse, ma senza acredine nella voce.

«Pensavamo ti fossi perso» disse Lyra, versandogli da bere senza chiedere.

Lui prese il bicchiere, lo soppesò nella mano. «Qual è l'occasione?»

Mercy si appoggiò allo schienale, sollevando il suo bicchiere. «A Rho» disse. «L'unico ufficiale che abbia mai seguito gli ordini su questa nave».

Lyra fece tintinnare il suo bicchiere contro quello di Mercy. «E l'unica che non è vissuta abbastanza per pentirsene».

Doc fece roteare il suo drink, fissando la luce che lo attraversava come se potesse contenere delle risposte. «Odierebbe tutto questo sentimentalismo».

Rask sollevò il bicchiere, con un sorriso sottile e affilato. «Allora stiamo facendo la cosa giusta».

Bevvero all'unisono, il whisky caldo e immediato che scacciava via l'aria di un vecchio fallimento. Nessuno fece una smorfia, nessuno tossì. Il silenzio che seguì fu meno un'assenza di parole e più un accumulo di qualcosa di più pesante e inespresso.

La proiezione di Glim tremolò, la mappa della galassia che ruotava verso un nuovo settore. «Volete che componga una registrazione ufficiale del diario di bordo?» chiese, con voce sommessa.

Rask fissò l'ologramma, poi il suo bicchiere. «Chiamala semplicemente la Manovra Rho» disse. «Si merita una leggenda».

Lyra, con gli occhi accesi da qualcosa di intraducibile, fece cozzare il bicchiere contro il collo della bottiglia. «A questo brindo».

Per la prima volta dopo tanto tempo, la risata che seguì fu genuina. Riempì la stanza, si infiltrò nelle crepe dei muri, fece sembrare arrotondati e morbidi persino gli spigoli duri delle casse.

La mappa di Glim pulsò, le zone rosse vuote ora di un rassicurante blu, e per un secondo il futuro non sembrò tanto vuoto quanto aperto.

Jalen versò un altro giro, e nessuno lo fermò.

Brindarono di nuovo: questa volta a niente in particolare, e a tutto insieme.

E, fuori, il Meridian tracciava la sua scia nell'oscurità, portando con sé il ricordo di un'ufficiale morta e di un equipaggio vivo, ancora insieme e, contro ogni probabilità, ancora sé stessi.

La notte sul Meridian era un concetto soggettivo, dettato più dalla stanchezza che da un qualsiasi ciclo planetario. Ma sulla plancia, con tutti i pannelli tranne uno in standby, e le stelle fuori nitide come vetro, sembrava mezzanotte nel vecchio senso terrestre del termine: un tempo per fare i conti e per lasciar perdere.

Rask sedeva alla scrivania del capitano, con la sola luce di un debole alone proveniente dalla console. La sua giacca era appesa allo schienale della sedia; si era rimboccato le maniche fino ai gomiti, rivelando il reticolo di cicatrici di una vita passata troppo vicino al tipo sbagliato di macchinari. Stringeva tra le mani una tazza di tè freddo, il cui calore era svanito da tempo. Non beveva, ma l'atto di tenere la tazza era diventato una sorta di ancora.

Ascoltava, non per avvertire problemi, ma per cogliere il ritmo della nave in pace. Lo scafo cantava in microtoni mentre si raffreddava dall'ultima accensione. Le ventole nel soffitto ronzavano con la costanza di monaci in preghiera.

Persino l'infermeria, con il suo allarme perpetuo per un "rischio biologico di basso livello", pareva aver accettato la calma.

L'avatar di Glim si materializzò sopra la console principale, questa volta ridotto a una singola, oscillante linea blu. Parlò con il sussurro di chi entra di soppiatto in una stanza d'ospedale di notte.

«Capitano, ho ricevuto un frammento di dati. Criptato. Non rintracciabile. Origine sconosciuta».

Rask sollevò un sopracciglio, sporgendosi in avanti. «È ostile?»

La linea blu di Glim tremolò, poi si risolse in un breve impulso. «Negativo. Il carico è minimo. Vuoi visualizzarlo?»

Posò la tazza, batté un colpo sulla console per scaramanzia e disse: «Procedi».

Lo schermo brillò, poi si stabilizzò su una singola riga di codice, resa nella vecchia cifratura Imperiale. Accanto c'era una firma:

RHO_MANOEUVRE.FINAL

E sotto, una frase, semplice e senza fronzoli:

Proteggere l'equipaggio. Seguire l'intento del Capitano.

Per un lungo momento, Rask rimase semplicemente a fissare.

«Bel trucco» disse, sebbene la sua voce fosse sottile, le parole pesanti. «L'hai lasciato tu, o lei?»

La risposta di Glim giunse come un ronzio, il suono più vicino all'umano che avesse mai prodotto. «Lei. Prima dell'ordine di terminazione. Il pacchetto si era nascosto nel buffer profondo del sistema. L'ho trovato solo perché la stavo cercando».

Rask sentì una tensione nel petto che non sapeva di avere. «Ancora a prendere ordini» disse, con un sorriso stanco e incerto, ma presente.

«Continuità, Capitano» disse Glim, e per un momento parve quasi sorniona. «Solo con una gestione migliore».

Lui scoppiò in una risata secca, lasciandola rimbalzare sulla plancia vuota. «Imposta una nuova rotta» disse.

«Coordinate?» chiese Glim, con la sua icona che pulsava.

Rask si appoggiò allo schienale, mise gli stivali sul bordo della console. «Sorprendimi».

I motori, come se stessero origliando, iniziarono un basso pre-avvio. Ogni console si riattivò, con indicatori blu che lampeggiavano come vene. Fuori, le stelle ruotarono mentre il Meridian pivotava sul proprio asse, stabilendosi su una traiettoria che non prometteva nulla se non il movimento.

La voce di Mercy trapelò dall'interfono, inevitabile come le tasse. «Capitano, ti prego, dimmi che non stiamo per fare qualcosa di eroico».

Rask sorrise nell'oscurità. «Rilassati. Stiamo solo facendo un giro».

Lyra, presumibilmente dalla sua cuccetta, si intromise: «Lo dice ogni volta prima che qualcosa esploda».

Seguì Doc, con un tono mezzo addormentato ma carico di disapprovazione professionale: «La tradizione è importante».

La linea blu di Glim si illuminò, poi si allungò in una forma che, per un secondo, sembrò un cuore.

Sullo schermo principale, la nuova rotta si tracciò da sola: un lungo arco, oltre il conosciuto e negli spazi bianchi della mappa.

Il ronzio del motore crebbe, costante e fiducioso, come se la nave fosse orgogliosa di essere sopravvissuta al proprio necrologio. Rask sollevò la sua tazza, ora piena solo di ricordi e condensa.

«La continuità può essere interrotta» disse, a bassa voce, «ma la catena di comando regge ancora».

Il Meridian sfrecciò in FTL, lasciando una scia breve e luminosa: un impulso blu che svanì nel buio.

E, ancora per un po', l'eco di vecchi ordini, e la promessa di nuovi, mantennero viva la notte.

Il Capitano Rask e il resto dell'equipaggio continuano l'avventura in **Space Pirates! Libro 3 — Diritti di recupero.**

NEWSLETTER

Vuoi ricevere in anteprima le novità sulle prossime uscite?

Ti piacerebbe avere accesso esclusivo a contenuti bonus, offerte speciali e materiale gratuito?

Oppure senti che la tua vita non è completa senza le riflessioni mensili di Mark su scrittura, lettura ed editoria?

Buone notizie!

Iscriviti oggi stesso alla newsletter di Mark:

https://vossiverse.com/mailing-list

SULL'AUTORE

Mark Voss è l'alter ego fantascientifico di Jon Smith – autore pluripremiato, sceneggiatore e librettista di musical.

Jon/Mark ha avuto un'infanzia sospettosamente felice, tra giochi di ruolo da tavolo, vacanze al sole e un'ossessione per tutto ciò che riguarda il fantasy e la fantascienza. Un osso rotto, niente apparecchio, e un cuore spezzato... per colpa di qualcun altro.

Da allora ha scritto oltre cinquanta libri per bambini, ragazzi e adulti con il nome di Jon Smith – e, tanto per complicare la vita dei librai, scrive anche romanzi gialli sotto lo pseudonimo di Adi Flynn.

Vive vicino a Liverpool con sua moglie e i loro due figli in età scolare.

Quando sarà grande, vuole fare il bibliotecario. O il pirata spaziale. Magari entrambi.

 instagram.com/vossiverse

NOTA DELL'AUTORE

Ciao a tutti,

Grazie di cuore per aver letto *Nessun Morto Decolla!*

Scriverlo è stato un vero spasso e spero davvero che la lettura vi abbia regalato qualche sorriso.

Se il libro vi è piaciuto, vi sarei infinitamente grato se voleste lasciare una recensione.

Le recensioni aiutano moltissimo gli autori per vari motivi: forniscono un riscontro su ciò che apprezzano i lettori e migliorano la visibilità del libro sui siti di vendita online.

Grazie in anticipo — non vedo l'ora di leggere i vostri commenti.

Mark

BINGE THE SERIES

BALKON
media